MEMORY HOUSE
记忆坊文化

江苏凤凰文艺出版社
JIANGSU PHOENIX LITERATURE AND ART PUBLISHING, LTD

目录

CONTENTS

第一章
古怪的报料

南方的夏季，因为季候风的影响，雨总是下得又急又大，紧锣密鼓地敲打着玻璃窗，还不时炸开一个个巨大的响雷。

尽管已是夜晚，报社大楼依然灯火通明，采编人员都在加班。

丁翘坐在办公室里，双眼盯着电脑，心思却全被窗外的雨牵引去了。

那天夜里，也下着这么大的雨，也响着这么吓人的雷，一道惨白的闪电突然直劈下来，把黑暗的天空撕成两片，把周围照得如同白昼，接着，她看见了那瘆人的一幕……

一只手从后面拍在她的肩上，她不由自主地打了一个寒战，啊的一声跳起来，来人也被她的反应吓坏了，手足无措地看着她，一迭声地说："对不起对不起，吓着你了吧，我不是故意的……"

是同事赵莞。

丁翘勉强挤出一丝笑意："不关你的事，是我太敏感了。"

赵莞审视着她苍白的脸，关心地问："你怎么了？视频剪辑好了吗？"

她们都是《江台都市报》的新媒体记者，身兼摄像、文字、剪辑等数职，现在各种新生的电子产品被新闻界广泛应用，记者也变得越来越全能，但此刻，丁翘感觉自己无能为力——她走不出那天晚上的阴影。

“丁翘你怎么了？虽说你上周做了大新闻，可也不能吃老本呀，再不干活这个月你该完成不了任务了！”

部门每个月对记者的考核均有定量，在完成任务的基础上才能领稿费，如果视频新闻的点击量超过十万，还能额外获得奖金。虽然丁翘不差钱，但赵莞知道，她在乎面子和声誉。

一向勤奋好学的丁翘，怎能允许自己在月度考核中不及格？

赵莞盯着丁翘，见她依然是一副魂不守舍的样子，便小心翼翼地问：“我的小翘翘你是不是……被人抛弃了？来，告诉姐，让姐为你难过一分钟。”

除了这个原因，赵莞想不出还有什么理由能让天天像打了鸡血般斗志昂扬的丁翘垂头丧气、一蹶不振，更何况，她上周才做了一条轰动全市的大新闻，当然，赵莞也不相信丁翘会失恋，如果婚恋市场也有金字塔，那丁翘应该是排在最上端的——毕业两年来，她身边一直不乏追求者，上一个被拒绝的，是一个副市长的儿子。

按照赵莞对丁翘的了解，丁翘是绝对不能容忍“被抛弃”这样的字眼放在自己身上的，她必然会跳起来用激烈的语言乃至行动捍卫自己的“清白”。

可是此刻，丁翘却没有如赵莞预期的那样奓毛起来，依然是一副闷闷的样子，过了好一会儿，她才低声说：“老赵，你相信这世上有……那种东西吗？”

赵莞被她的语气和样子吓了一跳，怔了一下，才茫然地问：“什么东西？”

丁翘正想回答，一个惊雷裹挟着闪电突然从窗边掠过，把窗外摇晃的树影照得像张牙舞爪的怪物，她不由得顿了一下，才含糊地说：“就是……那种东西！”

赵莞看了一眼黑黝黝的窗外，像是安抚丁翘一般，略微提高了声调："当然不相信！"

丁翘抬起头，默默地看了赵莞好一会儿，叹了一口气才说："我也不相信，可是……我在浪琴湾，真的撞邪了！"

浪琴湾是一个小渔村的名字，位于广东省江台市的最南边，村子附近除了山就是海，没有水田，也没有旱地，所以当地的村民不叫村民，叫渔民。

据说，因为特殊的地貌和海边的岩石影响，浪琴湾的海浪与别处的海浪不一样，它们朝岸边扑打翻滚的时候，会涌动出特殊的节奏，如果在寂静的夜里细细倾听，海浪声像是古琴在弹奏。

浪琴湾距离市区有两百公里，位置偏僻，对有着丰富海洋资源的江台市来说，它并不具备特别优势，自然得不到官方的额外垂青，这令它得以保持原生态而没被过度开发。

这几年，随着驴友的宣传，浪琴湾开始受到外界的注目，渐渐地有人在那里开了酒店，据说生意还不错。

丁翘去浪琴湾采访，也正是因为这家酒店。

那天是周末，她正在办公室加班，办公室的电话突然响了。

电话那头，是一个有点怪异的男声："你好，是《江台都市报》吗？"

"是的，请问有什么可以帮到您？"

"我是浪琴湾的渔民，我想向报社反映一件事，你们能来采访吗？"

"这要看具体是什么事情，要不您先说一下？"

"三年前，这里开了一家酒店，每天深夜酒店都把生活污水和餐饮废水偷排入海。"

"酒店没有环保排污设施吗？"

"有，但是成本太高，他们只在上级来检查时才启用环保设施，平时都是趁涨潮时偷排。”

“嗯，我明白了，谢谢您的报料，我要向领导请示一下才能决定去不去采访。如果去再跟您联系。”

丁翘客套几句，正想结束这个报料电话。其实她清楚，这个新闻报料的含金量并不高，如果只是酒店偷排，新闻性不算强，顶多知会一声环保部门便算是尽了媒体的监督义务了。

对方也许也是这么想的，突然又说：“我还有事情要说。”

丁翘耐心地问：“什么事情？”

对方说：“他们，还用声呐探测器捕鱼。”

丁翘微怔，作为一名文科生，她对声呐探测器一无所知：“声呐探测器是什么东西？是国家禁止使用的吗？”

对方似乎没料到遇上了一个小白，顿了一下，才缓缓地说：“声呐探测器是利用水中声波对目标进行探测、定位的电子设备，会令海洋生物大量死亡。”

丁翘总算听明白了：“呃，是不是跟电鱼一样？”

“不一样，声呐的杀伤范围更宽广，一旦开启，几百米以内的鱼类会惊慌失措地浮出水面，胡窜乱撞，最终衰竭死亡。”

丁翘惊呼：“天啊，这太可怕了！行，我答应你，一定去采访！”

对方似乎很满意丁翘的回答：“谢谢你。”

“对了，你还没告诉我这家酒店叫什么名字，在哪个路段？”

“吕仁酒店，一下船就能看到，不会认错的。”

“吕仁？”

“老板就叫吕仁。”

“行，我到了再跟你联系。”

想不到对方竟然说：“不，你不能跟我联系。”

丁翘一下子就明白了对方的顾虑：“你放心好了，我们会保护报料人，不会对外泄露关于你的任何信息。”

对方犹豫了一下，说：“行，那你把你的手机号码告诉我，必要的时候，我找你。”

丁翘把号码告诉他，并明确表示自己明天会出发去浪琴湾采访，对方这才满意地放下电话。

虽然对方不愿意说自己的号码，但丁翘并不担心，只要翻查报料电话上的来电显示就可以了。丁翘把来电显示上的号码输进手机的通讯录里，备注什么名字好？她犹豫了一下，输入三个字：机械男。

对方说话的声音，怪异中带着一种机械式的腔调，不像是正常人类发出的声音，丁翘判断，这个人应该是在手机中安装了声音转换软件，估计是担心被人认出声音。

带着恶作剧的心理，丁翘拨打了刚存进通讯录的电话号码，电话里传出一个有礼貌的女声：“您好，您拨打的电话已关机，请稍后再拨。”

嗬，关机了，警惕性可以说非常强了！

丁翘哭笑不得，不禁对这个报料者产生好奇，戒心这么重的人，不像是普通的渔民兄弟呢！

第二天是周一，丁翘向主任报了题目，简单收拾了一下便出发了。她没有带电脑，也没有带相机，部门给每个记者配备的手机，已足以应付录像、录音功能，作为一个已工作两年的“老记者”，她知道这次采访的目的是暗访，行李越简单轻便越好。

她背着小背囊刚走出报社大楼，便听到有人在大声呼叫自己的名字：“丁翘，小翘翘！”

她站定回头看，好不容易才辨别出声音是从楼上传下来的，便仰起头朝楼上望，刺眼的阳光晃得她眼睛发花，她不由自主地伸手挡在额前，才看清楚三楼的一个窗台上钻出一个脑袋，是赵莞。

“老赵什么事？”

赵莞朝她摆手：“今天不要去浪琴湾了！”

“为什么？”

“今晚有台风！还有雷暴！”

丁翘看了看外边灿烂的阳光，大声说："不会吧，天气这么好！"

"是真的！傍晚登陆！"

丁翘略为犹豫了一下，但想起自己在电话中已答应了那个报料人，那人也许还在眼巴巴地等着她呢，于是便说："我今天必须去！我会小心的，你放心好啦！"

说罢扭头就要走，赵莞又大声叫："那你等等我！"

她不知道赵莞还有什么事，只好站在楼下等她。过了一会儿，赵莞走出来，拿着一个薄薄的塑料包："给！台风来的时候，伞是没用的，只能穿雨衣。"

丁翘有点感动："哪儿来的？"

赵莞说："上次跟三防指挥中心的人下乡时拿的。你今晚要在那边过夜吧？台风登陆的时候，你可千万别乱跑。"

丁翘笑了："我乱跑干什么？我当然不乱跑，如果要跑，也是朝着新闻跑。"

赵莞被她弄得哭笑不得："你也只能在我面前耍耍帅了，等你真的迷路了，那就真把脸丢到浪琴湾了！"浪琴湾和市区隔山差海的，大家开玩笑的时候，常用它来形容特别遥远的地方。

熟悉丁翘的人都知道，丁大小姐天不怕地不怕，就怕认路——她是一个典型的路盲。她从小就在这座城市生活，从幼儿园到小学、中学、大学，毕业后也在这里工作，但她对城市道路的记忆，仅限于家附近的街道。这两年幸亏有各种打车软件，给她的采访带来很大的便利，只是她每个月的交通费都比别人多许多。

有次她在外面采访完，想着反正离家也不远，就决定走路回家……不料短短的路走了半小时都没走完，刚好赵莞打电话问她回不回去吃饭，才知道她竟然南辕北辙，朝着相反的方向走了，而她竟然笃信自己没走错路。

后来赵莞常用这事来取笑她，去年报社新大楼刚落成的时候，丁翘每次上厕所，赵莞便提醒她："记得带手机开导航，我怕你找不到回办公室的路。”

丁翘担心赵莞又扯起自己路盲的种种糗事，便故作大气地朝她挥挥手，转身大步流星地朝报社门口走去。

——她怎么也没有想到，这一去，她不但迷路了，还差点丢了小命，遇上了一连串古怪的事情，甚至她的这一生，都与浪琴湾扯上了莫大的关系。

第二章

神秘的报料人

前往浪琴湾的班车一小时才一班，车上全坐满了人。如果不是昨晚就在网上买了票，恐怕今天还不一定能坐上车呢，丁翘有点庆幸。

三个小时后，班车抵达海边小镇，丁翘下车，打了辆车往码头赶。根据网上查来的攻略，还得坐半小时的船才能抵达浪琴湾。

下船后，丁翘随着人流走出码头，阳光依然灿烂，不像是台风要来的样子，丁翘暗自思忖着，天气预报是不是弄错了？

刚走出码头，她便看到了“吕仁酒店”四个大字，也明白了报料人为什么那么肯定地说她不会认错，因为整个浪琴湾，吕仁酒店是唯一的高大建筑物，其他的全是低矮的房子。

从外观来看，吕仁酒店还是挺有气势的，楼高一共八层，装饰得富丽堂皇，据说是按照五星级的标准打造的。夏天是海边的旅游旺季，网上的标准间价格都要600多元。报社规定，出差住宿一晚最多只能报销250元，不过丁翘不在乎，只要能顺利完成采访，她不介意倒贴钱。

在这方面，丁翘是一个大气的人。从小，母亲周颖芝便教育她，节俭是美德，但为人必须要大方。丁翘一直执行得很好。大学毕业后，只要对工作有利，有助于提升工作效率，丁翘都不吝于花钱——所以她的交通费远比别人多；对朋友，丁翘可称得上仗义，出去吃饭、逛街，她都是主动买单的。

想到自己即将面临的对手便是这家酒店的老板，丁翘稍微有点紧张，不由得对着酒店的玻璃门看了好一会儿——在内暗外明的光线作用下，玻璃门就像镜子一样照着她，镜子中的她穿着一袭波西米亚风格的小短裙，戴着一顶棉质小帽子，随身只背着一个小背囊，怎么看都像是一个来度假的人，不会引起怀疑的。她对这次暗访充满了信心，推开玻璃门大踏步走进去。

凉爽的冷气迎面扑来，她精神为之一振，径直朝大堂接待处走去。

在等候办理入住手续的时候，手机响起了收到信息的提示声。她掏出手机一看，竟然是报料人发来的——

“到了吧？办理好住宿手续就回房间休息，等候通知。——浪琴湾报料人。”

跑了两年多报料新闻，还未见过这样的报料人，丁翘心里隐隐涌起一丝不悦：你是谁呀，我采访还得按你的指示来？她把号码拨回去，正想不客气地回敬他几句——

“对不起，您拨打的电话已关机，请稍后再拨。”

就像油锅里扔进了一块冰，丁翘肚子里的火一下子就蹿上来了，她狠狠地把手机拍在柜台上，这都什么跟什么嘛，搞信息遥控呢，你以为你是谁啊？

嘀……嘀……手机又响起了信息提示声，一看，又是机械男发来的。

“别生气，你听我的话没错。——浪琴湾报料人。”

他怎么知道我生气了？难道他看见我了？丁翘抬起头不动声色地打量着四周，酒店大堂里人来人往，除了穿着制服的服务员外，其他三三两两的都是悠闲的游客，谁都不像是那个鬼鬼祟祟的报料人。

这一刻，她对这个报料人涌起了反感，在心里暗骂了一句故弄玄虚，脸上却是一副笑容可掬的表情，客气地接过服务员递过来的房卡，朝电梯走去。

房间在七楼，拉开窗帘，视线越过低矮的民房，可看见不远处的大海，大海似乎退潮了，露出细白的沙滩，有游人打着伞在沙滩边玩，还有小朋友顶着烈日在沙滩边追逐。

咦，是无敌海景房呢，这意外的发现让她来了兴致，报料人让她回房间等候通知，她偏不等候，决定到外面逛逛，看看海，也看看人。

简单地洗了一把脸，抹了一层防晒霜，她戴上帽子，背着小背包就出发了。

从电梯里出来，她径直朝门口走，手中握着手机——她倒要试试看，那个报料人是否真的对她的行踪了如指掌。

她刚走出酒店门口，手机便响起了信息提示声，一定是那个机械男发来的，她负气地想，我偏不看，你能奈我何！

走了两步，终究按捺不住好奇心，她打开了手机看，果然是他。

“如果你饿了，请去酒店左边100米处，那里有家小食店，吃虾的，你这样的身材，两斤应该够了。——浪琴湾报料人。”

我为什么要听你的安排？还吃两斤虾？你把我当成跟你一样的粗人了吧？她故意大步往酒店右边的方向走，我偏不听你的！

不过，走了几步，她又掉头了——既然他特意让她去那里吃虾，她倒要看看，那家店有什么神奇之处，反正闲着也是闲着，是不是？

沿着左边的马路走，果然走了一会儿就看到一家小店。小店简陋得出人意料，名字就叫“有家小食店”，里面摆着三张矮桌子，还有几张小凳子。没有食客，只有一个老婆婆坐在门口补渔网。如果不是刻意看，很难发现这里有一家小食店。

她正想开口问，那老婆婆却已站起来：“是不是要吃虾？”

看来没找错地方呢，于是她问：“还有别的菜吗？”

老婆婆摇头：“没有呢，只有虾。”

看不出这么小的店，竟然这么专一，这引起了丁翘的兴趣，她倒要看看，这家的虾有何特别之处，能让报料人特意向她推介。

“行，给我做一斤椒盐虾吧。”

老婆婆又摇头：“我只会做白灼虾。”

丁翘简直要叹为观止了，想不到老婆婆的厨艺这么专——也算是术业有专攻了吧？

看着老婆婆头上如霜的白发，还有脸上怯怯的表情，丁翘摆摆手，坐下来：“行吧，那就要一斤白灼虾。”

老婆婆又摇头：“妹子，一斤不够的，你得要两斤。”

丁翘心里叹气，这个老婆婆是怎么回事，怎么老是摇头？还有，她怎么跟那个机械男一样，一出口就是两斤虾？

难道这个老婆婆就是那个报料人？看样子似乎又不像，老人家不太可能懂得声呐。

“不，就一斤，两斤我吃不完。”丁翘加重了语气，她必须要让对方知道，你专一，我也有我的坚持。

老婆婆略为迟疑了一下，不再说话，慢慢地走进了后厨。

丁翘松了一口气，挑了最外面的位子坐了下来，正好可以看见外面来来往往的人，不时有游客打扮的人走过，但是没有一个人驻足看一眼这家小食店。

丁翘突然有点担心，这家无人问津的小食店做的东西能吃吗？会不会吃出毛病来啊？

啪的一声，一个圆圆的竹簸箕放在桌子上，上面放着大小不等的虾。看样子还不少呢，丁翘担心自己吃不完。

见丁翘依然端坐不动，老婆婆开口了：“妹子，快趁热吃，一会儿凉了就不好吃了。”

丁翘摊手：“阿婆，您得把酱料拿出来呀。”

广东人吃东西讲究原汁原味，但白灼的海鲜，也还是需要酱料佐味的。

老婆婆摇头：“我这里吃虾不用酱料。”

只能入乡随俗了，丁翘点点头，又提出新要求：“给我拿双筷子好吗？”

老婆婆又摇头：“不需要，吃虾，得直接用手剥才爽！”

老婆婆说着，从竹簸箕里拿起了一只虾，双手灵活地一剥一扯，整只虾肉就像金蝉脱壳一样光溜溜地脱身而出，老婆婆把虾肉往嘴里一扔，咀嚼了几下，满意地点头：“灼得刚刚好，虾肉弹牙又脆口。”

真是一个自信的老人家，丁翘哭笑不得，伸手拿起一只虾，默默地剥起壳来。虾壳是深红色的，却又几乎透明，倒把里面的虾肉衬托成粉嫩的浅红，放进嘴里一尝，咦，鲜中带咸，好香！

老婆婆笑眯眯地看着她：“好吃吧？”

“好吃！”丁翘不由得好奇地问，“这个虾，是在白灼的时候放了盐吗？”

老婆婆摇头：“没有，这就是虾本来的味道。”

丁翘不相信地说：“我吃到了咸味，如果不放盐，虾怎会有咸味？”

她虽然生活在城市，但对海鲜并不陌生，海鲜原本的味道是怎么样的，她岂会不知道。

老婆婆说：“这里的虾跟你以前吃过的虾不一样，它们是从海里捞上来的。”

丁翘哑然失笑：“阿婆，海鲜当然都是从海里捞出来的了，还能有什么分别？”

“不一样。”老婆婆固执地说，“有的虾被捞上来后，要坐车进城，还要泡在鱼缸里等客人挑选，外面那些在鱼缸里养过的虾，怎么可能跟从大海中刚捞出来的一样？”

“但是它们同样是泡在海水里进城的，它们依然是生猛海鲜。”

老婆婆又摇头了：“不一样，它们在大海里是自由自在的，灼熟了自然就带着海水的咸香；把它们泡在鱼缸里，虾的心情和想法都不一样，它们的味道能一样吗？”

似乎还颇有道理，丁翘不由得对这些在自由自在中献身的虾产生了微微的敬意，手上的动作也就加快了些——还真别说，这虾可真是越吃越好吃。

只一会儿，竹簸箕便见底了，丁翘心里有点后悔不听报料人和老婆婆的建议，这虾要得少了。其实去掉了虾壳和虾头，一斤虾也没多少肉嘛。

算了，半饱就半饱吧，她站起来正想问多少钱，老婆婆就说："再来一斤吧，一吃就吃个够，不然多扫兴。"

她马上被说服了，慢慢地又坐了下来，含糊地说："那就……再来一斤吧。"

老婆婆边往后厨走边喃喃自语："早叫你要两斤了，偏不听人言，浪费我的柴草。"

丁翘有点惭愧，只当听不见，正在此时放在桌上的手机亮了一下，提示有新信息。

她摸出纸巾擦擦手，打开手机看。

"虾不错吧？吃饱了就回去睡觉。今晚有台风，不过他们应该不会放弃行动，到时我再通知你。——浪琴湾报料人。"

她按着号码拨了过去，果然又关机了，真是"叔可忍嫂不可忍"，她正考虑如何想办法把他臭骂一顿，老婆婆端着一簸箕虾走出来了。

算了算了，美食当前，不跟他计较，丁翘收起手机，一心一意地吃起来。她向来不甚喜欢海鲜，但在此刻，她发现原来自己是爱海鲜的，只是平时在海鲜城吃过的那些，影响了她对海鲜的客观评价而已。

直到吃完了最后一只虾，她才心满意足地伸了个懒腰，老婆婆递上一碗茶水，她端起来一口气喝光了。

一股沁人心脾的芬芳在口腔间弥漫开来，继而回甘，带着清凉的味道，不像是普通茶叶的味道。不等她开口问，老婆婆就说："这是水翁叶泡成的茶，吃了虾，喝这个最好。"

"再给我来一杯……不，一碗。"

老婆婆笑眯眯地又给她倒了一碗茶，她端起来喝光了，心满意足地抚抚肚子，突然计上心来。

“阿婆，你的虾这么好吃，怎么客人不多？”

老婆婆摇头：“我这里太简陋了，游客嫌弃呢。”

“是他们没眼光，对了，阿婆，有个朋友推荐我来这里吃虾，你猜猜是谁？”

老婆婆疑惑地看着她：“妹子你开玩笑呢，你的朋友我怎么认识？”

“是你们村里的人，你就猜猜嘛。”

老婆婆侧着头想了好一会儿，还是摇了摇头：“不知道。”

她的样子，不像是说谎。

丁翘结了账后慢慢地踱出小食店。小食店的收费低得出乎她的意料，老婆婆说，她是一大早向村里渔民买的虾，每斤只多收5元加工费。

也许是吃饱了心情不错，她竟然也不生报料人的气了，决定遵照他在信息中的吩咐，回酒店好好地睡一觉，为今晚的暗访养精蓄锐。

回酒店的路上，她观察着迎面走来的每一个人，她觉得每一个人都有可能是那个报料人，也许他也正在暗中观察着她，时时准备发信息指挥她的行动。

因为想着有人在暗中窥视，她倒有了几分恶作剧的意味，走几步就猛地回头看，只是人们来去匆匆，并没有人因为她的突然回头而露出什么端倪。

回到房间开了空调，连窗帘也没拉上，她就倒在床上睡着了。坐了半天的客车和船，她也有点累了，连梦中都像是在晃荡，但又舒服得不愿意睁开眼。

也不知道睡了多久，当她醒过来的时候，窗外已是一片漆黑，但是四周似乎并不安宁，她侧耳细听，原来是狂风在呼啸，还有雨拍打着玻璃窗的声音。

她扑到窗边朝外看，酒店的霓虹灯把外面映照得红红绿绿，在狂风的裹挟中，大雨如瓢泼般朝窗边扑来，被玻璃窗瞬间切割成一个个平面。

她悚然一惊，台风真的如期来了。

嘀——手机提示收到了新信息，她忙打开看。

“八点钟，码头边等。”

这一次，他省略了落款，没有在后面备注“浪琴湾报料人”六个字。

是因为时间太急来不及吗？丁翘的心吊了起来。

第三章

恐怖的台风之夜

丁翘慌忙看了一下手机上的时间，已经是7点30分了，幸亏从这里去码头并不远，她松了一口气，脱掉了身上的短裙子，从小背囊里掏出一套浅灰色的连体裤换上，这套连体裤简约低调，穿着舒适又不引人注意。

她有经验，暗访的时候衣着越简单越好，而且连体裤的料子比较轻薄，就算被雨浇湿了，贴在身上也不会不舒服，能迅速被空气和体温蒸干。

她麻利地把一头长发扎成丸子头，从背囊里掏出手机套，手机套上有长长的绳子，可以把手机直接挂在脖子上，赵莞给的雨衣也派上用场了。临出门时她抽出房卡塞进手机的套子里，把手机绳往脖子上一挂，便轻装上阵了。

酒店大堂人不多，人们三三两两地站着讨论着这场台风的等级，台风已经登陆了，据说这场台风比天气预报原先宣布的九级还要大，码头往返的船只在傍晚时已经停止了营运，人们担心着明天的出行，议论纷纷。

丁翘暗暗庆幸赵莞送了雨衣给她，不过等她推开玻璃门大步走出去，便知道自己庆幸得太早了——狂飙而来的暴风雨把雨衣的帽子从她的头上吹开，她瞬间就淋了满头满脸的水，待她好不容易把帽子重新戴好，头发已湿了大半，眼睛都睁不开了。

更让她吃惊的是，她现在连走路都举步维艰，每走一步，都像有人从反方向推着她不让她前进，天地间已是漆黑一片，唯有风雨无处不在，见缝插针地企图突破雨具的防线入侵她的怀抱。她唯有双手紧紧地抱着胸前，咬牙前进。

让她安心的是，在双手的庇护中，有个坚硬的东西一直紧紧地贴在胸前——那是她的手机，只要手机在，报料人就能找到她。

好不容易踉踉跄跄地走到码头，风雨更大了，她竭力睁开眼睛四处张望，码头的浅滩上泊着各种各样的渔船。在昏黄的灯光照射下，隐约可见海浪被狂风鼓动着汹涌地朝岸边扑来，啪啪有声。

四下无人，更显得风雨声如同鬼哭狼嚎。丁翘的双眼被雨水打得又酸又涩，不由得心里生出怨艾：这样的鬼天气约在这里见面却不见人，莫非是有人故意捉弄我？似乎又不可能，虽然这个报料人行事是古怪了一些，但从他的信息来看，似乎对她并无恶意。

会不会是他发信息过来了，自己没听见？她一步步挪到一个巨大的水泥墩前，那水泥墩是固定在码头上的，再大的台风也撼动不了它，她半蹲着把背紧紧地贴近水泥墩，从怀里掏出了手机。

有三个未接电话，两个是赵莞打来的，另一个是境外的号码，是妈妈打来的。

翻开信息栏，空空如也。

已经是晚上8点零5分了，报料人并没有发信息来。

难道他们改变了主意？如果他们取消了行动，报料人应该告诉她呀！她把手机放回胸前，正要站起来，但觉眼前一黑，一个黑色的身影不知道什么时候站在了她面前。

她正要开口询问，来人已伸出双手不由分说地推着她往前走。两人靠得很近，一阵若有若无的气味飘过来，清新而馥郁，那是香茅草的味道。

以前，外婆在世的时候，因患风湿之故常涂抹药油，其中一味草药便是香茅草，所以她对这种气味非常熟悉。

对方是不是报料人？她正欲挣开来问个究竟，可是来人似乎并没有跟她交流的意思。她徒劳地挣扎了几下，发现以自己的力量实在无法与之抗衡，只觉得此人好高，似乎要比自己高上一个头。风疾雨猛中，她被来人不由分说地拉扯着穿过无数渔船，最后上了一艘船。

这个时候上船？她有点奇怪，也有点兴奋——他们真的行动了？

她没有在海边生活过的经历，对台风的了解并不多，初生牛犊不怕虎，一股“铁肩担道义，妙手著文章”的豪气在支撑着她，此刻她也顾不上害怕了。

这艘船还不小，堪称巨大，来人对船的布局似乎相当熟悉，灯没开，他却能左穿右拐，把她带到了一个幽暗的所在，从位置上来看，是船上的二楼。

角落里放着几个巨大的蓝色胶桶，来人揭开了其中一个胶桶的盖子，声音低沉地说：“进去！”

“为什么？”她想要看清楚来人的样子，可是没有灯光，她什么也看不清楚。

“别怕，有我在！”风雨太大，这句话，也是淹没在风雨中的。

不知道为什么，听了他这句话，丁翘竟然觉得安心，马上身手敏捷地爬进了蓝色的大胶桶里，顶上的盖子啪的一声被盖上了。

顿时，全世界都安静了——胶桶里就像一个与世隔绝的空间，只是，里面黑得可怕，丁翘生平第一次知道，原来所谓的伸手不见五指是这样的。

雨衣还套在身上，里面的衣服又全湿了，黏糊糊地贴在身上，别提多难受了。幸亏胶桶空间还挺宽敞，她小心翼翼地脱掉了身上的雨衣，顿时感觉舒服多了，这才放心地松了一口气。

也不知道外面那人走了没有，不过就算走，他应该也还在船上，因为他刚才说——别怕，有我在。

凭那句话，她基本上可以确定，他就是那个神秘的报料人。

四周一片寂静，她只能听到微微喘息的声音。

正在寻思间，手机闪了一下，信息来了。她打开看，微怔，竟然是“机械男”加她微信好友的申请，她没有犹豫，立即按了通过。

很快，手机又闪了一下，信息来了。

她打开，竟然是一段语音，机械男发来的。她把手机贴近耳朵边听——他竟然在唱歌，没有配乐，只是清唱，但有一种很特别的味道。

> 海边小岛上，
> 红莓花儿开，
> 有一位少年真使我心爱，
> 可是我不能对他表白，
> 满怀的心腹话儿没法讲出来，
> 满怀的心腹话儿没法讲出来……

她不禁莞尔，这个机械男怎么回事，这个时候竟然唱歌？她回复了一条信息过去：“什么鬼？”

很快，手机闪了一下，对方回信息了：“我怕你害怕，唱歌给你壮胆，我只记得这首歌。”

丁翘回了一个字：“哦。”

对方没有再回复，丁翘静静地待了一会儿，忍不住又打开手机贴近耳边听起来。他之前跟她通话的时候，声音是经过处理的，刚才他带她上船的时候，风大雨大，他的声音听起来也含糊不清，但他唱歌的声音特别好听。

这个声音听起来很悦耳，很年轻，也很温柔，像是有人在你耳边呢喃，轻轻地诉说衷肠。

这个神秘的报料人，究竟是什么人？丁翘更加好奇了。

因为担心手机没电，丁翘不敢再玩手机了，她关掉了手机屏幕，待在黑暗中默默地想着心事。

不知道过了多久，突然，手机上的提示灯亮了一下，丁翘忙打开屏幕，机械男发过来一条微信——

“我已下船，他们现在上船了，你藏在桶里千万不要出来。”

什么？你下船了？你刚才不是说有你在，让我别怕吗，你现在竟然溜走了？

丁翘背上突然泛起了一阵冰冷之感，在这样一个风雨呼啸的台风之夜，自己被一个陌生人忽悠进了一个巨大的胶桶里，如果闷死在胶桶里面岂非很冤？

这一刻，她甚至认真地寻思，自己最近是不是得罪了什么人？如果他们发现她藏在船上，会不会杀人灭口？她越想越怕，明知道手机早就被自己调了静音，还是忍不住又认真地检查了一遍，免得手机突然响起来惹祸上身。

突然，她有了新发现：胶桶上方竟然有一个手指大小的洞口！刚才没看见，是因为四周都是黑乎乎的，现在——有灯光射进来了。

她明明记得，刚才跟机械男上船的时候，船上黑灯瞎火的，这么说，他们真的上船了。

一想到大敌当前，她豪气顿生：我是为了保护祖国蓝色的海洋而战，我才不怕你们，再说，我不是一个人在战斗，我还有盟友呢——不过一想到那个盟友好像已经下船了，她又有点丧气。

她凑近那个洞，透过洞口朝外看——这一看，不由得感叹那个人让她藏在这里简直太高明了！从洞口看出去，刚好看见一楼的甲板位置，甲板上的灯光穿过密集的雨帘依然亮得有点刺眼，几个男人站在那里好像在商量着什么，不过隔得太远，再加上风疾雨大，她什么都听不见。

奇怪的是，那些男人既没有打伞也没有穿雨衣，好像不怕衣服被浇湿一样。雨越下越大，她透过密密的雨帘，可以看见他们的衣服紧紧地贴在身上。过了一会儿，其中的一个男人挥了一下手，几个男人相继走进了船舱。

他们打算干什么？我要不要想办法溜出去听听他们在密谋什么？丁翘寻思着，突然感觉船身动了一下，随之开始颠簸起来，脚下也传来剧烈的震动感——那是发动机在震动！

糟糕！他们开船了！丁翘心里一沉，他们开船自然不会只是在港口边逛逛，应该是要出海，可是今晚这样的天气，所有的船只都跑回码头避风，他们却要开船出海，那不是寻死吗？

报料人说他们利用声呐探测器捕鱼，也许在台风之夜出海更有利于他们掩饰罪恶？但谁都知道台风来临时出海是多么危险，如果只是为了打渔，似乎不值得这样做啊，他们到底想干什么？

船一直在高速前进，胶桶与地板的接触面有强烈的颤动感，丁翘一直死死地盯着胶桶的小洞，但甲板上空无一人，只有大雨依然在下，而风也越来越大，不知道吹着渔船上的窗户还是杂物，风声像鬼哭狼嚎。

这群亡命之徒，为了钱连命都不要了！丁翘默默地想。胸前的电话闪了一下，她以为是报料人发信息来了，忙打开看——

果然是信息，但不是机械男发来的，是赵莞。

“小翘翘，你怎么不听电话也不回信息？你妈知道你出去暗访了很担心，快给她回个微信。”

她忙查看，果然发现母亲周颖芝发了好几个信息，还有几个语音聊天请求，为免母亲担心，她快速地输入：“妈，我在采访，方便时再联。”

信息却迟迟发不出，她盯着手机看了好一会儿，才恍然大悟：没有信号了。

她的心又沉了一下，这下连最后的仰仗都没有了。如果她被那些人发现，连一个求救的信息都发不出去。

呵呵，丁翘啊丁翘，看来你今天真要为祖国的新闻事业而牺牲了。

不不，邪不胜正……大不了按兵不动，等他们返航下了船，我再神不知鬼不觉地离开便是。

抱着这样的想法，丁翘干脆靠在胶桶边闭目养神，偶尔睁大眼睛观察一下甲板上的动静。

甲板上一直没有动静，渔船冒着风雨在颠簸前行。对未来不可知、不可控的恐惧感，令她有那么一刹那，产生了整艘渔船只有自己一个活物的错觉，她恨不得爬出胶桶看个究竟。

她好不容易才控制住这个想法，平静地等候时间的流逝。她隐隐觉得，这些人在台风之夜出海，必然不是为了捕鱼这么简单，她也很好奇，冒这么大的风险出来，这些人究竟想干什么？

丁翘突然冒出一个念头：难道他们是利用渔船走私？对，一定是这样！他们极有可能会在海上交易，今晚风疾浪大，正是他们作案的好时机！丁翘被这个猜想刺激得心脏狂跳。

这两年来，因为跑政法线之故，她见识过不少黄赌毒交易现场，但那是跟办案人员一起，像今天这样单枪匹马孤身上阵，还是头一次。不过，暗访不正是因为这样才刺激吗？她并不害怕。

不知道过了多久，渔船似乎停止了震动。风浪依然很大，渔船在海浪中剧烈起伏。

丁翘擦了擦眼睛，凝神透过洞口往外看。

果然有了动静，几个男人相继抱着一些东西走了出来，把东西放在甲板上后，他们又返回船舱再拿，来来回回几次后，甲板上堆起了一大堆东西。

不是渔网，那些东西是椭圆形的，形如手榴弹，似乎有一根一根的线把它们串连在一起了。

几个男人站在甲板上好一会儿，似乎在商量着什么，其中一个男人挥了挥手，船又开动了。

一个男人抱起甲板上的“手榴弹”开始往海上抛。船越开越快，但那些男人一直保持着一次只能一个人抛“手榴弹”的频率，似乎是想隔开那些“手榴弹”之间的距离。

丁翘突然想起了报料人的话——他们用声呐探测器捕鱼。难道，那些形如手榴弹的东西，就是声呐探测器?

很快，堆在甲板上的“手榴弹”就全部被投进海里了。丁翘有点后悔，他们刚才在抛“手榴弹”的时候，自己应该用手机拍下视频的。这款手机的功能不错，像素也极佳，应该可以拍得很清楚，但是现在说什么都迟了。

丁翘有点懊丧，待她再凝神把目光投向甲板上，甲板上已经空无一人，而船，也在这个时候停止了前进。

风好像突然之间停了，但海浪依然在咆哮，渔船在大海中漂来荡去，在大自然面前，人类显得那么渺小与无奈，丁翘的心吊到了半空。

突然，丁翘瞪大了眼睛：甲板上多了许多闪闪发光的东西，有的长些，有的短些，而且还在不断地跳动!

只是一瞬间，她便反应过来，是鱼！从海里跳上来的鱼！丁翘几乎惊呼起来，该是多么可怕的力量，才能让鱼舍弃它们赖以生存的海水，奋不顾身地跳到甲板上来?

她想起了报料人的话，他说，声呐的杀伤范围很广，一旦开启，几百米以内，所有鱼类都会惊慌失措地浮出水面，胡窜乱撞，最终死亡。

甲板上的鱼越来越多，很快便铺满了甲板，还有数不清的鱼正前赴后继地往船上跳。

几个男人拖着箱子走出来，他们似乎对这种现象已司空见惯，把鱼拾起来放进箱子里。

报料人没说错，他们确实是用声呐探测器捕鱼。这样的捕捞方法，对海上生物的打击是毁灭性的，如果任由他们这样下去，我国实行的休渔期保护根本没有任何意义。

一股怒火从丁翘心里涌起，她打开手机的录像功能准备把这一切都拍下来——但是，当她把手机的摄像孔对准胶桶的洞口时才发现不行，眼睛可以通过洞口观察到外面的一切，但手机的摄像头无法像人的视线那么灵活。

怎么办？丁翘犹豫了一下，她决定豁出去了，走出去把这一切拍下来！那些人一心收拾甲板上的鱼，应该不会留意船上的二楼。

丁翘小心翼翼地顶开头上的盖子，慢慢地爬出胶桶。

透过船窗，她发现不但风停了，连雨也停了，但海浪依然很大，渔船在不断地晃动，她把身子靠在墙壁上朝窗外看，敌明我暗，正好把一楼甲板上的一切尽收眼底。

甲板上的鱼更多了，铺上了厚厚的一层，但它们并不甘心就此待毙，痛苦地跳跃着挣扎着——于是，整个甲板都似乎在跳动，银光闪闪。

丁翘打开手机的摄像功能，调好距离，对着一楼的甲板拍起来。拍了一会儿，她还是有点不满意——用手机摄像虽然方便，但广角不及照相机，拍出来的效果自然也不及相机好。

丁翘猫着身子走出二楼的甲板观察了一下，决定爬上船的三楼。说是三楼，其实也就是渔船的二楼顶端而已，上面是一个平台，用一镜到底的办法可以把甲板上的鱼360度地全部拍出来。

这个新闻一旦报道出去，将会引起轰动，大海里的海洋生物，都会因为她而获救。一想到自己可以挽救整个海洋的生物，丁翘顿觉责任重大，她猫着腰蹑手蹑脚地爬上了三楼。

果然，居高临下，一楼甲板上的情况一览无遗。

甲板上的鱼越堆越高，海里的鱼还在不断地跳上来，那几个男人都忙不过来了，只挑大鱼拾进箱子里，不时用脚把小鱼踢下海，但很快又有数不清的鱼跳上甲板。

丁翘把手机调整好焦距，对着甲板上的鱼和人拍起来。

突然，她发现甲板上有个男人站直了身子朝三楼看，用手指着她这边的方向似乎在说着什么，很快，其余的男人也站直了身子朝这边看，丁翘微怔了一下，才反应过来：他们发现她了！

环顾四周，三楼没有隐蔽之处，怎么办，怎么办？电光石火间，丁翘想到了二楼的胶桶，除了那个地方，她想不到更合适的藏身之处了！

她把手机往胸前的衣服里一塞，忙朝二楼奔去。

她一跑，那几个男人好像才反应过来，不约而同地朝梯级走去——可是他们脚下全是叠在一起的鱼，而且鱼一直在蹦跳，这令他们举步维艰，很快便摔倒在鱼堆中。

船舱里的人听到了外面的动静，慌忙走出来看，待弄明白是有人在偷拍，立即就退回船舱里了——从船舱里也能上二楼，可以避开鱼堆的阻挠。

丁翘跑到二楼，终于看到了那几个蓝色的胶桶，可是她却不敢爬进胶桶里了——他们已经发现了她，现在进去无异于让他们瓮中捉鳖。

就在犹豫间，二楼突然灯光大亮，紧接着，她听到前方传来密集的脚步声，她可不想束手就擒，扭头朝另一个方向跑去。

“在那边！”

“是个女的！快，追上她！”

她闪身进了一个漆黑的小房间，似乎是临时卧室，隐约可见布置了几张碌架床，她靠在床边喘息了一下，思忖着下一步应该怎么办。渔船虽大，但这么多人要找一个人并不难，过不了多久，他们就会找来这里。

一想到那些陌生的男人不知道会怎样对付她，她便全身冒冷汗。杂乱的人声越来越近，她紧张得快要窒息了，双手向前伸，摸索着朝床后面的角落走去——

突然，她心里一沉，角落里似乎贴墙蹲着个黑乎乎的人影，房间里还有人？她再定睛看，那人影却又悄无声息地没了踪影，难道是自己疑心生暗鬼了？她正寻思着，胸前突然闪过一道光，把她吓了一跳，过了一会儿她才反应过来是手机发出的光，难道手机……有信号了？

她迫不及待地掏出手机看，果然，手机竟然显示信号满格。

看来这海上并不是完全没有信号，只不过是信号不稳定罢了，这意外的发现令她大喜。

砰的一声，房间的门从外面被踢开，啪的一声，房间里突然大亮。

几个男人站在门口，他们已经把二楼搜索了一遍，可以确定，入侵者就在这个房间里。

丁翘把手机举起，突然大大方方地出现在他们面前，倒把几个男人吓了一跳。

“抓住她！把她扔进大海里！”有人在后面大声喝道。

丁翘把手机举在前面，镇定地说：“你们只管上来，让大家看清楚你们的脸！让全国观众知道你们干的非法勾当！来，大家看清楚，就是这些人……”

一个年轻的男人惊呼：“她在直播！”

“不错！”丁翘微笑着说，“我刚才已经直播了你们把声呐探测器扔进大海，还拍到了你们在甲板上拾鱼！如果你们敢对我动手，这个视频会拍下你们的罪证，全国人都会认得你们的脸孔！”

丁翘脸上带笑，心却几乎提到了嗓子眼，也不知道这样说对这些人有没有震慑作用。

一个高大的男人大声说：“别听她胡扯，上去，把她的手机给我抢过来！”

有个小青年低声说：“老板，抢她的手机没用，她是直播，边拍边播出去了！”

这个老板，莫非就是那个吕仁？丁翘心里发虚，如果他们这个时候冲上来抢她的手机，她是一点办法都没有，但此刻她不能示弱，一示弱她就完了，包括手机里已拍好的那些视频都会被他们毁掉的。

于是，她故作平静地微笑着说：“这位帅哥平时没少玩手机吧？来，你们可以一起过来，一起玩直播！”

几个男人闻言皆后退了几步，好像担心她把自己拍进去似的，唯有那个被唤作老板的高大男人，站在原地审视着丁翘：“你是谁？来这里干什么？”

丁翘笑了笑：“我是主播啊，听说你们用声呐捕鱼特别好玩，我就悄悄上船跟来了。”

那男人脸色大变："是谁告诉你说我们用声呐捕鱼？"

丁翘大声说："我亲眼看见了，你们把声呐放进大海，启动探测器，那些鱼受不了都往船上跳！我刚才已经直播了，全国观众都看见了！"

那男人的脸色变了又变，铁青着脸问："你想怎么样？"

丁翘一字一句地说："关闭声呐，立即返航！"

"如果我不答应呢？"

丁翘笑眯眯地说："那你就把我扔进大海，反正看了这段直播的人，都知道谁是杀人凶手。"

男人盯着丁翘的脸，似乎要从她脸上看出虚实来，丁翘露出玩世不恭的笑意，似乎对方把她扔进大海也是一件好玩的事情，她并不介意。

那男人终于败下阵来，挥挥手："快去关掉！"

丁翘把手机紧紧地握在手中，背靠在柱子上——虽然那个高大的男人，也就是酒店老板吕仁，再三邀她进船舱里坐，但她都坚决地拒绝了，她不相信，那些刚被她要挟过的人，能对她有什么善意。

所以，她一直待在一楼的甲板上，深夜的海上寒气入骨，她不由自主地咬紧了牙关，默默地盯着甲板看。

甲板上的鱼已被收拾好，甲板也被冲刷得干干净净，连一点鱼腥味都没有留下，她回想起不久前这里还堆满了厚厚的鱼，好像做了一场梦。

但她知道，这不是梦，船正在往回行驶，如无意外，天亮前她就可以安全抵达码头，然后拿着手机上的视频去报警。其实她很想问吕仁，为什么要用这么极端的方法去捕鱼，还有，为什么要在台风来临的时候出海捕鱼，再贵的鱼也不及生命重要啊，但在这个势单力薄的时刻，她不敢去刺激他，希望他相信她只是一个贪图好玩的女孩，相信她的承诺——她答应他，一到码头，她就把她的直播全部删除，从此以后不提这件事。

丁翘想起了那个报料人。那个机械男实在太不讲义气了，把她骗上渔船，自己却一走了之，如果不是她急中生智，此刻恐怕已经浮尸大海了。

没义气！垃圾！渣男！她在心里把报料人咒骂了一万次，她很想发信息骂他，但现在不是时候——手机是她唯一的武器，她必须把电留着，让手机保持待机状态。

不过她也知道，实际情况是，海上的信号不行，时断时续，她已经试过好多次想把那些视频发回去给赵莞，但都因信号中断而中止——若吕仁知道她的底牌，她会很危险。

远处响起了脚步声，她警觉地抬起头，神经顿时绷紧了：吕仁带着几个男人正朝她走来。

甲板上湿漉漉的，映着灯光，她不由自主地站了起来，挺直了身子，似乎这样一来自己就能变得强大一些。

吕仁脸色阴晴不定，一步一步地朝她走近。

丁翘忍不住喝住他："别过来！"

吕仁站定，冲她笑，可是他的笑容让人害怕："你说谎了，你是报社记者，是不是？"

丁翘心里一沉，脑袋飞快地转动着——他是怎么知道我的身份的？难道是报料人出卖了我？

不可能，这样对他有什么好处？也许这个吕仁什么都不知道，只是想诈一诈我而已——于是她镇定地说："反正我答应你，一下船就删除直播，没人会再记得今晚的事。"

这也是策略，她不知道对方对她的了解有多少，所以不敢直接否认自己的身份，但答应删除直播好让对方放心，不至于跟她撕破脸皮。

谁知吕仁轻蔑地哼了一声："小姑娘，你好狡猾啊，今晚的事你并没有直播出去。"

丁翘笑了，以退为进地扬了扬手中的手机："这个我可没有骗你，我刚才看过了，点击量还不少呢！"

吕仁笑了："真看不出啊小姑娘，这个时候你还能这么镇定。"说完他突然收住笑容，厉声说，“我们上网查过了，你是《江台都市报》的记者，网上有你以前的采访视频，但是，根本没有你所说的直播！”

丁翘暗暗叫苦，原以为已经唬住了这个土包子，想不到他竟然还会让人上网查证。

这个时候，只能装㞞了，于是她低下头，可怜巴巴地说：“那我答应你，一下船就把所有的视频都删除了。”心里想的是，到时有了信号我就把视频发出去，手机上的视频删掉了也没关系。

谁料吕仁并不上当，他盯着丁翘看了好一会儿，才慢腾腾地说：“你不是心疼海里的鱼吗？那我们就把你扔进海里喂鱼吧。”

丁翘大吃一惊，忙撒腿就跑，吕仁也不急着追，在后面笑嘻嘻地说：“跑吧，你跑得再快也是在这艘船上。”

丁翘当然懂得这个道理，只是抱着拖得一时是一时的心理咬着牙沿着甲板跑，灯光把她的身影映在湿漉漉的甲板上，不知道为什么，她想起了那些鱼，那些被声呐吓得跳上甲板的鱼。此刻，自己跟那些鱼又有什么区别？

好不容易跑到船尾，二楼楼梯口突然冒出几个男人，他们站在那里，正气定神闲地等着她自投罗网，她咬紧了嘴唇，正想掉头跑，不料脚下被什么东西绊了一下，她整个身子贴着甲板滑了出去。

来不及溅起一朵水花，她就整个儿被海浪卷进了大海里。

吕仁带着几个男人走过来，看着翻滚的海浪，似乎挺满意这个结果，沉声说：“今晚的事不许说出去！”

众男人对视了一眼，齐声说：“知道了，老板！”

有人小心翼翼地问：“还要回去捞海里那些东西吗？”

吕仁阴着脸，半晌才说：“今晚有点背，不去了！”

没有人敢说话。

吕仁看着茫茫的大海，哈哈地笑：“今晚这台风，说停就停了。”

众人没有说话，跟着他默默地走进了船舱。

刚摔进大海的时候，丁翘是清醒的，虽然她知道大海跟游泳池不一样，但仗着会游泳，她倒没有惊慌失措，她屏住呼吸，四肢很快便适应了海浪扑击的频率，待她重新浮出水面，才发现渔船已经离她有一段距离了。

她心里一惊，伸手摸了摸胸前，手机依然挂在那里，她的心定了一下，立即挥动双手朝前划去——在这茫茫大海中，她必须追上渔船伺机爬上去才有活路，最不济，能抓住渔船上的缆绳，或许也能有一线生机。

然而游了不到十分钟，她便知道自己还是太乐观了——四肢越来越吃力，前行的速度越来越慢，而渔船正在离她越来越远，快要消失在视线之外了。

她暗自心焦，双手加快了划水的速度，但收效甚微，一个浪头打过来，待她抹掉脸上的水，渔船就完全在她的视线里消失了。

她的心顿时凉了，没有了渔船，就算她力气足够，也游不回去了，在这无边无际的大海上，她迷路了。

跟以往的任何一次迷路都不同，这次迷路，没有导航也没有车可打，她甚至无法向人求助，只能一个人孤零零地……游。

看来这次是真的回不去了，但是，不能坐以待毙啊，哪怕再游一会儿，离岸边更近一些，也是好的。

她睁大眼睛奋力朝前游，胸前有东西贴着她的衣服在晃来荡去，她怔了一下，马上想起那是她的手机，她伸手摸了一下，手机装在套子里依然被保管得好好的，她好像从手机中得到了能量，奋力朝前游去……

不知道游了多久，她觉得累了，就停了下来，浮在水里先休息一下。她喃喃地提醒自己：我只是休息一会儿，一会儿还要游回去的，我只是休息一会儿，一会儿还是要游回去的……

她不想死在这里，也不能死在这里，不然，妈妈会伤心死的。她很小的时候爸爸就因病去世了。为了养老抚幼，母亲想办法办了商务签证赴英国谋生，家中只剩下她和外婆相依为命。

妈妈虽然极少回来，但一直与家里保持着密切的联系，她在国外的事业越来越顺利，也提升了家里一老一小的生活质量。初中毕业那年，母亲想为她申请去英国求学，但她婉拒了，因为她见过母亲的男朋友杜鲁斯了，母亲是那么爱他，总是笑眯眯地叫他老杜，她担心自己的到来会打搅母亲的幸福生活。

外婆去世后，失去至亲的剧痛令她曾想去英国投奔母亲，但是想起老杜，她放弃了。老杜是那么爱母亲周颖芝，老杜亲昵地唤她为JOJO，他发誓要寻遍天下最古老最美丽的玫瑰花献给他心爱的JOJO。这些年来，只要他跟周颖芝回国，两人便四处游玩寻找古老的玫瑰花品种，每找到一种稀奇的玫瑰花，老杜都会拍照发上社交圈。

为了一枝玫瑰的绽放，他甚至有耐心从冬季等到春天，等到玫瑰开花把它们摘下来献给他的JOJO。

在老杜眼中，JOJO就像是女神一样的存在，确定了这一点，丁翘就更加不愿意去英国跟他们一起生活了。

"如果我跟他们生活在一起，那女神就成了孩子妈，那得多扫兴呀。"当丁翘把这个理由告诉赵莞，赵莞先是笑了，后来又哭了。赵莞是家中最大的女儿，下面还有两个弟弟，她存在的意义，似乎就是为弟弟们开疆辟土，她想象不出被父母疼爱是什么滋味，她被丁翘与周颖芝间的母女情感动了。

她们是大学时同寝室的闺密，大学毕业后，又进了同一家报社工作，当丁翘邀请赵莞搬去家里跟她一起住的时候，赵莞没有多做推辞就高兴地答应了。住在丁翘家，每个月可以省下一笔不少的房租呢。

嗯，赵莞还在等我回家，妈妈的信息，我还没回……

丁翘打起精神，竭力地睁开眼睛，她知道自己必须动起来，不然就麻烦了，她看过电影《泰坦尼克号》，如果自己一直闭着眼睛，很快就会睡着，在海水里睡着就意味着长眠不醒……

为了不让自己睡着，她把手机从脖子上摘下来握在手中，因为她知道，自己的手一松，手机就会掉进海底，她要以这种残忍的方式，警惕自己不能睡着，她必须硬挺着睁大眼睛，四肢飞快地划动起来……

不知道过了多久，她觉得自己的身子越来越软，像躺在松软的棉花上，又舒服又解乏，不冷也不热，一切都是那么刚刚好。她贪恋着这份舒适，长长地舒了一口气，就像躺在家里软绵绵的床上，不由自主地闭上了眼睛。

她脸上带着笑，缓缓地松开了紧握的手。

手机，像鱼一样从她的掌心脱落，坠向漆黑的海底。

丁翘睁开了眼睛。

风停了，雨也住了，天上没有月亮，细碎的星星点缀在灰黑的夜幕中，显得辽阔而遥远，像是一幅含义高深的写意图。

这是哪里？她一骨碌坐起来，迷惘地环视四周。在灰暗的夜色中，隐约可见又高又大的石头，而自己，刚才正是躺在一块平坦的石头上。

她明明记得，自己之前在海上跟海浪奋力搏击，为何现在却在岸上？难道是自己不知不觉地游到这里来了？似乎不大可能，以自己的体力，不可能游出茫茫的大海——难道是海水把自己漂到这里来了？

好像是为了印证她的猜测，此时阵阵海浪声清晰地传来，她站起身朝前走，果然看见了大海，在苍茫的夜色中，海浪像绸缎一样席卷而上，又像碎花一样消失无踪。

按距离来算，这不可能是渔村的海边，她突然想起了什么，伸手往胸前摸去，心里一沉——手机并没有挂在胸前。

她想起来了，为了不让自己入睡，她曾经把手机握在手心……可是后来她还是睡着了。

唉，她默默地叹了一口气，可惜了那些拼了性命拍出来的视频，全没有了！更丧气的是，没有了手机，也就失去了向外界求助的工具，她现在浑身上下除了一套衣服，什么也没有了！

不仅如此，她丢了手机，那个报料人也联系不上她了，当然，她也找不到那个报料人了。一想起那个报料人，她就气不打一处来，如果不是他故弄玄虚，她也不会几乎丢了命。

突然，她睁大了眼睛——巨石旁边，有个黑影正在朝她走来！

她本能地往后退想躲起来，她觉得自己的安全面临着新的危机，因为她怀疑那个人是吕仁派来灭口的人。

“嘿，你醒啦！”黑影大声地冲她嚷，语气中透着喜悦与兴奋。她定定地站在那里，这个黑影，究竟是什么来路？

瞬间，黑影就走到了她跟前，夜色深沉，她看不清他的五官，只觉得他长得真高——而且，好像只穿了一条贴身的泳裤，夜色把他的身材勾勒得修长而完美。

“嘿，你醒啦！”黑影又说。

她不禁放下心来，看来这个人对自己并无恶意，于是便轻轻地嗯了一声，说：“是你救我的吗？”

来人没有直接回答，把手中的东西举到她面前——他的手上，好像捧着什么东西：“给你的。”

她迟疑了一下，并没有伸手接：“是什么？”

他伸手拿起她的手，他的手指微凉，柔软的触感中带着不容拒绝的霸道，她的手不由自主地张开，接住了他手中的东西。

有点轻，有点浮，好像是野花一样的东西。

她听到他淡淡地说：“桃薇，可以吃的。”

桃薇？她从未听过这个名字，料想是一种野花，不忍心拒绝他的好意，她拈起一朵桃薇送到了嘴边，慢慢地咀嚼起来。

芬芳中略带苦涩，似乎又带着甘甜的番薯的味道，她可以肯定，自己此前并没有吃过类似的东西。这时她才察觉自己真的饿了也渴了，这大半夜折腾下来，白天吃下的那两斤虾早就消化掉了。

“好吃吗？”他问她。

夜色深沉，她看不清他的面容和眼神，但知道他一直在看着自己。像是不忍心让他失望似的，她点点头，很快，手中的那捧桃薇就被她消灭掉了——她真的有点饥不择食了。

“是你救我的吗？”

他微微点头，勉强地嗯了一声，似乎救人是一件让他怯于承认的事情。

她激动地问：“那你救我的时候，有没有看见一个手机，用手机套子装着的手机？”

他困惑地问：“手机？很重要吗？”

“重要！”她迫切地说，“手机里面……有很重要的资料……很重要！”她不知道对方是什么人，不能把视频的内容告诉对方，只能强调资料很重要。

对方点点头：“知道了。”说完他便转身迈着长腿朝大海走去。

丁翘惊讶，大声问：“喂，你去哪儿？”

他大声说：“帮你找手机！”

什么？丁翘吓了一跳，他不是开玩笑吧？他要去大海帮她找手机？那不是海底捞针吗？

“哎，不要去了！”丁翘对着他的背影大声说，“你找不到的！回来！”

可是他好像没有听到一样，头也不回地朝海里走去，转眼间便消失在海边，没了踪影。

他真的去帮她找手机了，去大海上。

她愣愣地注视着他消失的那片海域，他是谁？他怎么会在这里？他说帮她找手机是不是开玩笑？

她目不转睛地盯着海边，浪花去了又来，来了又去，他的身影一直没有再出现。有那么一瞬间，她以为一切都是自己的错觉，怀疑根本没有这样一个人出现过。

可是她又记得，他说：“嘿，你醒啦？”他还说，“帮你找手机。”他的每句话都很短，可是现在想来又那么亲切。

不知道过了多久，也许是一个小时，也许是两个小时，天突然又下雨了，她抬头看，天边依然是阴沉的，连星星都不见了。

她一动不动地站在那里盯着海边看，也没避雨的打算，反正在这里也避无可避，雨水把她的眼睛打得生疼，她不由自主地伸手抹水，待她重新睁开眼睛，她呆住了——前方，一个黑影正踏浪而来！

是他！她认得他修长的身材，那么高，那么瘦。

她不敢相信自己的眼睛，用手再擦了一下眼睛，看见他越来越近的身影，看见他朝她挥手，大声说："找到了，你的手机！"

她踉踉跄跄地朝他奔去，直到从他手中接过手机，直到手机被她紧紧地握在手心，直到按亮手机看见熟悉的保护屏，她才敢确认：这确实是她的手机。

他竟然能在大海中找到她的手机？他是怎样做到的？他到底是什么人？她正想细问，对方却掉头又朝海里走去。

"喂，你又去哪儿？"

他没有停顿，风雨中只隐约听见他说："等我一会儿……带你回去！"

带我回去？这么说，我可以回去喽？她心里一喜，这个时候，就算他说他能摘下天上的月亮，她也不会怀疑他的能力了。

雨越下越大，她摸索着朝岸边走，走了一会儿隐约看见越来越多的石头，还有远处黑黢黢的植物，她恍然大悟：原来这是一座孤岛。

这座孤岛，也许离她落水的那片海域并不远，所以那个人顺利把她救来这里，也帮她把掉在海里的手机找了回来……手机，对，她要给妈妈和老赵打个电话！

正想打开手机，她就看见手机灯闪了一下。有人打电话进来，她按了接听键，是赵莞惊喜交加的声音："丁翘！小翘翘，是你吗？是你吗？"

丁翘心里一热，说："是我。"

"天哪，你没死可太好了！快告诉我，你在哪里？你在哪里！"

"我在……"她正想说我在一个孤岛上，眼前突然闪过一道光，像是天空被撕裂了一个缺口，紧接着一声巨响从天边炸开来，轰隆隆——

轰隆隆——

雷声把天空劈开了一道口子，大雨瓢泼一般倾泻开来。

丁翘吃了一惊，她知道打雷的时候不能打电话，否则雷电会击中自己，于是慌忙说：“我这边在打雷呢，先不说了……”

她刚挂了电话，又一片雷声震天地响起来，闪电把眼前的一切照得如同白昼，她半蹲着贴近一块巨石，尽可能地缩着身子，好让岩石为她挡住更多的风雨。

突然，她睁大了眼睛——

眼前不知道什么时候多了两个男人，他们好像完全看不见她一样，两人正在激烈地争论着什么，可是由于雷声太大，她什么也听不见。

后来，其中的一个男人扭头就走，后面的男人紧跟几步，突然俯身从地上拾起一块大石头朝前面男人的后脑勺砸去，她吃了一惊，正要提醒对方，却见前面那男人已被石头砸中，一头栽倒在地。

行凶者俯下身子，抓起那男人的脚，拖着他一步步地朝海边走去，看样子是想让大海毁尸灭迹。

惊恐、震怒令丁翘站起来欲要呼叫……可是临了她却发现自己发不出一丝声音来，眼睁睁地看着那个生死未卜的人被拖向大海深处，而她软绵绵地倒在地上。

闪电过后，海边重归黑暗，无边无尽的风雨呼啸而至，不过丁翘已经听不见也看不见了，她晕倒过去了。

这一晚发生了太多意外的事情，完全透支了她的体力，她再也承受不住了。

第四章

正直的富二代

曙光初现，海面风平浪静，很难想象，昨夜那么大的台风，那么大的雨，竟然没有在海面留下一丝痕迹。

太阳在海天相接之处冒出半边红通通的脸，把整个天空都映得色彩斑斓。

一艘游艇在大海上行驶着，一个年轻的男子靠在窗边看着海边的太阳发呆，他半皱着眉头，似乎满腹心事。

有人走进来，兴奋地说："江先生，丁记者醒过来了！"

被唤作江先生的年轻男子精神一振，兴奋地说："太好了！"

两人走进里间，里间是一间较为宽大的休息室，几名年轻的男女围着一张床，床上躺着的人刚悠悠醒来——丁翘瞪大眼睛，迷茫地看着四周，这是哪里？怎么有这么多人？难道那个瘦高的男青年真把自己救回来了？她突然想起了那个被砸伤脑袋的人，不知道他获救了没有？

一想到那个人，她脑中马上浮现出凶手拖着受害者走向大海的情景，不由得一骨碌坐起来急声惊呼："快，快救他！"

江先生一双修长而白净的手伸过来，握紧她的手，温声安抚她：

"丁记者，别怕，你已经获救了。"

丁翘知道他误会了，忙说："还有一个人，他被人打伤拖进了海里，很危险……"

床边的几个人面面相觑，似乎在辨别她话里的真伪，丁翘急了，说："真的，我亲眼看见有人拿石头砸他的脑袋……"

江先生沉静地说："丁记者，我们发现你的时候，整座小岛只有你一个人。"

丁翘惊讶地看着他，半晌才问："你是帮我在海里捞手机的那个人吗？"

所有的人都惊讶地看着她，在大海里捞手机？这个女记者莫非吓傻了？

江先生摇摇头："不是。"

丁翘叹了一口气："我觉得也不像……哎，我的手机呢？我的手机在哪里？"

她焦急地在胸前摸索着，这才发现自己已被换上了一件干净的白T恤。

"丁记者，我们找到你的时候，你的周围并没有手机。"江先生说。他的语气是那么真诚，就像他的眼神一样，那是从心底里涌出来的关心。

丁翘闭着眼睛回想了一下，她明明记得自己晕倒之前，手机就在自己手上，而且她之前刚与赵莞通过电话……难道那个凶手把她的手机拿走了？似乎可能性也不大，如果为了灭口，凶手应该杀了她才是。

"能不能借你的手机给我用一下？"

江先生默默地把手机递给她，她拨打自己的号码。

"对不起，您拨打的电话已关机，请稍后再拨。"

竟然关机了。

她默默地把手机还给江先生。见她一副茫然的样子，江先生温声说："丁记者，你还记得自己的名字和工作单位吗？"

旁边的几个男女相互对视心照不宣地点头，他们也觉得这个丁记者说话有点古怪，精神似乎不大对头，估计是受到了不小的惊吓。

丁翘微怔了一下，但还是很配合地说："我叫丁翘，《江台都市报》记者。"

江先生满意地点点头，微笑着说："很好。"

"那你呢？"丁翘看着江先生，目光越过江先生环视着众人，"你们是？"

江先生站起来，温和地说："我叫江盛，在昨夜之前，我并不认识大家。"

一个健壮的男子接着说："我叫家明，是志愿者，也是这次台风搜救服务队的队长。"

一个苗条的女孩说："我叫安妮，是志愿者。"

"我叫罗刚，也是志愿者。"

在众志愿者你一言我一语的补充中，丁翘基本弄明白了自己获救的经过。原来，昨夜她一直没有回赵莞的信息，赵莞急疯了，便把她失联的事向报社领导做了汇报，并把这件事在微博上公布了；而周颖芝一直联系不上她，问赵莞才知道她到海边采访了，因为担心她出事，便向江台市侨务局求助。

有记者在海边采访时失踪，而且还兼有侨眷侨属的身份，层层上报，最后连市领导都被惊动了，派出了公安和武警立即前往浪琴湾一带的海域搜救；与此同时，因为微信和微博的力量，民间志愿者也组织了一支搜救队前来支援。

"当时我们都觉得你不可能在那个孤岛上，可是江先生坚持要上去看一下，想不到你真在那里。"队长兴奋地说，"昨晚虽然出动了那么多人，但最后把人救下的是我们！"

丁翘感激地说："谢谢你们，如果不是你们……"她有点后怕，虽然她不知道后来发生了什么事，但自己能获救，真的算万幸了。

她突然想起一件事："昨晚码头不是停运了吗？你们是怎么来的？"

家明说："游艇啊，我们是坐江先生的游艇进来的。"

丁翘"哦"了一声，原来昨晚志愿者在网上发起搜救行动后，当时组织者打算租快艇出海，后来江盛主动跟他们联系，说自己可以提供游艇为他们服务，于是便临时组建了这支搜救队。

丁翘正想向江盛道谢，不料他挥挥手，对其他的志愿者说："丁记者可能累了，要不大家都出去，让丁记者休息一会儿？"

志愿者们点点头，相继走出房间。江盛见大家都出去了，走去关上门，又走回来，丁翘看他的样子像是有话想说，便看着他。

"你刚才说丢了手机，手机上的资料很重要吗？"

丁翘惊讶地看了江盛一眼，想不到他还记得她手机的事，于是便点点头："很重要……是采访资料……我拿命拼来的。"

江盛神色严肃："那现在丢失了，后果是不是很严重？"

"我也不知道……"丁翘突然想起，她的手机刚买回来时，赵莞曾经帮她研究过，说是帮她设置了自动保存，拍下来的照片和视频会自动保存到云端，但因为她一直没有使用过这个功能，所以几乎忘记了这回事。

江盛疑惑地看着她："你不知道？是不是丢失了拍摄的素材，就做不了新闻了……"

她打断了江盛的话："对不起，你能不能再借电话给我用一下？"

江盛狐疑地看了她一眼，默默地把手机递给她。这个电话，是打给赵莞的，她让赵莞帮她查云端上有没有她昨夜拍的视频。

很快，赵莞就告诉她，她昨晚拍的视频都自动存进云端了，而且效果还不错。打完电话，丁翘心情大好，告诉江盛："那些资料没有丢，我同事帮我查过了，我用手机拍的视频自动保存到云端了。"

江盛微怔了一下，继而笑着说："那真是恭喜你了！"

"江先生……"

"叫我江盛就好了。"

"江……盛，我想问你一件事。"她依然放不下昨天夜里被袭击的人，“你们找到我的时候，岛上真的一个人也没有？”

江盛摇头：“没有。”

“可是，我在岛上真的看见有人杀人了。”说完，她又补充了一句，“我现在很清醒，也不是开玩笑的。”

江盛的脸也变得严肃了：“昨晚那么大的台风，你为什么会去那个孤岛？是谁送你去的？”

丁翘沉吟了一下，便把自己收到报料后到浪琴湾采访、暗访时发生的事情一一说了出来，江盛边听边点头，表情越来越严肃。

“一会儿到了码头，你先别回去，跟我走。”

丁翘惊讶地看着他：“去哪儿？”

“报警！”江盛不容置疑地说，“作恶者必须得到惩治！”

丁翘更惊讶了：“你……真的相信我说的话？”

江盛侧头看她：“为什么不相信？难道你有说谎的习惯？”

“不是……我是说，你也相信有人昨夜在海里帮我捞起了手机？”

江盛目光平静地看着她，连语气也是平静的：“我相信。”

“可是我自己说出来，都感觉……像假的一样。”

“我相信。”江盛微笑着，看着她的眼睛，他的眼神是那么真诚，“我相信你。”

咦，似乎是一个有判断能力的富二代呢，丁翘不由得对他生出几分好感，心里突然冒出了一个主意：“你能再帮我一个忙吗？”

“什么事？”

“我的采访还没完，你能不能陪我完成这个采访？”

江盛点头：“当然可以。”

丁翘忙说：“谢谢，回头请你吃饭。”

“那你恐怕得请我吃两顿饭了。”江盛似笑非笑地看着她，“你身上还穿着我的T恤。”

丁翘低头看了一眼自己身上的衣服，脸慢慢就红了。

第五章
两个偷鱼贼

台风吹走了多日的酷暑，现在浪琴湾的空气中都带着微凉的气息，人们在经历了台风带来的短暂惊慌之后，开始重新享受慵懒的渔村生活。

码头及时恢复了营运，有的游客从码头走了，有的游客又从码头来了，浪琴湾唯一的酒店——吕仁酒店依然生意兴隆。

人生可不就是这样，有忧有喜，有来有往，如同浪涛，翻滚而来，又折叠而去，周而复始，永不停歇。

夜色已深，还有游客意犹未尽地在沙滩上漫步，海边的码头上，泊满了渔船，一艘游艇掺杂其中，也许是刻意低调，连灯光都没有开。

游艇的一个房间里，丁翘仰卧在床上，月色透过窗子洒进来，说不出地闲适，可是她在床上却翻来覆去睡不着。按照她跟江盛的约定，应该是上半夜睡觉养精蓄锐，下半夜才开始行动，可是此刻她却毫无睡意。

昨夜在孤岛上发生的一切，一直如同电影般在她的脑海中闪过，江盛和志愿者都说，发现她的时候，岛上除了她并无任何人，可是她明明记得，有个高高瘦瘦的男子给自己摘了一捧叫桃薇的花，帮自己把手机从海里捞了上来，她至今仍记得桃薇那甘甜略带苦涩的清香，还有那男子指尖的微凉……

难道那个瘦高男子是野人？如果是野人，为什么他能在大海上来去自如？而且他还会说话，她记得他最后跟她说的一句话是“带你回去”，对，他说回去，说明他是生活在岸上的人类。

还有，后来出现的两个男人，到底是什么人？那个背后袭击的男人，得逞了没有？这一切像乱麻一样把她的脑袋塞得满满的，令她头痛欲裂。

白天，她跟江盛到派出所报警，民警一听说她就是那个在台风中失联获救的女记者，顿生敬意，很认真地为她做了笔录，当她说到后来在海岛上发生的怪事，一名民警悄悄把江盛拉出门外低语。

后来，江盛才告诉丁翘，民警担心她是受到极度的惊吓后，产生了短时间的思觉失调——岛上的瘦高男子，还有袭击杀人事件，都有可能是她臆想出来的。

怎么证实自己是一个精神健康的人？这对丁翘来说并不难，她清楚地记得，瘦高男子帮自己把手机从海里捞出来后，她跟赵莞通过一次电话，于是她把这个信息告诉民警，民警略为沉吟了一下，立即当着她和江盛的面打电话跟赵莞核实。打完电话后，民警的脸立即变得严肃起来，甚至对丁翘又客气了几分。

但他也只是把相关的资料记录下来而已，派出所核查了浪琴湾的常住人口和暂住人口，并没有发现人口失踪的报案，所以事情暂时还未有进展。至于丁翘反映的吕仁酒店的老板利用声呐在海上捕鱼的事情，并不属于派出所的管辖范围，民警建议他们向海洋与渔业局反映，如情况属实再报警处理。

作为一名跑了两年报料新闻的记者，丁翘自然知道单凭在船上拍的那些视频，并不足以指证吕仁一伙的不法行为，这也是她请求江盛留下来帮她的原因，江盛正直且有见识，能有这样一个人在旁边帮忙，今晚的行动应该会比较顺利。

这件事，她已经跟部门主任打了招呼，本来，她昨晚的“暂时失联”已令部门主任受了不小的惊吓，后来得知她安然无恙，主任松了一口气，让她迅速返回市区，但她坚持要完成这个报道，主任只好答应了。事后，主任立即把这件事向领导汇报了。

没想到报社领导很重视这个选题，总编辑亲自把电话打到江盛的手机上——丁翘的手机丢了，她现在只能拿江盛的手机跟外界联系。总编辑在电话中表扬了丁翘求真、务实的新闻理念，并体贴地问她需不需支援，如果需要，他可以立即组织一个精锐的采访团跟她会合。

丁翘受宠若惊，忙说自己可以独立完成采访，总编又叮嘱了几句才放下电话。既然这个选题已经惊动了报社领导，丁翘更觉责任重大。她本来是想先回酒店睡一觉，下半夜才开始行动的，她昨天开的房间还未办理退房手续呢，可是江盛说，昨晚她在船上闹出那么大的动静，吕仁一伙也知道了她的身份，如果她回酒店住，不知道会发生什么事，不如就在游艇上休息，下半夜一起行动。

她觉得江盛的建议不错，就答应了。

下午，江盛把那些志愿者送走后，就在游艇上做了晚餐，菜在冰箱里，都是现成的，直接拿出来煮就可以了。富二代竟然会做饭，这让她对江盛又多了一丝好感，待江盛把菜端上餐桌，她更是大吃了一惊。

其实这两道菜并不复杂，一道是虾仁炒香芹，一道是腊味炒西蓝花，是典型的广东菜。但是，这两道菜都做得卖相极佳，虾仁是粉嫩中带红，香芹晶绿透亮，而西蓝花则是青翠的，跟腊肉配合得相得益彰，令人食欲大开。

丁翘时常在外面采访，与各色人等吃工作餐也是常事，因此也不客气，大大方方地拿碗装了两碗饭，与江盛同桌而吃，还客气地赞扬他的厨艺：“想不到你这样的人还会做饭。”

她本是随口一说，想不到江盛定定地看了她一眼，幽幽地说：“你这是赞我还是贬我？”

她连忙解释："不是不是，我只是说，像你们这样的家庭，家里应该请了保姆吧，不会做饭很正常啊，因为……我也不会做饭。"

江盛笑了："跟你开玩笑呢，其实我读小学的时候就会做饭了，我爸非让我学的，他说，爹有娘有不如自己有，爹会娘会不如自己会。"

丁翘点头，怪不得呢，原来人家有这么良好的家教。

"筷子拿来。"他突然说。

她不知道他想干什么，愣愣地把筷子递给他。他接过她的筷子，挑了几只最大的虾放进她碗里。

他把筷子还给她："多吃一点虾，你昨晚累了一晚，需要增加营养。"

细致、体贴，但他的言行又那么得体、大方，丁翘暗叹，这就是赵莞所说的优质男了吧，咦，要不要为赵莞牵牵线？

"你有女朋友了吗？"她脱口而出。

"没有。"他回答得干脆，一双眼睛炯炯有神地看着她。

糟糕，他一定是误会她在试探他了，一时之间，她不知道怎样解释，难道说她只是问问，又或者说是帮朋友问问？好像都不对。

她咽下了一口虾，才缓缓地说："我好朋友老赵，女的，也没有男朋友。"

江盛没料到她会这样说，略显意外地看了她一眼，没有搭话。

这应该是拒绝牵线的意思吧？丁翘决定放弃这个话题，低下头默默地吃饭。

"你呢，你有男朋友吗？"江盛突然问。

丁翘恼他刚才无声地"拒绝"了老赵，想也没想便说："不告诉你。"

江盛并不以为意，淡淡地笑了。丁翘不再看他，一心对付碗中的饭菜，只是这虾仁虽然又大又肥，但味道真不如昨天那老婆婆的白灼虾呢，她在心里默默地想，突然又想起了那个推荐她去吃白灼虾的报料人，如果让她找到他，她非要弄死他不可！

夜已深，四周都静悄悄的，整个浪琴湾都在酣睡，连海浪声都那么低沉，真的有点像古琴的声音。

吕仁酒店也是静悄悄的，保安早就不知道躲到哪儿偷懒去了，只有前台的值班经理还在埋头苦干——玩手机。

两个黑影悄悄地从后门溜进厨房——几乎每一家稍为体面些的酒店，都有一个宽敞的厨房，没办法，民以食为天，而中餐的制作方法，又注定了没有相当大的规模，根本无法烹调出酸甜苦辣的美味。

没有想象中的艰难，他们的行动可以用长驱直入来形容——后门虚掩，厨房的门没锁，食材贮存室也很快找到了，如果要说美中不足，那就是贮存室的冰箱太多了，他们无法确定要找的东西放在哪里。

丁翘小心翼翼地拉开一个大冰柜，顿时高兴起来——里面码得密密麻麻都是鱼，再拉开一个，依然是鱼，她暗自感叹，人们来这里吃饭，兴高采烈地指挥着服务员在透明的大鱼缸边挑选了那些“生猛海鲜”，却没想到那些只是“卖家秀”，他们最终吃进嘴里的，不过是冷藏鱼而已。

“糟糕，这么多鱼，怎么办？”她不由自主地低声道。

“嘘！”江盛示意她别吱声，却用手指逐一指了指冰箱，丁翘明白了，他的意思是在每个冰柜都拿几条鱼做样品，于是两人一左一右地分头行动，把每个冰箱的鱼都拿了几条。

鱼已被冰得冷硬，拿起来沉甸甸的，像石头一样，丁翘往袋子里装鱼的时候，只觉得心在怦怦乱跳———切都太顺利了。她隐隐有点不安，总觉得在那些黑暗的角落里，有人在窥视着他们的一举一动。

直到她和江盛提着鱼一前一后走出厨房，才印证了她的直觉是对的——外面空旷的走廊突然响起密集的脚步声，还有嘈杂的吆喝声。

“在厨房那边！”

“不要让他们跑了！”

丁翘的大脑顿时一片空白。她一向循规蹈矩，今晚来偷鱼本就心虚得厉害，现在还被人家发现了，一旦人赃并获，不管动机是什么，后果都相当严重，她昨晚已领教过吕仁的处事方式，不敢想象若再落到他手中会有什么下场。

她有点后悔自己的胆大妄为了，不应该拉着江盛行动的，其实她若把昨晚拍的视频直接交给海洋与渔业局，他们也可以据此展开调查，可是她担心因此打草惊蛇，吕仁会命人毁灭证据——昨晚所有的渔获，就是证据。

早在她收到报料的当天，她就上网查过声呐对鱼类的危害。网上说，当声呐探测器在海底作业的时候，大部分鱼类的内耳都会受到严重的伤害，这会直接威胁它们的生存，这就是鱼类会争先恐后地往船上跳的原因——对鱼类来说，这无异于凌迟之苦，所以受声呐危害过的鱼类必然会因内耳和鳃部出血而死。

这也是她今晚与江盛来偷鱼的原因，只要检验出在吕仁酒店厨房里冷藏的鱼类有声呐作用致死的症状，那么吕仁一伙在海上违法使用声呐、危害海洋生物的指证便有了实证，这篇报道便更有说服力。

外面走廊里的脚步声越来越近，是冲出去还是退回厨房？她觉得自己的心都要跳出来了，正在惊慌失措间，江盛拉着她的手闪身进了旁边的一个小房间里，这似乎是一间杂物房，隐约可见里面堆满了桌布，江盛示意她蹲在角落里，然后抱起桌布盖在她身上——顿时，肉味、海鲜味、酱油味、蒜味、辣椒味铺天盖地地朝她扑来——原来这些桌布是今晚饭市换下来堆放在这里的，要等明天才清洗。

丁翘暗暗叫苦，江盛却附在她耳边低声说：“你躲在这里，我引开他们。”说完，不等她说话，他便提着两袋鱼飞快地奔了出去。

“喂，人往那边跑了！”

“叫什么呀，赶紧追呀！”

外面的脚步声、呼叫声一阵急似一阵，后来似乎越来越远了，她要侧着耳朵倾听，才能勉强听到一些声响……过了没多久，她听到一阵哄叫声，像是有人在指责，又像是在对骂，难道他被人堵住了？她暗暗心惊，不知如何是好。

正在惴惴不安间，一阵轻微的脚步声响起……门被轻轻地推开，透过桌布之间的缝隙，阴暗的夜色中，她看见一双脚悄无声息地走了进来。

她的心几乎要跳出来了，一动也不敢动。

“我知道你在这里。”对方低声说，他的声音很轻，丁翘却听得魂飞魄散，但转念一想对方也许只是在试探，因此依旧待在那里，一动也不敢动。

那人见她毫无反应，焦急地说：“快出来，我带你离开这里，再不走来不及了！”

丁翘心念一动，此人若是酒店的人，完全可以打开灯把她搜出来，他却软声细语低声说话，显然是真的想帮她。且不理他是谁，起码他跟酒店的人不是一伙的，丁翘这样想着，就推开盖在自己身上的桌布走了出来。

那人见丁翘突然从角落里走出来，似乎并不意外，他探头朝外面看了看，外面静悄悄的，他朝丁翘挥挥手：“跟我来！”

丁翘犹豫了一下，那是厨房的方向，他们刚才就是从那里走出来的，她突然怀疑对方的动机了，扭头想朝相反方向走，对方沉声喝止道：“别乱跑！那边有摄像头！”

丁翘还在发愣，那人回过头来伸手拉着她的手，不由分说、半推半拥地裹挟着她往前走。

这么熟悉的动作——她突然觉得这一幕似曾相识。

几乎就在同时，一阵淡淡的气味窜进她的鼻子，若有若无，可是又那么顽固，令人瞬间提神醒脑，精神为之一振——是香茅草的味道！

是昨夜把她带上渔船的那个人！她清楚地记得，那个人也是这样的高个子，身上也有香茅草的芳香。

她不由得脱口而出：“是你？”

对方没有说话，一直把她带进厨房——原来，厨房的下水道有一条密道，是可以直接通往大海边的，这条秘道，也是酒店向大海排污的路径。

“他们为了掩饰，只在涨潮时才把污水排出去，你一直沿着管道走，就能走到海边。”

他朝她挥挥手，她却不肯走：“你跟我一起走！”

他急了：“我现在不能走开，你快走！”

她固执地说：“我不会放你走的，不然我到哪里去找你？你不走我也不走！”

那人压低声音说：“好，明天早上八点钟，在你吃虾的小食店见！”

“你叫什么名字？”

“我叫卓智。放心好了，我答应过你的事，就会做到。”

丁翘略为沉思了一下，一字一顿地说：“行，我就再信你一次，如果你敢骗我，我挖地三尺也要把你翻出来！”

那人默默地点点头，夜色太沉，丁翘看不清楚他的表情。

在他的指引下，丁翘咬着牙，强忍着恶心钻进了那个地下秘道。

那条地下通道倒不是十分狭窄，与一般城市下水道的设置差不多，似乎是圆筒形的，并不难走，只是需要时时猫着腰，还要捂着鼻子强忍着不让自己吐出来——整个空间都是黑乎乎的，弥漫着来历不明的臭味，有时候双手还会不小心触及各种黏糊糊的脏东西。

本来，她已被那堆臭桌布弄得恶心了半天，她原以为那是自己能承受的极限了，却没想到现在还要钻进这样一个散发着恶臭的地下通道，此刻，她觉得自己像一个从垃圾堆里蹿出来的老鼠，浑身上下污秽不堪。

她伸手探究着前面的路，双腿慢慢地向前移动，感觉像过了一个世纪那么长，而前方还无边无际，似乎这是一段没有终结的路。整个空间都是寂静的，空荡荡的，她像是行走在一座地下空墓里，一个可怕的想法突然冒出来：如果刚才那个人故意把她骗进暗道置她于死地，她是毫无抵抗能力的。

但她马上又安慰自己，他应该不会这样做吧？不过，想起那天他把她骗上渔船，自己下船走了，把她一个人留在船上，她就觉得没有什么事是那个人做不出来的……她越想越害怕，手脚加快了速度，只想快速前行逃离这污浊恐怖的地方。

不知道过了多久，终于看见前方有了光亮，还听见隐隐的声音传来，像是浪涛拍岸的声音，是海浪声！她精神一振，循着亮光跌跌撞撞地朝前走。

果然，从通道里走出来，她看见了大海。大海在夜色中泛着光，像是黑夜中的星空。

她不敢相信地看着大海，风不大，浪也不大，浪涛声声，真的像有人在弹古琴。她呆了片刻，突然像重获新生般冲向大海——她一直走一直走，直到扑过来的海浪冲击到胸前才停下来。她必须要好好地洗一洗，把头发上的、衣服上的、全身上下的污物洗掉！

直到她确信全身上下已经洗得干干净净，才从海里走上来。

这片海域与码头有一段距离，她也分不清东南西北，只能凭印象乱走一通，走了长长的一段路才发现自己迷路了。幸好这时她遇见了一对夜游的情侣，才知道码头在相反的方向。

她匆匆往码头走，暗想真是越心急越见鬼，她担心江盛的安危，寻思着要不要向警方求助，不过最后还是决定先回游艇看一看，也许江盛已经脱身回来了呢。

远远地，她看到了江盛的游艇，似乎亮着灯……她心里一喜，几乎是猛奔而去。

甲板上站着一个高高大大的身影，灯光从背后打过来，映出他的侧脸——可不正是江盛！

几乎就在同时，江盛也看见了她，他朝她奔过来，或许是太心急了，他忽略了踏板，直接从甲板上跳下来，紧紧地把她抱在怀里。

那是一种劫后重逢的喜悦与激动。

丁翘完全被感动了，这个认识才一天的男子，与她素昧平生，可是居然一直在毫无私心地救她、帮助她，凭的不过是一颗正直的心。这个人，值得跟他做一辈子的朋友啊！

她伸出手来，掩饰地、笑眯眯地拍拍他的头："好啦好啦，大家都没事就好！以后咱们就是好兄弟啦！"

他比她长得高，她要踮着脚尖才能勉强拍到他的头，就像一个小孩在调戏大人，他被她的举动逗笑了，也伸手拍拍她的头："你啊，调皮！"

丁翘想，有的人，才见面，就好像认识了几十年的老朋友一样，说的就是这种感觉吧？

半小时后，他们分别洗涮完毕，坐下来为当晚的偷鱼行动做了一个简单的总结，这次行动还算是成功的，因为两袋鱼顺利偷回来了，而且人也顺利脱身。

"奇怪，我躲在那间杂物房的时候，明明听见外面有人在吵闹，我还以为你被他们堵住了。"丁翘说，"我回来的时候，还寻思着要不要报警，让警察去解救你呢！"

江盛拿起桌上的矿泉水一饮而尽才说："我确实是被他们堵住了，而且，人赃并获。"

"天哪。"丁翘惊讶地看着他："那你是怎么脱身的？"

他淡淡地说："花了点钱。"

丁翘惊讶地看着他："花钱？到底怎么回事？"

江盛轻描淡写地说："很简单啊，我不就是拿了他们两袋鱼吗，我给几倍的价钱，把鱼买下来就是了。"

丁翘怔怔地看着江盛，任她怎么想，都料不到他会这样解决问题，可是转念一想，倒也合情合理。酒店那些人，并不知道他偷鱼的目的，也不知道她从海上获救还好好地活着，更不知道那些鱼是他们的"罪证"，在他们看来，他们只是抓住了一个偷鱼的小偷，小偷赔偿了一笔数倍于鱼价的款项，大家都没有损失，皆大欢喜。

"他们不怀疑吗？还有，那个老板吕仁不在酒店？"

"在，我见过他了。"江盛说，"我告诉他，我开游艇在这边玩，半夜想吃鱼了，但找不到地方买，只好来他的酒店拿。"

他不说偷，说拿，丁翘被他逗笑了："他不怀疑？"

江盛不以为意地说："他怀疑又能怎么样？报案抓我？凭这几条鱼恐怕还定不了我的罪，再说，这个世界就这么大，他得罪了我又有什么好处？"

丁翘心悦诚服地连连点头，有钱人的底气就是足，她暗暗庆幸自己有先见之明，让江盛跟自己一起去偷鱼。如果今晚被吕仁一伙抓住的是她，他们必定怀疑她偷鱼的动机，她恐怕无法脱身呢。

江盛又问丁翘是如何脱身的，丁翘便把经过说了一遍，还把卓智约自己明天去小食店见面的事情也说了。

江盛问："这么说，报料人就是这个叫卓智的了？听起来他好像是酒店里的人？"

丁翘点点头："应该是，他对酒店摄像头的分布情况很了解。"

江盛皱着眉头："他是酒店的人，却举报自己的老板，这个人的人品不行，你要小心。"

这两天的经历，令丁翘对卓智本没有好感，但此刻忍不住为他辩解："这点他倒没有做错，老板做了违法的事，他应该举报。"

江盛微微一笑，也没有跟她争辩，只是说："明天我跟你一起去见他。"

丁翘点头："嗯。"

此刻，在这里，她能信赖的也只有他了。

第二天早上八点，丁翘和江盛走进小食店的时候，老婆婆不在，估计是在后厨忙活，小板凳上坐着一个人——那人侧身而坐，看不见他的脸，但从体态来判断，应该是一个年轻的小伙子。

丁翘正在寻思这个人是不是自己要见的人时，那人看见他们进来，缓缓地站了起来——

高、瘦、黑，这是丁翘的第一印象。不过她知道，其实小伙子的肤色并不黑，这是目前国际上正流行的小麦色，是多少富豪和名媛梦寐以求的肤色。

小伙子朝她微笑："丁记者。"

果然是他。严格来说，这已是丁翘第三次见他了，第一次是前天夜里他挟着她上渔船，第二次是昨夜他引着她从厨房的暗道逃走，但因为两次都是在夜里，她根本没看清他长什么样子。

所以，这算是他们第一次正式见面。

丁翘静静地看着他，他眉眼清秀，尤其是眼睛，很亮很好看，可就是这个人，在台风之夜把她带上渔船，却悄无声息地抛下她，独自下船去了，令她差点丢了小命……

她抬起右手，啪的一声，用尽全力一巴掌打在他的脸上。

"你知不知道，你差点害死我了！"丁翘涨红着脸，像一只被激怒的小母猫，"如果不是这位江先生救了我，你就是杀人凶手！"

"丁翘，你别冲动，有话好好说！"江盛拉着丁翘，转而又对卓智说，"你这样做确实不太厚道，哪有这样做事的？如果丁翘在海上出了事，你于心何忍？"

卓智并不生气，一双眼睛默默地注视着丁翘。

丁翘长这么大，还是第一次打人，本以为对方挨打后必然反击，谁料卓智并没有生气，深深地看了她一眼，才认真地说："对不起，丁记者，我向你道歉。其实那天晚上的事，完全超出我的预料，我没想到你会从胶桶里走出来。"

丁翘怔了一下，确实，当晚他把她安排在那个胶桶里，从胶桶上的洞口可以看见甲板上发生的一切，只要她一直待在胶桶里就很安全，之所以发生后面的事，是因为她从胶桶里爬了出来，拿着手机跑到三楼拍视频了。

江盛淡淡地说："这么说，你认为丁翘坠海是她咎由自取了？"

"不是，我没有这个意思，这事是我的错。对不起，丁记者，是我的疏忽让你受苦了，我没想到，你一个女孩能有这样的胆识，你的敬业与专业，令我佩服。”卓智说着，竟然弯腰对丁翘行了一个礼，态度谦恭而友好，好像对丁翘刚才打自己的那一巴掌，完全不放在心上。

伸手不打笑脸人，丁翘这下子倒不知道说什么好了，只是气哼哼地僵持在那里。

“阿智，人齐了吧，开餐喽！”老婆婆端着一簸箕白灼虾从厨房里走出来，她并没有察觉到屋里的气氛有点尴尬，放下虾，看了丁翘一眼，说，“这个好看的妹子，前两日来过呀。”

丁翘向来敬重长辈，见老婆婆主动问候自己，便勉强笑着说：“是的，阿婆，我在这里吃过虾呢。”

老婆婆笑眯眯地看了丁翘一眼，又看了卓智一眼，说：“我记得啦，你还说有个朋友推荐你来这里吃虾，让我猜猜是谁，我心里想一定是阿智，果然没猜错。”

丁翘哭笑不得：“可是当时你说想不起是谁。”

老婆婆看了卓智一眼，又看了丁翘一眼，说：“阿智不愿意让你知道，一定有他的道理，我可不能说破。”说罢便狡黠地笑，似乎看透了这些年轻人的把戏。

丁翘知道她误会了，也懒得说破，卓智忙打圆场：“来来，这个虾趁热吃最好了，三婆，你帮我们泡些水翁茶来。”

老婆婆应了一声，进里间泡茶去了。

丁翘虽然觉得大清早吃虾当早餐有点怪怪的，但想起白灼虾的味道还是挺不错的，而且自己也还有一些事情需向卓智打听，于是便朝江盛微微点头，大大方方地坐了下来。

转眼间，老婆婆泡的水翁茶也端上来了，三人便剥虾吃喝起来。毕竟都是年轻人容易沟通，虾吃了不到一半，丁翘便把卓智这边的情况摸了个透。

原来，卓智是土生土长的海边人，也是吕仁酒店的保安，说是保安，其实他的工作比较简单，就是坐在监控室里看视频，如果发现可疑迹象便通知保安去处理——所以他对酒店里摄像头的位置分布非常了解。

昨天下半夜，丁翘和江盛悄悄潜进酒店厨房的时候，他就在监控上发现了他们，但他一直没有吱声，只是默默地观察着，直到后来保安发现了他们。他看见丁翘躲进了杂物房，江盛在外面被保安堵住了，便忍不住跑去带丁翘从厨房的下水道离开。

丁翘恍然大悟，怪不得那天自己一进酒店，就收到他的信息，原来自己的一举一动尽在他监控中。丁翘便也说了当天晚上在渔船上发生的事情，但是她直接跳过了孤岛上那些古怪的经历，只是轻描淡写地说，她坠海后，被海水冲到了孤岛上，后来被志愿者救走了。

因为她觉得，在孤岛上遇到的那些怪事，没有必要跟一个阅历有限的渔民说，说了也于事无补，说不定还会以讹传讹引起社会恐慌。

“你们在酒店拿的那些鱼，是打算送去化验吗？”卓智把手中的虾壳放在桌子上，“证实那些鱼，是死于声呐？”

丁翘与江盛惊讶地对视了一眼，没想到他们偷鱼的目的，竟然被一个保安看穿了。丁翘不由得多看了卓智一眼，这才发现，卓智剥开的每一只虾壳，都保持着原来的形状，乍一看，那虾壳就像原来的虾一样。

似乎是个心思缜密的人呢。

江盛朝丁翘微微摇了摇头，她当然明白他的意思，不过一想这个线索本来也是卓智的报料，于是便坦言说：“是的。”

卓智看了丁翘一眼，突然郑重地说：“丁记者，谢谢你。”

这已是他今天第二次向丁翘道谢了。丁翘想着他报料并不是为自己，而是为了保护海洋生物，虽然在此过程中自己受了一些惊吓，但他已经尽力协助自己了，比如昨晚，如非他相助，她不一定能逃出来。这样一想，她便原谅了他之前不甚妥当的安排，但有些话她还是要问一下的。

“你之前为什么故弄玄虚，刻意不让我知道你的身份？”

“其实，这不是我第一次向媒体求助。”卓智苦笑着说，“有次我在网上注册了一个小号，向一位网络大V求助，想不到他打着来调查的幌子找到老板，在酒店吃喝玩乐后满载而归，后来老板根据他提供的信息差点找到我，幸亏我警惕才没有上当。为了安全，我不得不这样做。”

“那你为什么不报警？”

“也报过了，警察来调查过几次，但是吕仁很警惕，警方一直拿不到实质的证据，这次若不是有台风，他们放低了警惕性，恐怕连你上船暗访都很难。”

丁翘点点头表示理解：“放心好了，我们会保密，没有人知道是你向我们报的料。”

事情说清楚了，虾也吃光了，这顿早餐吃得心满意足，丁翘为自己之前一怒之下打了卓智一巴掌深感不妥，于是便乘着洗手的机会溜进后厨找老婆婆结账，谁料老婆婆说，阿智已经结过了，丁翘只好作罢。

临别时，卓智站起来，却迟迟没有挪步，丁翘看他欲言又止的样子，便问：“你还有事情？”

卓智踌躇了片刻才说：“听说你在那个岛上看见古怪的事了，是真的吗？”

丁翘正犹豫着要不要如实相告时，已听到江盛警惕地问：“你是听谁说的？”

这恰好也是丁翘想问的问题，这件事她除了跟江盛和几个志愿者说过之外，只在报警时跟民警提过，连报社领导都不知道，她奇怪卓智为何会知道这事。

“整个浪琴湾都在传这件事。”卓智若有所思地看着丁翘，“但是你刚才没提……你是不想说，还是根本就没有这回事？”

原来，丁翘报警时说了自己在孤岛上看见有人杀人后，民警虽然查证辖区内并无失踪人口，亦无人报案，但慎重起见，还是跑去村民小组调查了，村主任听了此事后也很紧张，在村里四处打听，这事自然就在村里传开来了。

丁翘沉吟半晌，就把那天晚上看见两个男人争执，其中一个男人拿起石头从背后袭击另一个男人的事说了一遍，末了，她又纳闷地说：“但是，江先生和志愿者来救我的时候，在孤岛上并没有发现其他人。”

卓智的目光似乎亮了，迫切地追问：“你看清楚了，那人确实是用石头往另一个人的后脑勺上砸？”

丁翘点点头：“是的——你知道内情，还是你掌握了什么情况？”

卓智却又摇摇头，放缓了语气：“没有。”

丁翘与江盛不约而同地看了对方一眼，他们都觉得卓智好像有所保留，不由得疑心顿起。

卓智又问：“那两个人，是从海里上来的，还是本来就在岛上的？”

丁翘皱眉，她对这个全无印象，只好老老实实地说：“他们……好像是突然出现的，我不敢确定他们是从海里上来的还是本来就在岛上。”

卓智不解地问：“为什么？是因为夜太黑了看不见吗？”

丁翘沉吟不语，因为她也说不上来是怎么回事，她看见那两个人的时候，那两人就在离她不远的地方，但此前她毫无察觉。

江盛说：“我们找到你的时候，你昏迷不醒，有没有可能是你的幻觉？”

“不是幻觉。”丁翘肯定地说，“我当时本来是在打电话的，就是跟我的同事赵莞打的那个电话。”

江盛点头：“对对，后来民警向你同事了解过，证实你确实跟她通过电话。”

卓智点点头表示明白，问丁翘：“那就是说，是因为你在打电话，所以没留意那两个人是从哪里来的？”

丁翘点点头，但马上又摇摇头：“好像不是这样……我在打电话的时候，因为突然雷鸣闪电，我就停止了通话，后来天边又闪电，我才看见那两个人。”

卓智恍然大悟："原来是这样……"

丁翘纳闷地说："奇怪的是，后来我的手机不见了。"

江盛说："对，我们找到她的时候，现场并没发现手机。"

卓智脸色突变："手机不见了？那你在渔船上拍的视频岂不是也丢了？"

丁翘庆幸地说："视频已经自动上传云端了，我让同事帮我查看过了，保存得很好。"

卓智松了口气："哦……"

江盛突然想起了什么，说："你的手机有没有可能是那两个人中的一个拿走的？"

卓智也说："对对，有没有可能是他们袭击了你，然后偷走了你的手机？"

丁翘肯定地说："应该不是他们。当时他们并没有发现我，而且我看见其中一个人拖着另一个人朝海里走去后，对后面的事就没有什么印象了，应该是我自己晕倒的，我身上也没有伤，不可能有人袭击我。"

这个倒是，卓智和江盛不约而同地点头。

临别时，卓智突然让老婆婆拿纸笔出来，说要把他常用的手机号码留给丁翘，因为之前的那个号码，是临时买来的，以后会弃用。江盛说："你把号码告诉我，我帮你存起来转给丁翘就行了。"

卓智却坚持伏在桌子上，用笔在日历纸上写了自己的手机号码，然后递给丁翘，说："丁记者，如果你以后想起了什么事，就打电话告诉我。"

丁翘接过纸条，正要与江盛离开小食店，老婆婆突然走过来定定地看着丁翘，说："妹子，你是碰见不干净的东西了，回家用碌柚叶煲水洗个澡就好了。"

这是当地的迷信说法，一个人若是撞邪了，用碌柚水洗澡便可驱邪。其实丁翘这两天脑中也曾闪过这样的念头，但她是个无神论者，心里一直不敢承认，现在老婆婆一说，不由得心里发寒。

卓智忙拉开老婆婆："三婆你乱说呢，哪有什么不干净的东西！"

一离开小食店，江盛便低声对丁翘说："这个卓智有点奇怪。"

丁翘点头："我也觉得是，他好像知道些什么，他问我那个人是不是用石头砸另一个人的后脑勺的时候，眼睛是闪亮的，好像……有点激动。"

江盛若有所思地说："我觉得他好像在隐瞒些什么……你的手机会不会就是他拿走的？"

丁翘摇摇头："他拿我的手机做什么？应该不会是他。"

江盛想了一下："这倒是，他既然向你报料，就没必要把你的手机藏起来。"

丁翘默默地点头，她觉得事情似乎越来越复杂了。

第六章
这个对手有点弱

从小食店出来，江盛让丁翘先回游艇，他代她去酒店办理退房手续，兼帮她拿房间里的小背包。丁翘寻思着光天化日的，料想那吕仁也不敢乱来，想和他一起去，江盛淡淡地说："那吕仁只怕还以为你在大海上被鱼吃了，现在冷不丁地冒出来，那不是打草惊蛇吗？"

丁翘一想也是，于是便默默点头，自行回游艇等他了。想不到竟然没有迷路，她很顺利就回到了码头上的游艇，没多久，江盛也带着她的小背包回来了。

从浪琴湾回市区后，江盛陪着丁翘把两大袋鱼送去江台大学。一年前丁翘报道某段海域赤潮暴发的时候，采访过该校的海洋生物研究所所长阮教授，阮教授是一个有着丰富经验的海洋生物学家，他在电话中约定在办公室等丁翘。当记者就是这点好，认识的各行各业的人也多，接触面也广，某些时候确实能得到一些便利，办一些普通人难办的事情，而且对方还很乐意给这个面子。

听丁翘说明来意，阮教授马上爽快地表示，他可以帮丁翘这个忙。把两大袋鱼放进研究所的大冰柜后，阮教授热情地把丁翘和江盛送到门口，这倒让丁翘有点不好意思了，忙叫他留步，阮教授却认真地说：“其实今天不是我帮你，而是你帮我，媒体能关心海洋保护，是一件好事。我们最担心海洋被污染，海洋生物遭受残害，而整个社会还对此茫然不知。”

丁翘有点感动，正想说话，却听到江盛说：“阮教授，关于海洋的开发和保护，其实我也很有兴趣，或许在未来，我们可以找到合作的项目。”

丁翘之前并没有特意介绍江盛，阮教授原以为江盛是丁翘的同事，听了这话略感惊讶：“你是……”

丁翘忙说：“这位是我的朋友江盛，江氏集团的。”一天多的相处，让她觉得江盛不是虚浮的人，既然他主动向阮教授抛出橄榄枝，她自然乐意顺水推舟。

阮教授说：“我见过你们江氏集团的江浩天先生，但没深交。”

江盛淡淡地说：“他是我老豆。”广东话中，老豆便是父亲的意思，但比起父亲来，这个老豆有更随意、亲切的感觉。

江氏集团在江台市的影响还是相当大的，阮教授便格外细看了江盛一眼，客气地说：“原来是江氏集团的太子爷啊，幸会幸会！”

江盛谦卑地说：“江氏是我老豆的产业，跟我没多大关系。”

阮教授也看出这个年轻人与一般的公子哥儿略有不同，于是便认真地说：“我们也盼望有机会跟有实力的企业合作，一起探讨海洋可持续发展的新思路。”

江盛微笑着说：“很高兴听到阮教授这么说，相信我们将来一定能合作共赢。”

看见阮教授与江盛相谈甚欢，丁翘也暗自高兴，如果他们能谈成项目，那么她欠江盛的人情就好像没那么大了，她还可以跟着做采访报道，江盛说得没错，是共赢。

临别时，阮教授对丁翘说：“我们检验需要一定的时间，你明天下午来拿结果吧。”

如果今天把新闻弄出来，傍晚发的话，刚好有一天一夜的发酵时间，届时再公布检验结果，然后跟踪报道相关部门的意见，正好形成一个完美的系列报道，于是丁翘高兴地说："那就一言为定！"

回到报社后，丁翘立即投入了紧张的工作中，她把云端上的视频提出来，重新细看了一遍后，按时间轴写了一份详细的文字稿，然后做成两份报道——一份供报纸发表，一份供网络发布，网络上的短片，在关键处加粗加重了字体，最后交给编辑做后期。

如预期所料，视频在网上引起轰动，那些不要命地往甲板上跳的鱼引起了网民极大的关注和同情，一个小时内就转发过十万，评论也越来越激烈。

"天啊！这些人到底往海里放了什么东西？"

"这些鱼宁愿跳上船等死也不待在海里，太可怕了！"

"把这些人抓起来千刀万剐也不足惜！"

"任由这些人残害海底生灵，每年搞休渔期又有什么意义？"

"海洋与渔业局呢，出来走两步！"

丁翘并不知道视频在网上引起如此大的反响，下班前把稿子一交，她就和赵莞回家了。对她们这样的职业来说，能按时下班是很难得的，赵莞体恤丁翘这两天受累又受惊，特意回家给她做饭吃。

一回家，丁翘便一头冲进卫生间洗头、洗脸、洗澡。那天从吕仁酒店的下水道里逃出来后，也不知道是心理原因还是怎么的，她一直觉得自己浑身上下黏糊糊地难受，足足洗了将近一小时，把皮肤都洗得通红了，她才吹干头发换上衣服走出卫生间。

餐桌上已摆好了赵莞做好的两菜一汤，时间太短，自然是来不及做老火靓汤，但这个鱼头芫茜豆腐汤也是丁翘喜欢的。除了油盐之外，在汤里放一小把压碎的胡椒，豆腐和鱼头是嫩的，汤喝起来又清香又辣，只教人舍不得放碗，饭前喝一碗，饭后还要喝一碗。

丁翘不爱做饭，也懒得学，而赵莞在这里住既然被免了房租，便刻意多做些家务，时时主动做饭，伙食费平分，双方对这个方式都比较认可。尤其是丁翘，她从小吃惯了外婆做的家常饭，外面的饭菜再好，终是满足不了被家常菜伺候得有些娇气的胃。

喝了一碗汤，丁翘才像缓过气来一样，感慨地说：“老赵，你这汤可真好喝！哪个人娶了你，一定是上辈子拯救了银河系！”

受到夸奖的老赵便微微地笑了，也只有这个时候，她才是自信的，觉得自己在丁翘家没有白住，做一顿令丁翘满意的饭，能让她在心理上找到平衡点——丁翘帮了她，她也能帮丁翘。

人与人之间，靠的就是这份平衡关系啊，不能老是让一方单方面付出，必须你来我往，老赵很小就懂得这个道理了。

“这个鱼头也很好吃。”老赵用勺子装了一块鱼放进丁翘的碗里，“很滑，多吃点。”

鱼头散发着胡椒浓浓的香味，还有芫茜特有的清香，丁翘突然想起了在浪琴湾吃过的虾，便说：“老赵你知道吗，我在浪琴湾吃过最好吃的虾，是在酒店里不可能吃到的，以后我带你去吃。”

“怎么做的？告诉我，我可以试试。”

丁翘摆摆手：“不是做法的问题，其实做法很简单，谁都会。”

老赵奇怪了：“那是因为什么？”

丁翘说：“原材料。那个虾是直接从海里捞上来的，不能坐车进城，也不能泡在鱼缸里，就直接蒸熟，哇，咸香，鲜美，是你想象不出的美味！”

老赵惊讶地看着她：“连油盐都不放？”

“不放。老赵，过段时间，我们挑个周末一起过去吃虾，你一定会喜欢的。”

“嗯。”

饭后，丁翘正要收拾碗筷，老赵抢过她手里的碗，说：“这两天你也累了，进房间休息吧。”若是平时，丁翘还是要跟她客气一下的，但这两天实在太累了，便没多做推辞，回房间了。

可是躺在床上她却怎么也睡不着，回到办公室后她忙着写稿剪视频，拼着一股劲不泄气，现在一躺在床上，人就松弛了下来，那天晚上发生的事情，就像走马灯一样在脑海里跳跃。

那个帮她在大海中捞手机的人到底是谁？他为什么刚好在那个时候出现？他为什么救她？突然她心里一动——他会不会是吕仁船上的人？因为知道她遇险，所以跳下船救她？

如果他真是吕仁那边的人，一切都能得到合理的解释了——他趁同伴不备跳下海救她。但好像又说不过去，如果他是吕仁的人，他为什么救她？除非他受卓智的嘱托，但似乎也不可能，不然卓智岂会对她在孤岛上的遭遇一无所知？

虽然江盛说卓智欲言又止似乎有所隐瞒，但她清楚地记得，当她讲起那天晚上的事情时，卓智眼中的神情是震惊的，还再三询问后来出现的那两个人的情况，所以，她觉得那晚的事，与卓智应该没有联系，但他极有可能知道一点什么。

如果他是知情者，那么他在隐瞒什么？他为了保护海洋生物才举报吕仁的不法行为，那么他和她的目的应该是一致的啊！

这才是最令人费解的地方。

翻来覆去地想，她就怎么也睡不着了，好不容易合上眼睛刚进入迷迷糊糊的状态，突然被外面的拍门声惊醒——赵莞在外面叫她。

原来是总编找她，因为她的手机丢了，总编打了家里的固定电话。电话中，总编先是对她的报道表示了充分的肯定，然后说："海洋与渔业局那边打电话来了，他们对我们的报道表示关注，想向你了解更多的信息。"

丁翘便说："他们不找我，我明天也要找他们了。"她把自己的设想说了一遍，总编甚是满意，让她记下一位副局长的电话，又说了一番表扬鼓励的话。放下电话，丁翘才发现赵莞还坐在客厅抱着手提电脑写稿，于是便问，"老赵你还不睡呀？几点了？"

"一点了。"

“不要写了，快去睡吧。”

“那可不行，我明天一早交了稿，还得出去采访呢，人都约好了。”

丁翘挥了挥手，回房间睡去了。

第二天下午，江盛按昨天的约定开车来接丁翘去江台大学，丁翘觉得挺不好意思的：“其实我自己去拿检验结果就行了，不用你送我去。”

江盛笑着说：“我也有私心的，我想早点知道检验结果，你就当是满足我的好奇心好了。”

丁翘便也笑了，这就是所谓的情商吧，明明他是在帮你，却在刻意淡化他自己的付出，让你在心理上很舒服。她现在都有点怀疑，他昨天跟阮教授说想跟他们合作，到底是不是为了让她安心。

她刚在副驾驶室座坐下，他便递过来一个盒子，她微微一愣，接过来问道：“这是什么？”

“给你的，手机。”他轻描淡写地说，修长而白皙的手指拨动方向盘，车子缓缓地驶出报社大院。

丁翘忙说：“不不，我怎么能收你的礼物呢，再说你帮我这么大的忙，应该是我送礼物给你才对。”

江盛笑着说：“我知道你的手机丢了，收下吧，这手机是别人送给我的，粉色，我用也不合适，你收下就当是帮我一个忙了。”

丁翘本想今晚下班后和老赵一起去买手机的，听江盛这样说便有些犹豫了，不过转念一想，自己之前不是说过跟他是好兄弟吗，再推辞倒显得小家子气了，大不了以后再回赠一份差不多价格的礼物便是，于是就大方地说：“那我收下了，谢谢啦！”

江盛嘴角绽开微微的笑意：“不客气。”

丁翘突然想捉弄他：“你们有钱人都是这样随便的吗？”

“随便？”他惊讶地侧过脸看她，“这……怎么说呢？”

丁翘见奸计得逞，便拖长了声音说：“随便……送人这么贵重的礼物啊。”

江盛沉吟了一下，才慢腾腾地说："也不是，能让我随便的，都不是一般人。"

这是什么意思？曲线示爱，还是高情商人士一贯的说话作风？丁翘淡淡一笑，不敢接话了。

她不说，他也不再问，只是嘴角依然带着浅浅的笑意。

他们很快就在阮教授处拿到了结果，阮教授递给丁翘几张纸，翻了一下，上面写着各种数据："太复杂的数据怕你们看不懂，这么说吧，这些鱼中90%都有内耳和腮部出血的痕迹，且外伤严重，比较符合海洋生物受声呐危害致死的指征。目前国际上对于军用声呐可以大范围伤害、杀死破坏海洋生物这一点已经没有争议。"

丁翘点头："这么说，声呐对海洋生物的危害已在国际上获得共识？"

阮教授点头："对，就算某些鱼类暂时没有性命之忧，但声呐亦会影响它们的繁殖，内耳被严重伤害的鱼类，则直接被威胁生存。2009年3月，英国'无瑕号'在南海违规打开声呐作业，导致一条长逾10米的成年座头鲸在香港海岸边迷航搁浅，后'无瑕号'被中国渔政人员和渔民拦截。"

丁翘喃喃地说："为了捕鱼，他们竟然想出这么残忍的办法，实在匪夷所思！"

江盛摇头："太可恶了！"

阮教授感慨地说："所以说，你们做的这件事，很有意义，很有社会担当，我要代表广大的海洋生物保护者谢谢你们啊！"

江盛笑了："这事我可不敢归功，是丁翘做的新闻。不过阮教授，我会很快找你的，我希望咱们能迅速合作起来。"

阮教授点点头："我也期待！"

从江台大学出来，丁翘和江盛带上所有的视频资料和阮教授的检验结果直接去了海洋与渔业局，局长一看，立即安排副局长跟他们一起去公安局报警。

警方早就在网上看到相关报道了，看了丁翘带来的检验结果，自然知道事情非同小可，马上请示领导决定立案。

民警循例要为丁翘做笔录，把丁翘带进一个办公室，江盛没有进去，在外面等他们。谁知笔录刚做了一半，民警就被同事叫了出去，过了好一会儿才回来，对丁翘说："我们接到信息，你们举报的这个人，刚去当地派出所自首了。"

丁翘吃了一惊："啊？那个人，是姓吕吗？"

民警点头："对，叫吕仁。"

丁翘困惑地怔住了，心中的疑云更大，吕仁那晚给丁翘留下的印象，是狡猾而凶悍的，可以为了利益不择手段。

这样的一个人竟然会自首？太不可思议了！

她不由得喃喃地追问："吕仁真的自首了？没有搞错？"

民警笑了，解释说："犯罪嫌疑人希望得到轻判，自首是他们唯一的出路，我们常遇到这样的事。"

丁翘却默默地想，如果真是这样，那对方太弱了，弱得出乎她的意料。

第七章

花碗坪的怪事

因为吕仁的自首，接下来的跟踪报道也做得更全面更有说服力，丁翘回到办公室，仅用一个多小时就写好了稿子，交上去让同事编辑去了。

原本还想着有一场硬仗要打，但现在事情顺利得出乎意料，丁翘的心里倒有点惆怅。按她的预计，当第二篇报道出来的时候，吕仁应该会跳起来，指责丁翘诽谤他、破坏他声誉，他会保留追究的权利，待公安介入调查，他还有可能继续负隅顽抗，并通过各种手段对丁翘进行恐吓谩骂……

这才是一个媒体记者做批评报道要经历的遭遇，丁翘做了两年社会新闻，还未见过例外的。

唯利是图的人，往往也是不见棺材不流泪的人，在未见到任何实锤和证据的情况下，吕仁为什么会自首？丁翘坐在位子上默默地想了许久，仍不得要领，那晚发生的事情便又一幕一幕地在脑海里被筛了一遍，再联想到小食店老婆婆那天早上说的话，她不由得心里沉了一下。

她记得，老婆婆说："妹子，你是碰见不干净的东西了，回家用碌柚叶煲水洗个澡就好了。"

她当然不会幼稚到真用柚子树的叶子煲水洗澡，但老婆婆的话让她无端地背脊发凉，就好像我们不相信鬼神之说，但若踏进寺庙或墓地，依然会心生敬畏一样。

直到赵莞站在她面前，她才发现早已过了下班的时间，办公室的同事走得七七八八了。赵莞拉起她，发现她依然是一副呆呆的样子，又帮她从桌上拿起包包："是不是写稿写呆了？傻傻的，走啊！"

"去哪儿？"

赵莞哭笑不得："哎呀，看样子真是写稿写坏了脑袋，算不算工伤呢？是谁说今晚要买手机，让我陪着一起去的？"

丁翘这才想起今天上班的时候，确实是跟赵莞提过这回事，便不好意思地说："唉，是这样，我……有个朋友刚送了我一个手机。"

赵莞惊讶地看着她："这么巧？你的手机丢了，就刚好有人送手机？"

丁翘点头："嗯。"

赵莞来了兴致，把包包放在桌上，双手压在她肩膀上："说吧，对方是什么人？我认识吗？"

"不认识。"丁翘便简单地介绍了一下江盛的来历，末了又解释，"不是你想象的那种关系……只不过是刚好有人送了一个手机给他，他用不上，就送给我了。"

赵莞感叹："认识这些有钱人真好！快，拿来！"

丁翘一时反应不过来："什么拿来？"

"手机呀！"

丁翘从包包里掏出手机的包装盒，这半天忙下来，她还没来得及打开看呢。

赵莞接过包装盒，打开看了一眼，惊呼："天啊，这是最低调的奢侈品啊！你这个朋友，不是一般地有钱！"

丁翘一向对奢侈品并不关注，便不以为然地说："一个手机能有多奢侈？最新款的水果机，也不过七八千。"

赵莞拿出自己的手机，飞快地搜索了一下，递给丁翘看：“你看，就是这款，全球限量版，手机盖上镶了碎钻。”

丁翘看了一眼上面的图片，又拿起那个新手机看了一下，果然是一模一样的，再看图片上面的手机标价，6位数，不由得吓了一跳：“竟然还有这么贵的手机？”

赵莞笑眯眯地看着她：“你刚认识的这个朋友，可不是一般人啊，快说，他是不是想追求你？”

丁翘摇摇头：“没有没有，我当他是……兄弟！”

赵莞笑了：“兄弟会送这么贵重的礼物？你别傻，人家一定是想追求你。”

丁翘轻描淡写地说：“他是很好，正直、优秀，但不是我的菜。”

赵莞眼前一亮，半是开玩笑半是认真地说：“真的？你不喜欢？快甩给我！”

丁翘一口答应：“好啊，下次我请他吃饭，你一起去，认识一下。”不等赵莞接话，她又说，“老赵，他送我这么贵重的礼物，我还是还给人家吧？”

“你别傻，对有钱人来说，这点钱也就是九牛一毛，你把手机退给人家，反显得你小家子气了，不把人家当朋友。”

丁翘点点头：“这倒也是。”她苦恼地说，“这可怎么办啊，欠钱债比欠人情债更难受啊！”

说罢她不怀好意地盯着赵莞笑，赵莞被她盯得心里发毛，不由得警惕地看着她：“你傻笑什么？”

丁翘认真地说：“老赵，要不你嫁给他吧，这个手机，当我提前支取了你们的媒人费好了。”

赵莞忙不迭地点头：“反正我这边没有意见，就看人家那边了。”

丁翘忍不住笑了，一秒钟破功：“好了，别瞎扯了，请你吃海底捞去！”

在去海底捞之前，丁翘去补办了新的电话卡，用的是旧号码。两人刚在海底捞坐下，丁翘的电话便响了，因为电话是新的，手机卡也是新换的，她还没来得及存通讯录，只看到一串陌生的号码，一时倒不知道是谁打来的。

“喂，你好，我是丁翘。”

“丁记者，我是刑警队陈俊峰。”

“陈队你好，找我有什么事吗？”

陈俊峰是公安局刑警队队长，他们因报道一次绑架勒索案而认识，平时虽然不常联系，但都给对方留下了很好的印象。

电话中，陈俊峰说：“前两日听说你在浪琴湾失联了，很担心，但一直联系不上你，后来听说你平安归来才放心。刚才看到你的报道了，做得很好。听说你今天下午来公安局报案了，怎么不来我办公室坐坐？”

“实在不好意思，因为急着回办公室写稿，所以就……”丁翘说着，突然心里一动，她突然想起一事，便说，“我们正在海底捞准备吃饭，刚到，你要不要一起来？”

“不了，谢谢，我刚从饭局上回来。”

“陈队，我正好有点事想咨询你，要不，明天我去你的办公室？”

“我明天一早要出差。”对方沉吟了一下说，“这样吧，一会儿你吃完饭，咱们找个地方喝茶。约个离你家比较近的茶楼吧，方便你回家。”

丁翘说了一家茶楼的名字，这家茶楼距她家小区门口不足200米，离她家真的很近。

这顿饭，因为丁翘“身在曹营心在汉”很快就草草收兵，然后两人一起打道回府，赵莞回家，丁翘赴陈俊峰的约。

广东人说的茶楼，其实茶只是配角，主角是各种各样的精美点心。如果有广东人跟你说，他晚上去饮茶了，没有吃饭，千万不要以为他饿着肚子跟你说话，其实广东人的“茶”是一顿比饭还丰盛的大餐。

不过因为丁翘和陈俊峰都刚吃过饭，他们这顿茶真的只是斋茶，两人细细品茶小声慢聊，在一众大吃大喝的食客中倒有点另类，幸亏他们的位置靠窗，倒也不受别人影响。

他们自然是先从声呐捕鱼聊起。丁翘问陈俊峰："陈队，对于这种利用声呐破坏海洋资源的行为，我国目前有没有相关的法律规定？"

陈俊峰沉思了片刻，笑了笑说："关于海洋资源的保护，我国已出台了《中华人民共和国海洋环境保护法》《中华人民共和国渔业法》，但针对声呐捕鱼的相关惩治措施，我印象中暂时没有，如果要追究吕仁的责任，相对应的应该是破坏海洋生态、破坏渔业资源之类的法律。"

丁翘惊讶地说："声呐技术的应用越来越广泛，我们竟然没有相对应的法律？"

陈俊峰摇头："不能这么说，社会在发展，我们的法律也正在逐步完善，我国对海洋的保护，从来没有松懈过。2017年，我国投资20亿建海底反潜声呐网，在东海和南海分别建立一套海底观测系统，实现东海和南海从海底向海面的全天候、实时和高分辨率的多界面立体综合观测。至于民间这种利用声呐技术破坏海洋生态的不法行为，相信在未来也是可以筛查、预防的。我们的国家正在发展，我们要一步一步来，要对此有信心……各种领域，都会越来越好的。"

他的语气恳切、真诚、肯定，洋溢着一股热情，就像他说的是自己家里的事，而他是一个当家人，那是一颗赤子心啊，丁翘有点感动。她平时常上网，见惯了各种莫明其妙的喷子，动辄攻击体制，攻击社会，而事实上，我们的国家，正是因为有许许多多像陈俊峰这样踏踏实实工作的人，才得以健康有序地运转，并日益强大。

"其实我有件特别奇怪的事，想跟你聊一下。"丁翘把自己在孤岛上见到的"石头袭击杀人案"简单说了一下，"我想请你帮个忙，想了解最近几天我市有没有人口失踪或其他伤害事件的报案，我怀疑，那个被袭击的人不是浪琴湾的渔民，也有可能是游客。"

陈俊峰爽快地答应了："行，我叫人了解一下，明天答复你。"

“谢谢！”

“不用谢，举手之劳而已。其实……”陈俊峰把杯中的茶水一饮而尽，“我在上高中的时候，也有过当记者的念头，觉得仗笔执言走天涯，是一件很帅气的事情，那时候特别羡慕记者！”

“那你不读新闻？”

“因为后来觉得当警察更帅，所以就改变了主意。”

丁翘微笑：“幸亏你没当记者，万幸。”

陈俊峰诧异：“怎么说？难道当记者不好？”

丁翘一脸认真：“如果你也当记者，我就没什么活路了，做新闻跑不过你。”

陈俊峰微笑摇头：“不会不会，我不会有你这么拼命，我可能会把自己的安全放在首位，比如做这个报道，我不会独自上船。”他的表情突然变得严肃，“对了，我要特别提醒你，最近这段时间，你进出都要格外留意，上下班时最好找个伴。”

丁翘说：“那个酒店老板吕仁已经投案自首了，应该不会有人找我麻烦。”

陈俊峰摇摇头：“你别太大意了，在我们以往侦办的伤害案件中，很多受害者都是因为疏于防范而惨遭不幸，当你以为不可能的时候，恰恰是最应该防范的时候，你永远不知道背后有什么人窥视着你。更何况，你刚才说的事也令我怀疑，你在孤岛上见到的人，是否与吕仁有关。”

丁翘被他这么一说，脸色也变得凝重了：“谢谢你提醒我，我会注意的。”

因为这层担心，当晚从茶楼里出来，陈俊峰一直把丁翘送到小区楼下，待丁翘回家后打电话报了平安，他才离去。

第二天刚上班不久，陈俊峰就打电话告诉丁翘：“最近一周，公安机关收到的关于伤人的警情共56宗，但没有一宗是受害人伤在后脑勺的；意外死亡或伤害死亡的案件3宗，但均在市区，并且与你描述的人物不匹配。”

“嗯。”这个回复并不意外，但她还是有点失望。

陈俊峰又说：“找不到受害者，说明你怀疑的这宗杀人案件是不存在的，有没有可能是你看错了，对方根本没有受伤？”

“不可能，我记得清清楚楚，那个人搬起的石头很大，对着后脑勺砸上去，被砸的人马上就倒在地上了，我猜他是当场死亡了。”

“可是你也说过，当天晚上没有月亮，而且还下着雨，你怎么能看得那么清楚？”

“闪电！很亮的闪电……”丁翘竭力回忆着当晚的情景，“那闪电把海边照得如同白昼，我看见那个人俯下身子，拖起另一个人的脚一步一步朝大海走去，可惜他背对着我，我看不清楚他的脸。”虽然已过去了几天，但她一想到当时的情景，依然不寒而栗。

电话那边的陈俊峰半晌没有说话，过了好一会儿才说：“丁记者，其实在给你打这个电话之前，我跟当地的派出所联系过，他们说，自古以来，花碗坪就有各种古怪的说法。”

“花碗坪？”

“就是你说的那个孤岛。”

丁翘惊讶：“那个孤岛叫花碗坪？这个名字，听起来还挺好听……他们是怎么说的？”

陈俊峰沉吟了一下才说：“那个地方，据说一直不太干净。”

“不太干净？那是什么意思？”丁翘记得，小食店的老婆婆也这样跟她说过。

“可能是一些封建迷信的说法吧。”陈俊峰说，“据说曾经有人在岛上看见一些古怪的事情，当地派出所组织人员上岛察看过，但没有什么发现，估计只是愚昧乡民的无稽之谈。”

丁翘语气有点凝重：“但是，我可以做证，我当时确实是在岛上看见有人行凶了。”

陈俊峰说：“我记得你说过，你之前在船上坠入海里，在海上挣扎了许久，后来失去了知觉……体力上的透支会不会影响你的判断？”

丁翘加重了语气：“陈队，我知道你的意思，但是，我绝对没有幻觉。”

陈俊峰陷入沉默。

丁翘接着说：“其实我在怀疑，这事是不是跟吕仁有关。”

陈俊峰说：“我也这么想过，找不到尸体或伤者，很有可能是吕仁派人假装演戏给你看，达到恐吓你的目的，但我问过同僚，吕仁否认了派人在花碗坪恐吓你这件事。”

丁翘冷笑：“他当然会否认，他那样的人怎么会承认自己做的坏事？”

陈俊峰冷静地说：“可是他承认了在船上对你有过恐吓行为，这两者的性质其实是一样的，他没必要隐瞒。”

跟陈俊峰打完电话，丁翘的心情更加沉重了。此后几天，她一直被困在这件事里出不来，她也认真地想过，有没有可能是幻觉？但那天晚上所见的一切，又那么真切地浮现在她的脑海里，她甚至清楚地记得，那个人把石头砸在另一人的后脑勺上时，伤者应声倒地时双膝弯曲朝前倾倒的细节。

那么真实，绝不是幻觉。

接下来一连几天，丁翘无法思考，无法工作，无法安睡，一闭上眼睛，脑中就会浮现台风之夜的那些事。

有一个人在海里为她捞起了手机。

后来出现了两个人，一个人用石头砸死了一个人，将其拖向大海。

她晕倒了，等她醒来，手机不见了。

小食店的阿婆说，她在孤岛上遭遇这一切，是因为遇见不干净的东西了。

陈俊峰也说，当地的乡民说花碗砰不干净。

…………

办公室里，赵莞听丁翘说完全部事情的前因后果，脸色煞白，之前她只知道丁翘做浪琴湾的系列报道吃了很多苦头，却没想到背后还有这些吓人的事情。

外面的雨下得更大了，像是天幕被撕裂了一般，伴以阵阵雷声，越发让人心惊胆战。

看着赵莞战战兢兢的样子，丁翘有点后悔把这些事情告诉她了。赵莞是一个胆小的人，平时连国产的惊悚片都不敢看，有次丁翘硬拉着她去看了一部港产恐怖片，她一连三晚都跑到丁翘的房间跟她挤着睡。

“老赵，你怕了吗？”

赵莞看了看窗外，走过去拉上窗帘，坚定地说：“我才不怕，这世上哪有什么鬼，一定是乡下人乱扯，以讹传讹罢了。”

丁翘正想表扬她有进步的时候，却听见赵莞又说：“要不，明天一早我陪你去一趟中山公园？”

“去中山公园干什么？”

“去摘柚子叶呀，中山公园不是有许多柚子树吗？用柚子叶煲水洗澡，可以……驱邪。”

丁翘哭笑不得：“滚！”

赵莞却认真地说：“难道你还有别的办法吗？连公安局的人都帮不了你，咱们宁可信其有，不可信其无。”

丁翘说：“我偏不信邪！这三件事表面上看来是风马牛不相及，但是我觉得，它们之间必有牵连，只要解开其中一个谜团，所有的问题都会迎刃而解！”

“那你打算怎么办？”

“我要休年假！”

赵莞惊讶地看着她。

第八章

一个古怪的学霸

丁翘决定再去浪琴湾一趟。

不解开谜团，她就无法安生。她不能容忍有人在她面前装神弄鬼，她却完全被蒙在鼓里。她必须要解开谜团，让一切大白于天下。

老赵说这是处女座的毛病，眼里容不下一粒沙子。丁翘向来不相信星座的说法，觉得那是地球另一端传过来的封建迷信。

去浪琴湾一天来回肯定来不及，如果周末去，时间也太仓促，所以唯有休年假。报社规定，参加工作满两年，有五天的年假，再加上周末两天，足够了吧？

丁翘跟主任说了休假的事，填了休假单，把手头需要跟进的事情交给赵莞，明天就可以做个快活的自由人了。

她给卓智打电话，上次在小食店里，他把电话写在日历纸上交给她，她以为自己不会用到，差点把纸条扔了，但后来不知道怎么想的，还是把他的号码存起来了。

拨通电话，她听到对方在那边说："你好，阿翘。"

阿翘？什么鬼？因为工作认识的人，都习惯叫她丁记者，她记得这个卓智上次也叫她丁记者，为什么这次改叫阿翘了？暧昧又带着莫名其妙的黏糊。

她竭力收起心里微小的不悦，故意把话说得客气些，有时候，越是客气，越能保持距离：“是的，我是丁翘。卓先生，检验报道出来了，那些鱼已被证实确实死于声呐，吕仁也投案自首了……”

卓智的语气依然是波澜不惊的：“阿翘，我都知道了，我看到新闻了。”

原以为故意叫他卓先生能提醒他注意分寸，谁料他浑不在意，还是叫她阿翘！她心里的不悦又增加了一些，一时倒忘记了自己接下来要说什么了。

卓智依然是不紧不慢的语气：“阿翘，你打电话给我，是有什么事吗？”

“呃，呃，卓先生，我想再去一趟浪琴湾。”

“来啊，我等你。”他竟然没有丝毫意外，就像是他们早有约定一样，她听到他在电话那边缓缓地说，“你什么时候来，提前告诉我，我去码头接你。”

“我想让你带我去花碗坪！”

她听见他在电话那边轻轻地笑了：“咦，你还知道那个地方叫花碗坪，好啊，只要你来，去哪里都行。”

放下电话，丁翘越想越不对头，这个姓卓的到底什么毛病，今天说话神神道道的，一口一个阿翘，还有什么我等你，我去码头接你，只要你来，去哪里都行……句句透着莫明其妙的暧昧！

她忍不住一句句地学给赵莞听，只把赵莞听得花容失色：“这个姓卓的，该不会是个花痴吧？小翘翘，你还是不要去了，那个浪琴湾不利于你，上次你差点在那里丢了小命，可千万不能再去了。”

待赵莞说完，她却慢腾腾地说：“明知山有虎，偏向虎山行。”把老赵吓得一愣一愣的。

晚上，丁翘在房间收拾行李，跟上次暗访不一样，她这次是抱着游玩并顺便“解谜”的目的去的。吕仁已被拘留，那里应该不会有什么危险了吧？可以尽情放飞自我，想要多漂亮就有多漂亮——她往行李箱里塞了好些裙子，后来还是改变了主意，把箱子里的裙子拿了出来挂好，把箱子也放好了，她决定还是只带一个背囊和两套简单的衣服去就好，再加上一件棉质的睡裙。

刚收拾好行李，妈妈的电话就打进来了。这个时间应该是英国的上午，于是丁翘便说：“妈咪早上好！”

周颖芝在电话那头笑了：“阿翘，家里是晚上了吧？”

“可你那边是早上啊，妈咪，老杜做好早餐没有？”

在丁翘的印象中，妈妈每天早上都是在床上被老杜烤面包的香味唤醒的。老杜不仅有着英俊的外貌和挺拔的身材，更难得的是对她妈妈一往情深，每天天未亮就起床烤面包，准备好新鲜的蔬菜和水果一起端进卧室，与她妈妈在床上共进早餐。

周颖芝在电话那边说：“已经吃完啦。阿翘，你最近工作忙不忙？”

“跟以前差不多吧……”

“如果太累了就不要在报社干了，换个舒服一点的工作，如果你愿意来英国，妈咪可以想点办法……”

“妈咪不用了，我在报社干得挺好的，我喜欢这份工作，真的，对别的工作，我完全没有兴趣。”

“每次问你，你都是这样说，那你答应妈咪，以后要小心点，上次的事，可把妈咪吓坏了！”上次丁翘在浪琴湾失联10多个小时，把周颖芝吓得够呛，事后几乎每天都打电话回来问长问短。

丁翘连忙哄她：“好啦，妈咪，你真长气……妈咪，你什么时候回来？”

“怎么了？想妈咪了？”

“妈咪，你可不可以帮我买一份礼物，适合男生用的，贵一点的，价格在五万至十万之间吧，我要送人。”

周颖芝笑了："是送给男朋友吗？我的宝贝女儿有男朋友了？"

周颖芝知道女儿向来不喜欢奢侈品，给她带过几个名牌包包，她虽然说喜欢，但平时见她常用的，也还是她自己买的国产品牌，这次听说她要送给男生这么贵重的礼物，自然便往那方面想。

丁翘忙说："不是男朋友，真不是。妈咪你知道吗，你带了一个很不好的头，有了你的老杜做对比，我很难找到男朋友的，恐怕以后也只能一个人过了。"

千穿万穿，唯有马屁不穿，哪怕是母女，也是需要互相讨好的，丁翘在很小的时候就知道如何哄母亲开心了。果然，电话那头的周颖芝笑得花枝乱颤，说："不许你乱说！我还指望你快点给我找个女婿呢！"

丁翘说："行，我答应你，一找到就向你汇报！"

"那你告诉妈咪，这个男生是什么人，你要送这么贵重的礼物给他？"

江盛送的限量版手机，一直让丁翘忐忑不安。平心而论，她并不喜欢太昂贵的东西，但对方既然送了，而自己也已经收下了，再退回去显然不合适，只能凑合着用了。收了对方的礼物，就得考虑回赠对方，价钱方面自然不能相差太远，所以丁翘才让周颖芝在国外帮忙买礼物。

于是丁翘便把与江盛认识的经过简单地说了一下，担心妈妈多想，她刻意没有提江盛的身份，也没有提江盛送给自己一个昂贵的限量版手机。

周颖芝说："呀，那他算是你的救命恩人啊，咱们这份礼物，多少钱都得送！那你觉得送什么好呢？"

丁翘不想继续这个话题，就说："随便你吧，要不你跟老杜商量一下，看男生喜欢什么礼物？"

周颖芝说："他是你的朋友呀，你也不了解一下对方需要什么？"

"他什么都有，经济条件不比咱们差，你看着办吧。"丁翘唯恐周颖芝继续问个不停，以洗澡为由结束了通话。

第二天是个大晴天，丁翘坐上了去往浪琴湾的大客车。

广东的盛夏是丰收的季节，公路两旁风景不断，绿的是橘，黄的是黄皮，红的是荔枝，水稻也快要成熟了，稻穗已隐隐透出金黄色……丁翘喜欢靠在窗边看这颜色鲜丽的草木世界，觉得有"一夜看尽长安花"的感觉。

也因为窗外的风景，她一时放下了浪琴湾的谜团，连心情都变得轻快起来。正在这时，包包里的手机突然响起来，来电显示是江盛。

"丁翘，你好。"他永远是那么温和从容，文质彬彬。

"江盛，有什么事吗？"

"有很重要的事。"他似乎在微笑，"我下午约了几个朋友出海，一起吧。"

丁翘心里一动，要不要告诉他自己正在去浪琴湾的途中？

"不行啊，我正在去采访的路上呢。"她也不知道为什么要撒谎，好像潜意识中，她担心他会跑来浪琴湾找她一样。

"你上午采访，我们等你下午再出发好吗？"

"不行啊，我下午也约了一个采访。"既然说了一个谎，只能继续说另一个谎圆下去了。

他略为停顿了一下，又轻声说："那你可不可以请一次假？好吗？"语气很温柔，温柔得让她觉得再拒绝就不是人了。

于是，已经被自己判定为不是人的那个人，没心没肺地哈哈大笑着说："不行呀兄弟，你不知道吗？新闻是易碎品，你不报道，人家就报道了，今天的新闻到了明天就是旧闻了，地球不爆炸，我们不放假，宇宙不重启，我们不休息！"

一口气说完这段话，她在心里长长地松了一口气，这样说，他该明白了吧？

果然，她听见他说："那好吧，注意安全，再联系。"语气中没有丝毫的失落，依然是那么温和，真是一个不错的人呢，很有必要介绍给老赵。

"好的，再见。"

从大客车上下来，丁翘马不停蹄地跑去坐船，客船抵达浪琴湾码头的时候，已经是中午了。

中午的太阳太毒辣，她从船上走下来，感觉自己快中暑了，整个人有气无力的，双眼直冒金光，只好强打着精神随人流走。

"喂，阿翘！阿翘！"

她听到有人在大声呼叫，直到周围的人都在看自己，她才醒悟过来，对方是在叫她。

她抬起头，看见不远处有人在朝自己大步走来，手中还牵着一只黄色的狗。是他，那个报料人卓智。他来接她，为什么要带条狗？真是莫名其妙。

"你怎么知道我是坐这班船？"

她只告诉他今天来，却没说坐哪班船，原来是想着上了船才告诉他的，可是船上又挤又热，让她有点头晕恶心，后来竟然忘记了这事。

"我就知道。"他欢快地说，笑得像朵花。

她上次在小食店见他时，就觉得他的双眼特别亮，这次见面，更感觉他的眼睛亮得像在发光，他就那么快乐地看着她。

他迎上来，一手从她的背上扯过背囊，自然而然，不由分说，令她来不及拒绝，而他已把背囊挂上自己的肩膀。她正想客气几句，却感觉自己的手有点痒痒的、酸酸的，低头一看，脚边的大黄狗竟然像人一样双后腿站立，伸出舌头亲热地舔她的手，长长的尾巴欢快地摇来晃去。

有点像它的主人，亲热得过分了，她不由得"呀"了一声，往后退了一步。

他笑了，说："别怕，它叫大包，很乖的。"说完他俯身拍拍大黄狗的脑袋，"大包，别急，咱们慢慢来好吗？别吓着了阿翘。"

什么乱七八糟的，丁翘哑然失笑，真是物似主人形，莫名其妙的主人，养了一只莫名其妙的狗。

他带着她朝渔村走去，为了化解尴尬，话题只好围绕狗展开。

“这只狗，为什么叫大包？”

“你看它的脸，是不是很圆，像个大包子？大包，抬起脸，让阿翘看看！”

说来也怪，那狗像是听懂了人话一般，竟然真的站定了伏在地上，仰起头盯着丁翘看。

丁翘虽然不养宠物，但也喜欢猫狗，平时在网上属于云养狗、云养猫的那类人，对狗的品种也略知一二。这大包两腮圆大，鼻子又黑又粗，嘴巴一张开，毛茸茸的脸上便像绽开了笑窝。

“是秋田犬吧？”

卓智俯身拍拍大包的脑袋：“不是，是中华田园犬。”

中华田园犬就是土狗，丁翘有点不好意思，说：“跟秋田犬长得真像。”

他淡淡地说：“秋田犬就是日本人用中华田园犬繁殖的，孩子像爹，很正常。”

说话间，两人路过吕仁酒店。

“我先去办理入住手续。”

“不用了，酒店已经停业了。”

她大吃一惊，浪琴湾统共就这一家酒店，那她今晚住在哪里？

“放心，我都安排好了，你今晚住我家。”

她更吃惊了，脱口而出：“那怎么行？”她对他一无所知，怎能住进他的家里？

她站在那里一动也不动，以往采访过的诸多案例告诉她，她不能再跟他走了，一个女孩跟一个陌生男子回家，潜在的危险级数起码是五星。

他也站定，微微侧着脸看她，两人离得很近，他比她高出一个头，他的眼睛居高临下地看着她，只觉得她倔强的样子很有趣，宽边的帽子挡住了她的额头和眼睛，他只看到一个挺直的鼻子，鼻梁上还渗着细微的汗水。

他想用手帮她抹掉鼻子上的汗珠，可是他不敢，只能笑着说："你放心好了，我跟三婆住在一起，我要是想做点什么坏事，她会打破我的头。"

"哪个三婆？"

"小食店煮虾的老婆婆啊。"

"她是你什么人？"

他摇头："这事有点复杂，以后有空再跟你说。快走吧，不然我们要被晒成虾干了。"

她抬头看他，他没有打伞，也没有戴帽子，阳光很亮，把他的脸照得有点发光，他的皮肤微黑，可是肤色非常均匀，额头和下巴上都有汗渗出来，像是刚做完运动的样子，阳光、健康。

她心里微微地动了一下，他长得还挺好看的，可惜生在渔村，只能当一个保安。

他一直带着她往前走，路过小食店，又走了一段路，才到一个独立小院。小院的门是用竹篱笆织成的，大包撒腿奔上前，一双后腿站立，前腿往里面一推，竹篱笆门应声而开。

丁翘哑然失笑："你家这个门形同虚设啊。"

他淡淡一笑："防君子不防小人，渔村都这样。"

三婆闻讯从屋里迎出来，笑眯眯地说："接到客人啦？等了这大半天，晒坏了吧？叫你打伞，你还不听！"

他像被人揭穿了秘密，尴尬地朝三婆使眼色，三婆却不看他，自顾自地对丁翘说："妹子啊，因为你来，阿智今天一大早就起床了，催着我去帮他买东西，他呢，就牵着狗往码头等你了，等了几个小时，他人是不怕晒，可把这狗渴坏了。"

像是要验证她的话，大包正伏在院角的一个盆子边，像渴了800年一般大口大口地喝水。他更尴尬了，微低着头，有点手足无措的样子。

原来他也会害羞，她觉得有点好玩，笑了。

“好了，客人来了我就去开店了。”三婆冲着卓智挤眉弄眼地笑，“你好好照料人家吃饭。”

三婆一离开，院子里就静了下来，只听见大包在大口大口喝水的声音：“嗒、嗒、嗒……”

气氛有点尴尬。

“这么热的天，你在码头等了几个小时，多辛苦呀，为什么不打电话问问我什么时候到？”

他冲她笑笑，不回答她的话，却说：“我把东西放好，马上给你做好吃的，你等着！”

他走进里间去了，狗也跟着跑进去了，院子里只剩下她一个人。

她好奇地打量着四周，这是一个农家小院，看上去有些年月了，可是收拾得整齐干净，院子里种着百香果，翠绿的叶子密密麻麻地爬了一棚，把半边院子的阳光都遮挡住了。

再仔细看，百香果已经结果了，一个个圆溜溜地挂在藤蔓间，只是因为还未成熟，保持着与叶子一样的青翠色，不仔细看还看不出来。

她喜欢喝蜂蜜百香果茶，她有点喜欢这个小院了。

他进进出出地往外拿东西，电风扇、碗、碟、一大桶贝类、小凳子，她觉得自己应该帮忙做些什么，忙说：“有需要我帮忙的吗？”

他干脆地说：“不用。”他让她在小凳子上坐下，拉上电线插上风扇，凉爽的风直往她的毛孔里钻，令她舒服得想唱歌。

她看了一眼那不起眼的风扇，那风扇实在太旧了，她想不到它竟然有这么强的降温效果：“这是空调风扇吗？”

他笑着说：“算是吧，是我拿旧风扇改良过的。”

“哦。”

最后，他搬出来一个烧烤架。与超市卖的烧烤架不一样，这个烧烤架比较矮，坐在凳子上刚刚可以操控，而且架子上的铁条比较粗糙，看上去土里土气的。

“这个烧烤架挺有意思的。”

“嗯，是我自己用铁条焊接起来的。”

她笑了，想起了以前上学时学过的一个词：自给自足。这大概就是自给自足了吧，但凡生活所需，都靠自己双手去创造。

很快，烧烤架上的炭烧红了，他在上面铺上一层铁丝网，从桶里拿出一个贝类，把小刀插进贝类的中缝，瞬间，一片贝甲应声而落，他把另一边还黏着贝肉的贝甲仰天放在铁丝网上烤。

那贝类的外壳是狭长的马指甲形状，深绿色的，半边巴掌般大小，里面满满的都是肉，看上去倒也肥美无比。

她对海鲜了解不多，在外面吃得最多的贝类就是生蚝，于是便问：“这是生蚝吗？”

他晃了晃手中的壳，递到她眼前让她看：“看到没有，它们的壳是绿色的，所以叫青口。”

青在广东话中，与绿是一样的，倒也好认好记，她点点头。她本不喜欢吃贝类，只是不好意思打击他的积极性，上次一见面就打了他一巴掌，这事现在想起来，她还有点过意不去。

转眼间，烧烤架上已铺满了青口，下面的炭火正旺，青口被烤得嗞嗞地冒着泡。卓智拿着小勺子小心翼翼地往青口的贝壳上放蒜茸，又用刷子刷上一层花生油。

因为花生油的到来，烤架上的青口像少男少女被点燃了热情，噼噼啪啪热力四射，空气中弥漫着一股令人无法抗拒的香味。

这香味与酱油无关，它是纯粹的花生油与蒜茸和青口经炭火炙烤后的结合体，她平时对蒜并无特殊爱好，但在此刻，她发现蒜竟然还有这么惊艳的味道。

可是这香味也提醒了她，她此行的目的不是吃喝玩乐，趁着还未开吃，她要提前问清楚。

她不着痕迹地吞了一口口水，说：“你什么时候带我去花碗坪啊？”

他头也没抬，小心翼翼地用筷子把烤好的青口一个个地夹在碟子里，又把碟子往她面前一推：“吃了饭再说，我不能容忍你在我面前饿着肚子。”

她微微一愣，这是什么意思？貌似他有照顾她的义务？想来也是，渔家人客气，对待客人，自然是不能失礼的。

于是她便不客气地拿起筷子，夹起贝壳上的肉吃起来。

香！

好吃！

真好吃！

原以为白灼虾已抵达海鲜类好吃的巅峰了，吃了这个炭烤青口她才知道，强中自有强中手，一山更比一山高。她一口气吃了三只，突然觉得有东西在扯自己的裤腿，低头一看，是大包。

大包蹲在那里已经等了半天，本以为主人会像平时那样，煮熟了东西先给它尝，却不料他全部端给客人了，这可把大包气得够呛。只是作为一只中华田园犬，它的操守令它不能对着客人发火，只能有礼貌地用嘴巴咬咬她的裤腿，权当友情提醒。

丁翘马上心领神会，用筷子夹起一个青口放在地上，大包毫不客气地一口咬下去，长长的舌头灵活地把里面的肉舔出来，那贝壳依然完好无缺地留在地上。看它这么娴熟的动作，料想平时没少吃。

丁翘笑了，伸手摸摸大包的头：“这狗可真聪明。”

卓智嗔怪地看了大包一眼：“它啊，馋得不得了，你自己吃，别给它吃。”

丁翘跟大包站在了同一战线：“这怎么行！大包，咱俩一起吃，来，你一个，我一个。”

卓智看看她，又看看大包，再看看她，笑了。

这顿饭，足足吃了一个多小时，一大桶青口全被他们吃光了才作罢。

吃完饭，把院子收拾好，已是下午两点。

透过百香果密密匝匝的叶子，可以看见太阳依然猛烈，晃得人睁不开眼，大包吃饱喝足，躲在角落里呼呼大睡。

“我和三婆在楼下睡，你就睡楼上的房间。”卓智引着她往二楼走，“现在太阳还大，出去非中暑不可，我们等到四点以后再出发，那时候没这么晒。”

她点点头，跟着他往二楼走。

二楼是个小阁楼。小阁楼是木门，门很结实，进屋后她特意看了一下门后的把手，是传统的木闩，又粗又坚固，只要她在里面把闩插上，外面就开不了，除非有人拿斧头把门劈开。

嗯，挺安全的，就算三婆不在这儿住，她应该也不会有什么危险。

她打量着阁楼的房间，布置得很简单，一张木床，上面铺着竹席子，一个装满了书的柜子，阁楼前后都开了窗，海风穿窗而入，虽是炎炎夏日，但凉快得很。

“这是我平时住的房间，昨天刚搞过卫生，还有，这里虽然没有空调，但前后窗有对流风的，晚上睡也很凉快。”

“嗯。”她走到书柜前，目光却被桌上放着的一个碗吸引了。

这是一个粗糙的土碗，比平时吃饭的饭碗稍大，而且敞口也较宽，上面还有些细碎的裂痕，如果不认真看还看不出来，似乎已经有些年月了。

“这个碗该不会是古董吧？”丁翘拿起碗笑着问。这时候她才发现，碗外面还描了几条鱼，画工不算精细，色彩也单调，是斑驳的深蓝色。

“算是吧。”卓智顿了一下，又说，“其实也不完全算。”

丁翘困惑地看着他：“为什么？”

卓智接过她手里的碗，轻轻地摩挲着上面的某段裂纹，嘴角带笑，说：“这些瓷片，来自不同的碗。”

丁翘惊讶地看着他：“啊？是谁把它们黏在一起的？”

卓智颇有些自得地说：“我。”

见丁翘一副目瞪口呆的样子，他又说：“这些瓷块，都是我一块块地拾回来，又一块一块地黏上去的。”他把碗递到丁翘面前让她看，

"你发现没有？虽然我已经努力打磨过，但有的地方还是黏合得不够好……你看这里，还有这里……"

丁翘接过碗，竭力按他的提示找碗"不够好"的地方，但不管从哪个角度看，这个碗都黏得相当高明啊，完全可用严丝合缝来形容。

她不好意思地摇摇头，说："其实我觉得这个碗黏得很好了，你的技术完全可以修补文物啊。对了，你有没有看过那部纪录片，有些人专门修补文物的，叫什么来着……"

"《我在故宫修文物》。"

"对对，就是它！"

"我的技术跟他们比，差得远了。"

"不不，已经很厉害了！你怎么会这个？"

他淡淡地笑了："闲着也是闲着，找点事做。"

丁翘没想到他会这样说，一时倒说不出话来，只是静静地看着他，这个渔民的兴趣还挺高雅。

过了一会儿，她才问："你怎么会修补陶瓷？是专门去跟人学过吗？"

他摇头微笑："没有，如果拜过师，可能技术会精湛得多，我是跟着网上的资料学的。"

"我记得在网上看过一篇文章，说一位学历史的女孩拜师学艺，学会了修缮古董瓷器的绝活，很厉害。"

他点头："嗯，我知道，她叫蒋晓娜，是古陶瓷修复专家王文生先生的徒弟。"

她惊讶地看着他："你竟然还知道这个？"

他淡淡地笑了："跟你一样，也是网上看的。"

她不由得脱口而出："你知道得真多，不像一个渔民。"

他似笑非笑地看着她："那么你认为，渔民应该是怎么样的？"

她担心他误会，忙解释说："我的意思是说，你很特别，怎么说呢……就是特别有文化……知道很多东西……"他的眸子一直亮晶晶地注视着她，令她有点词不达意。

他笑得更灿烂了："不用解释，我不自卑。"

她心中暗自赞叹，这个渔民不简单啊。她突然想起一个问题："这些瓷片哪里来的？"

他说："就是从你想要去的花碗坪那里拾回来的。"

丁翘心里一动，不由得好奇道："花碗坪真的有许多花碗的碎片吗？"

卓智点点头："是啊，好多。"

丁翘不由得心驰神往："我也想找一些瓷片黏成一个碗。"

卓智摇头："很难，那里几乎都是小块的碎片，大块的不多。"

丁翘听了有点失望，但对花碗坪还是充满了期待——那真是一个古怪又神秘的地方啊。她放下碗，好奇地在书柜里扫视，一个当保安的渔民会看什么书呢？海上捕鱼100问？什么鱼保鲜期更长？

没有她想象中的书，有的只是《电磁学》《光学》《粒子物理》《电子电路》《普通物理实验》……打开来，全是她看不懂的各种图标和公式。

"这是谁的书？"

他在她背后答："我的。"

"你的？"她一愣，回头看他，脱口而出，"你不是保安吗？"

他摇摇头："现在不是，失业了。"

"我是问你，你原来不是保安吗……不是，我的意思是说，保安……需要学这些？"她尽量把话说得婉转些，免得伤害他的自尊心。

他淡淡地笑了："保安不需要学这些，但是我需要。"

"你上过大学？"

他点点头，轻描淡写地说了一所大学的名字，那是国内一所著名的大学，理科在全国排前三。

怪不得他会加工空调风扇，怪不得他会设计奇形怪状的烧烤架……原来他曾经是一个学霸。

她大吃一惊："你……中途放弃了？"

他摇头："没有，我毕业已经三年了。"

她更吃惊了："你读那么好的学校……就当个保安？"

"没办法啊，我要回来，暂时找不到更好的工作，只能当个保安。不过……"他笑了，"现在连保安也当不成了。"

"你可以去外面找工作啊，名校的高才生，找工作不难的。"

"我留在这里，有更重要的事情要做。"

"什么事情这么重要？"

"以后你会知道的。"

以后？他躲在这个小小的渔村里，怎么可能还有以后？她有点为他着急了，如果他只是一个初中毕业的渔民后代，或许守在这里安安分分过一辈子就是最好的安排，可他是全国排名前三的理工科大学的高才生啊，他本该拥有更广阔的前景和更美好的未来。

她有点急了："你是不是担心找不到工作，要不，我帮你问问朋友？"

"不需要。"他注视着她，眼神是清澈的，闪闪地发着光，"如果需要你帮助，我会跟你说的。"

"嗯。"在他的注视下，她不由自主地低下了头。以前只觉得他的眼睛特别亮，当时她还很奇怪，一个小保安竟然有这么闪亮的眸子，原来他受过的教育，不比她差。

"你休息一会儿，四点钟我来叫你。"他掩上门，下楼去了。

她上前轻轻地扣上门闩，和衣躺在床上。对着院子的窗口，传来他跟狗说话的声音："大包你怎么这么贪嘴呢？阿翘的青口，被你抢了一半，你知不知道？你再这么贪，以后不带你玩了。"

大包好像有点不服气，低声嗷嗷地嘟囔了几句，像是为自己辩解……听着楼下一人一狗的声音，她笑了，不知不觉地睡着了。

这一觉睡得很舒服，丁翘醒过来的时候，四周静悄悄的，她的目光落在桌上的"古董碗"上，微风吹动着窗帘，掀起了一道缝，阳光穿过那道缝，刚好照在碗上，碗壁泛着淡淡的土黄色，看上去却有一种古朴的美。

丁翘坐起来，思忖着花碗坪为什么会有花碗的碎片？也许在某个年代，这里盛产过陶瓷吧？她盯着碗默默地看了一会儿，才起床走下楼。

与中午相比，阳光已缓和了些，斜斜地透过百香果的叶子缝隙照在院子的地上。卓智蹲在地上，拿着梳子一下一下地给大包梳毛，那大包似乎还挺享受，他梳一下，它就摇一下尾巴，像是向他致谢。

她忍不住笑了。不知道为什么，自从她知道他也跟自己一样，是一个受过高等教育的人，心里竟然无端地涌起了亲切感。她知道自己这么想很庸俗，难道一个学历不高的人就不配得到认同和尊重吗？其实不是这样的，她只是觉得，一个有条件拥有更高生活质量的人，选择了回到落后的渔村，不管他的目的是什么，这份坚持都是值得敬重的。

是的，她对他，有敬意。

走出门外，她才发现阳光依然很猛烈，也许是因为晒，人们都待在屋里不敢出来，整个渔村都静悄悄的。他与她一左一右地走着，大包忽左忽右地跟在他们身后撒着欢。

他穿着一条陈旧的牛仔裤，肩上侧挎着一个大大的工具包，看上去似乎很沉，不知道里面装满了什么东西。她侧脸看了他一眼，又忍不住再看了他一眼，他的身材又高又瘦，但奇怪的是竟然丝毫不显得单薄。

察觉到她在看自己，他也侧脸看她，她这才发现，原来他的嘴角早就绽开笑意了，就好像他早就预备好了笑容，只等她看过来他便随即奉上——两人相视而笑。

真奇怪，他们并不算熟悉，可是这一刻，她却觉得他们像认识了许多年，连他的狗，都格外地亲切。

码头上静悄悄的，停泊着各种大大小小的渔船，她记得上次江盛的游艇也停在这里，她在游艇上过了一夜。不知道为什么，她有点心虚，认真地巡视了一番，没有发现江盛的游艇，这才松了一口气。

她觉得自己有点傻，这个时候江盛怎么可能在这里呢？江台市的海岸线宽广得很，随便一个县级市的海域都比这里的广阔，而且开发得也更好，他若跟朋友去玩，自然是去那些沙质和水质都更优胜的海边。

卓智带着她绕开码头那些渔船，一直走到一个地势较高的堤坝，毫无预兆地，他突然朝海里一跳，落在一艘小渔船上。

这艘渔船不大，设施也相当简陋，估计不能深海作业，但去附近的孤岛，只要风浪不是太大，应该是没有问题的。

他朝她招手："跳下来吧！"

她看看脚下的堤坝，又看看海里的渔船，两者落差还挺大，一不小心就有可能掉进海里，她不由自主地后退了一步。

他仰起头看着她，挥手鼓励地说："有我在，别怕。"

他上次也给她发过类似的短信，可是后来他独自下船跑了，想到这里，她不由得低声嘀咕："才不相信你。"

"你说什么？"他看了看天边，突然大声说，"你不敢下来那就不去了，反正天快要黑了。"

他作势就要从堤坝上爬上来，她忙连声说"我跳我跳"，鼓起勇气闭上眼睛奋力往下一跳——稳稳地落在他怀里了。

她一时反应不过来，傻了，他默默地看了她好一会儿，又默默地把她放下，两个人都没有说话，他引领着她走到船头坐下。

她刚坐稳，便听到船尾传来扑通一声，她吓了一跳。原来是大包那个蠢狗以为他们不要它了，竟然也从堤坝上跳了下来，也许是阳光下闪闪的海浪影响了它的视线，慌乱之下它竟然一头栽倒在船上。

大包站起来，可怜巴巴地"汪汪"了两声，一直走到丁翘跟前，一双眼睛巴巴地看着她。

卓智笑了："你摸摸它的头吧，它想让你安慰它呢。"

丁翘伸手半信半疑地摸了摸大包的脑袋，大包低声地呜咽了一下，竟然瘫倒在她脚边。

她吓了一跳，这是什么意思？

旁边的那人却阴谋得逞般哈哈大笑："哈哈哈，大包这是赖上你了，你快给它揉揉肚子、摸摸脖子，还要给它搔痒，一套‘马杀鸡’下来，它就满足了。”

她只好蹲下来，双手并用地给大包做全套“马杀鸡”，反正也不用什么技术，就随便把大包头上、脖子上、肚子上的毛撸来撸去就行了，她好歹也算是云养猫云养狗一族，技术还算可以，大包舒服得直哼哼。

“这船是谁家的？”

他摇头：“不知道。”

她大吃一惊：“你偷人家的船？”

他环视四周，神色越发显得小心翼翼：“嗯，小点声。”

她慌了：“那怎么办？会不会被人家发现？”

“会。”他大声说，“所以咱们得快点跑！”话音未落，他已发动马达，小渔船隆隆隆地号叫着朝大海深处驶去。

第九章

告诉你一个秘密

小渔船在海上迎风破浪，大包伏在船舷上，看着翻滚的波浪闪着白光，还以为浪里藏着什么妖魔鬼怪，激动得对着浪花大嚷大叫。

“汪汪汪！汪汪汪！汪汪汪！”

卓智瞪着大包：“大包，你这个蠢狗，给我住嘴！”大包看了他一眼，不服气地呜咽了两声，不吱声了，只是一双狗眼依然盯着水里的浪花。

丁翘忍不住笑了：“咦，大包真的听得懂你的话啊。”

他似笑非笑地睨了她一眼：“就你听不懂。”

这是在笑她不如狗吗？她故意不看他，装作听不见。他之前说这船是偷人家的，她信以为真，后来见他哈哈大笑才知道他在捉弄她。

她想了想，终究忍不住问他：“那座孤岛为什么叫花碗坪，是因为那里烧制过花碗吗？”

“不，是因为一个传说。”

“什么传说？”

“据说在很久很久以前，浪琴湾有对小夫妻非常恩爱，丈夫出海捕鱼，不幸在海上遇难，妻子太伤心了，想追随丈夫而去，就把家里所有的碗盆钵罐全部带到那个孤岛上摔得粉碎，她自己也跳海殉情了。”

丁翘惊讶：“就因为妻子在那里自杀了，所以后来就发生了各种……怪事？”

他默默地看了她一眼，半晌才说：“你也知道那里的传说？那你还敢来？”

“因为我不相信啊。”她淡淡地说，“我不相信有鬼怪，所以要来看看。”

他不说话了，目视前方，腰挺得笔直，专心致志地驾驶着渔船。她侧脸看他，驾驶室的座位比她坐的位置略高，而他本身又长得高挑，从她的角度看，只见他下巴上柔和的线条，他的皮肤被夕阳映成琥珀色，发出淡朱古力般柔和的光。

她不由自主地摸了摸自己的脖子和脸，同样的角度，自己的脸一定没他的好看，他的五官几乎是完美的，皮肤不白，可是看着健康、舒服。

她又问：“那你相信岛上有……那种东西吗？”

他淡淡地说：“我相信。”顿了顿，他又补充了一句，“相信岛上确实有一股神秘的力量，是我们目前所不知道的。”

她呆了，这已是她第三次听说花碗坪“有那种东西”的传说了。原以为他跟她一样不相信那些怪力乱神的说法，所以才答应陪她来，想不到他竟然说他相信。在隆隆的发动机声中，小船越来越逼近孤岛。

花碗坪越来越近，丁翘的心情也越来越忐忑。

小渔船在浅滩上停下来，与岸上仍有一段距离，他们如果要走上沙滩，必须要涉水而行。

水深目测有50厘米，丁翘毫不犹豫地开始脱脚上的运动鞋，她今天穿了背带牛仔裤，裤腿比较长，也要挽起才行……

“别脱鞋子了，我背你过去。”卓智站在她面前，淡淡地说。

跟他也没多熟呀，怎能让他背？她忙说："不用不用，不用这么麻烦。"

"不背也行。"他似笑非笑地看着她，"那你是想让我抱你过去？"

她大窘，正要严肃地拒绝他，却听见他说："这边浅海蓄积了大量的贝壳碎片，还有一些破碗片，如果不小心，很容易割伤脚。如果在海里受伤，被盐水一泡很容易感染，十天半个月都好不了。"

"那你呢，你就不怕割伤脚？"

"我当然不怕，我脚底的皮可比脸皮厚多了。"他说完，又添上一句，"不过你也不知道我的脸皮有多厚。"

她第一次听见有人这样自黑，不由得笑了。就在她笑得不可抑制的时候，他俯身抱起了她，迈开长腿下船，缓缓地朝岸边走去。

她一动也不敢动，好像自己一动就会增加他的负担。他横抱着她，她的脑袋正好靠在他的胸前，她能感觉到他的呼吸，那么近，近得鼻息可感……她觉得全身的血都往头上涌了，脸一定红了。

她不敢看他，眼帘低垂，希望他把自己当成一件行李吧，行李是不会说话的。

哪知大包见他们下水了，焦急地对着海水叫了两声，在船上踌躇再三，竟然双眼一闭跳进水中，四脚并用地拨打着浪花追赶他们来了。

因为大包的狗刨式游泳动作实在太大，与他们擦身而过时搅起的水花都溅到他们身上来了，丁翘"呀"了一声，就听见卓智笑了，喝骂大包："大包你这只蠢狗！"

趁着这阵笑声，丁翘才敢抬头看他，恰巧卓智也正低头看她，四目相对，卓智的目光飞快地投向别处去了。

原来你也会害羞。丁翘大乐，你害羞就好办了，那我就掌握了主动权呀，于是她大笑起来："快，走快点，追上大包！"然后又补刀，"你走得还不如狗快。"

终于报仇了，谁叫他说她不如狗，哼哼，女子报仇，十年未晚。

那边，大包已上了岸，一边神气地汪汪大叫，一边抖着身上的水珠。

他把她轻轻地放在地上，回头把小船固定在岸边，待一切收拾妥当，才挎着工具包，带着她慢慢地朝沙滩上的岩石走。

“台风来的那天晚上，我醒过来之后就是躺在这里的。”丁翘指点着沙滩边的岩石，那石头又宽大又平坦，她一眼就认出来了。

“嗯。”卓智点点头，“那你是在哪里看见那两个人的呢？”

她的目光往四周看了一下，发现自己除了这块平坦的大石头外，竟然对其他的石头再无印象了。这里的石头都差不多，又黑又大，一块接一块堆在那里，像一片石林。

看着他探究的目光，她有点不好意思，觉得辜负了他的信任，喃喃地说：“我再看看。”作为一个资深路盲，她辨认景物本来就有难度，更何况是在夜里，电闪雷鸣时，她的注意力都集中在那两个人身上，所以根本没有注意周围的环境。

“我……我记得那个帮我捞手机的人，好像是从那边的方向过来的。”她说，“对，就是那边。”

他好像并不关心那个捞手机的人，反而不断追问后面出现的两个人：“你仔细想想，那两个人是从哪里冒出来的？是这边，还是那边？”

丁翘不说话，默默地朝前走。这里的石头太多了，而且样子都差不多，笨重、黑黝黝的，一块一块重重叠叠，堆成一座石头山。

她记得那天夜里，看见那人从地上搬起一块石头砸向另一个人，但这里的石头那么大，似乎都搬不动。有小块石头的地方，估计就是她见到的“案发现场”。

抱着这个想法，她一直往前走，他默默地陪着她走，这更让她感觉自己肩负重任。终于，她发现地上有了小块的石头，周围的环境也似乎与那晚所见的差不多，她记得那两个人突然出现的时候，她吓得躲在一块大石头后面……后来果然让她找到了一块与记忆中差不多的大石头。

“就是这里。”她说。

“这里？”卓智站定，审视着周围的环境，与小船停泊的地方不同，这座山连接着旁边一座更小的山，两个小山之间呈旋转90度的“凹”形。

他放下工具箱，在山石上来回察看着，若有所思地微皱着眉，后来还拿出一个工具敲敲这里，量量那里，似乎在勘测着什么。

难道他在寻找什么蛛丝马迹？可是下了那么多天的雨，什么蛛丝马迹都被冲洗干净了吧？她信步往前走，要去寻找花碗的碎片。

“阿翘，别走了，前面没有路。”他在后面叫她。

他怎么知道前面没有路？她偏不信邪，加快了脚步继续往前走，走了没多久，前面果然没有路了，再往前走，就是悬崖了。

她站在悬崖边朝下看，下面就是深不可测的大海，海浪拍打着崖边的岩石，如飞花碎玉般四溅开来——从这里攀爬而上根本不可能，这也说明了那晚的两人不可能是从这边走过去的，那只能是另一边了。

她悻悻地往回走，他依然在研究着那些巨石，只不过手中多了一把凿子，他伏在石边敲敲打打，又用手拿起从石头上敲出来的细碎粉末仔细观察。

她在他的面前站定：“我们……什么时候去看那些花碗的碎片？”

他说：“你等我一会儿，很快就可以了。”

她半蹲下来盯着他看：“你在干什么？”

他抬起头冲她笑，说：“我也不知道。”说完他又添上一句，“在结果出来之前，所有的猜测都是没有意义的，所以我也不知道自己在干什么。”

这句话倒有点学霸的味道，像是在做什么实验的样子，可是他跑到这个除了山就是海的地方，做什么实验呢，难道是勘查矿藏或是稀有金属？难道……这就是他之前所说的“更重要的事”？

“你怎么知道前面没有路了？”

“因为我常到这里来。”他淡淡地说，“这里的每一条路，我都熟悉。”他低头拍拍狗的脑袋，“大包，快，去帮我把工具箱拿来！”

那大包本来趴在石头上，一听到他的指令，马上一跃而起，走过去咬着工具包，又屁颠屁颠地走到他面前。他接过工具包，伸手摸摸大包的头：“大包真乖！”

大包受到表扬，神情越发认真地站在他身边，偶尔随着他的动作蹿前跟后，俨然成了他的助手，看样子这一人一狗平时没少合作。

他打开工具包，从里面拿出来好些东西：蓄电池、电线、电灯，还有各种各样她叫不上名字的东西——他好像真的是要做实验呢。

“你物理考了多少分？”他突然问。

“刚及格吧。”她老老实实地答。高中未分科时，她偏科得厉害，物理成绩是所有科目中最差的，“你问这个干什么？”

他“哦”了一声，说：“没事，你等我一会儿，很快就好。”

直到看见他手脚麻利地把电线在石头之间拉开，又在电线的开关上安装上电灯和各种古怪的东西，她才恍然大悟：原来他问她物理考了多少分，是想看她能不能帮得上忙，后来知道她的水平就放弃了。不过他不叫她帮忙是对的，她现在连电源的正负极都忘记了，让她帮忙只会越帮越忙。

她忍不住问他：“这些电线和电灯放在石头上做什么？”

他淡淡地说：“做实验。”

“做什么实验？”

“我也不知道，在结果出来之前，所有的猜测都是没有意义的。”

又是这句话！难道理科学霸都是这样故弄玄虚的？她百无聊赖，只好蹲在地上逗大包。大包本来就是个人来疯，马上四脚朝天躺下来露出黄色的大肚皮——这是欢迎她摸它肚子的意思。

盛情难却，她只好伸手轻轻搔大包的肚子，大包舒服得把身子扭来扭去，四肢伸得更长，尾巴摇得更欢快了。

他看了狗一眼，又看了她一眼，低头笑了。

她瞪他：“笑什么？我在帮你照顾你的狗呢！”

他小声嘟囔着："如果你愿意，它就是你的狗。"

她拍拍狗头，对狗说："听见没有？你主人把你送给我了，要乖一点。"

那狗像是听懂了她的话，伸着脑袋不停地蹭她的手，他看在眼中，嗔怪地说："狗腿子！"嘴角的笑意，却更深了。

终于，他把所有的电线都在岩石上铺设好了，又认真地检查了一番，才满意地拍拍手，说："我们走吧！"

他带着她朝另一边走去，很快就走到了停船的地方。继续往前走，太阳已完全沉下去了，天边悬浮着一个又大又红的月亮，周围的云朵姹紫嫣红的，异彩纷呈，像是被谁摔破了一个色彩丰富的调色盘。

原来不但海上日出好看，海上的月亮也很美啊，她想起古人"海上生明月"的诗句，不由得心驰神往，嘴角微绽笑意。

卓智侧着脸看她，天边的彩霞把她的脸映得红通通的，她的笑容如同一朵刚绽开的桃薇花，他的心动了一下，又动一下，像有一朵桃薇花也在他心里悄然绽放。

从未试过这种感觉，她笑一下，他心里便会绽开一朵桃薇花。

可是他不敢说出来，因为桃薇花带刺，他只能装作淡淡的样子，淡淡地问她："喜欢吗？"

"嗯。"

"喜欢就多看一会儿。"

她恋恋不舍地看了一眼天边的月亮："不，还是快走吧，我怕一会儿天要黑了。"

又走了将近30分钟，他突然指着前面的沙滩："前面就是花碗坪！"

她放眼朝前看，吃了一惊：远处的沙滩竟然是五颜六色的，乍一看，就像是天上的晚霞把颜色折射到沙滩上一样，姹紫嫣红、色彩斑斓。

她惊艳地感叹："天哪，这里的沙子怎么这么美！"

他笑着说：“你再走近点看看。”

她点点头，惊叹着，张开双臂欢呼着往前冲。直到抵达那片五颜六色的沙滩，她才惊讶地发现，那些五颜六色的不是沙子，而是各种各样的陶瓷碎片。

是的，一块一块的陶瓷碎片，形状各异、颜色各异，细细碎碎地与沙子混为一体，但是它们没有就此埋没在沙子堆中，瓷片上的花色是丰富的，自顾自地异彩纷呈，所以从远处看，这里就像一片彩色的沙滩。

更神奇的是，哪怕这些碎片浸泡在海水里，它们也是不甘寂寞的，当波浪一漾一漾地往前推，它们在水底下就欢快地闪着光，像金子，又像银子。

得打碎多少花碗盆罐，才能把这一片海滩铺满？

丁翘扑倒在沙滩上，她完全被惊呆了，已经词穷，只能伏在地上，表达她的膜拜与赞美。

沙滩依然带着阳光的余温，却不烫人，她惬意地翻了个身，闭上双眼张开四肢，此刻，整个世界除了海浪声再无其他……待她睁开眼，才发现面前有一双脚，一双修长笔直的腿，再往上看——他居高临下地站在她面前，脸上是似笑非笑的表情：“你怎么像大包一样，一来到沙滩就喜欢打滚？”

她一骨碌爬起来，果然，大包正在沙滩上发疯地打滚，四只爪子蹬得沙土飞扬，甚是兴高采烈的样子。不知道为什么，她竟然也不生气，看着大包那傻乎乎地打滚的样子，忍不住哈哈大笑。

“快起来吧，小心被瓷片割伤了。”他半蹲下来，把手伸到她面前，她被他拉起身时，顺手从沙子中挑了一块较大些的瓷片仔细端详着。

那是一块白色的瓷片，上面描着深蓝色的花纹，花纹的边沿，还镶着细细的金边，那么微小的线条，不仔细看还看不出来。

卓智淡淡地说：“一块半块的，没用，这里陶瓷碎片虽多，要找几块拼成一个碗，很难。”

丁翘不服气地说："那你是怎样做到的？"

卓智遥望着远处的大海，说："我家本来就有一只破碗，后来我又在这里找了几块碎片才黏好的。"

丁翘默默地点头，惋惜地看了手中的瓷片一眼，随手扔得远远的，虽然无法拼成一个碗，但这些碎瓷散落在海边，本身就是一道风景啊。她情不自禁地感叹："真好看！要打碎多少碗钵盆罐才能铺满这片沙滩啊！"

卓智被她的话逗笑了，但没有说话，只是默默地看着这片沙滩。夜色渐深沉，他的侧脸就像一个完美的剪影，鼻梁挺直，唇线丰满，下巴微翘，他……真的很好看。她不由自主地伸手摸了一下……自己的下巴。

"这些瓷片，会不会是20世纪六七十年代留下的？"她听外婆说过那个年代的事，便猜想这些碎瓷是大炼钢年代的产物，你想想啊，连铁锅都能拿来砸了炼钢，家里的碗盆自然也能砸了。

"还真不是。"他认真地说，"这些碎片，从我爸爸、我爷爷、我爷爷的爸爸小时候就有了，没有人能说清楚它们的来历。"

她端详着手中的瓷片："这么说，它们有可能真是古董？"

他点头："也许吧，可惜破碎的古董一文不值。"

两人有一句没一句地聊了一会儿便往回走，天边的彩霞不知道什么时候消失了，月亮也隐进了云层中，他们在对方的眼中，都成了一个黑色的影子。

她突然想起了他们提起过的怪事，于是问道："这么美的沙滩，为什么却有那些……让人害怕的传说？"

他不直接回答她的话，却问她："你怕吗？"

她摇头："不怕，不是有你在吗？"

他似乎对这个回答挺满意，默默地点了点头。

"我们什么时候回去？"

"做完实验就回去。"

“嗯。”她马上想起了他在岩石上铺设的那些电线和电灯，不由得对他要做的实验产生了兴趣。

他们走到了悬挂着电线和灯泡的岩石前，夜色更黑了，但眼睛早就适应了黑夜的颜色，能依稀看见面前的景物，可以凭想象揣摩出它们的样子。

电线和灯泡、蓄电池都还像他们离开时那样，悬挂在岩石上。

“你站在这里别动，我过去一下。”他迈着长腿朝那堆岩石走去，大包正要欢快地跟着他跑过去，“大包你别动，你在这里陪着阿翘，知道吗？”

大包像是听懂了他的话一样，摇着尾巴伏在丁翘旁边。

他走到那堆岩石边，不知道开启了一个什么开关，只听见咔嚓一声，面前突然大亮，大包激动得又叫又跳。

丁翘竭力睁大眼睛，才看清楚发出亮光的是那些缀在电线上的电灯，那些亮光把四周照得如同白昼，连同岩石都泛着黝黑的光，而远处那些灯光顾及不到的地方，却成了深沉的背景，像是有人故意设置了一道布景。

突然，灯光熄灭，一道宽大的光打在岩石前面，地面成了银幕。

“呀！真美！”丁翘不由得赞叹。

“阿翘你帮我看着，看岩石前面有没有人像出现！”他突然大声道。

丁翘一愣，不明白他这样说是什么意思，但还是按其吩咐认真地盯着面前的岩石看。

“嗞……嗞……嗞……”丁翘听到电流的声音响起来，与此同时，地上的光幕突然快速地闪烁着，每一次闪烁过后，光幕都会比前一次更亮，直到刺眼无比，刺得她不由自主地眯缝着眼睛竭力朝岩石前面看。

也许是越来越亮的光幕让大包感觉到某种威胁，它不叫了，也不跳了，突然伏在地上，警惕地盯着岩石前面，好像看见了隐藏的敌人。

丁翘心里发怵：听人说猫狗是通灵的，难道大包真的预感到什么了？她努力睁大眼睛盯着岩石前面，可是直到眼睛酸痛，依然一无所获——岩石前面并没有任何东西出现。

光幕闪烁的频率越来越高，而电流声也越来越大，丁翘的心都要揪起来了……

突然噼啪一声，不知道是什么东西碎了，四周突然漆黑一片。

大包突然大叫着冲卓智奔去，丁翘吓了一跳，大声问："发生什么事了？"

"没事，你待在那里别动……叫你陪着阿翘，你怎么跑过来了？快回去陪阿翘！"显然，后面的话他是对大包说的。

大包被他教训了一顿，又气喘吁吁地跑回她身边了。她知道他的实验失败了，她虽然不明白他这样做的目的是什么，但当他让她留意岩石前有没有人影出现的时候，她似乎联想到了什么——

这个实验，可能与她那天夜里看见的背后袭击案有关。

难道他怀疑她看到的是幻象？跟中学时物理课上学过的虚拟成像一样？她觉得有必要跟他说清楚，那天夜里发生的一切是真实存在的，包括她的手机失而复得，包括那宗背后袭击案，都是真实地在她面前发生过的。

她看见他打开了备用的手电筒，开始收拾东西，忙说："我来帮你。"

"不要过来，刚才有灯泡碎了，会刺伤你们！"

她无声地笑了，他说的"你们"，自然是包括她和他的狗，听他的语气，似乎实验的失败并没有影响他的心情，她据此得出一个结论：看来他对失败已经很有经验了。

很快，他把所有的东西都收进了工具包里，两人带着狗朝小船停泊的地方走去。

天上的云层已经散去了，月亮也露出了皎洁的脸，月光把沙滩镀成一片银滩，四周除了海浪声，就只有他们走路时摩擦着沙子发出的声响。

丁翘忍不住开口问："你是不是觉得我那晚看见的那两个人，是假象？"

他站定，肯定地说："是的。"

"但是那晚确实是有人帮我从海里找到了手机，又摘了一种叫桃薇的花给我吃……"

他淡淡地说："那个人，倒不是假的。"

"你怎么知道？"

"我当然知道……"他突然惊讶地大声说，"咦？我们的船呢？"

她朝海边看去，皎洁的月色之下，大海泛着银白色的光，原来停船的地方，现在什么也没有了。

"会不会是海浪把船冲走了？"

"不会。"他确定地说，"这里只是一片浅滩，海浪不足以冲走船，而且，我记得我把铁钎插在岸边，用绳索把船固定了。"

她依稀记得他把她抱上岸后，确实又走回去拿绳索固定过渔船。既然不是海浪冲走的，渔船哪儿去了？除非……有人上过岛。

如果真有人上过岛，对方不声不响地开走船，显然并非出自善意，那么此人上岛的目的是什么？他是驾驶着船离开了，还是把船藏了起来伺机行动？

如果对方心存恶意，人家在暗处，他们在明处，真要动手必定吃亏，丁翘想起台风之夜那恐怖的一幕，不寒而栗，只觉得远处那些影影绰绰的岩石，每一块都有可能隐藏着危险，不由得下意识地朝卓智靠近了些。几乎是在同时，一只手伸过来握紧她的手，她听到卓智轻声说："别怕，有我呢。"

他的手微烫，带着一种不容拒绝的力量，她瞬间心安了，似乎也没那么害怕了。他牵着她的手，又朝大海走近了一些，拿手电筒朝海面上照。手电筒的光触及的范围并不远，除了泛着白光的海面，什么也看不见，小船真的不见了。

两人都没有说话，连大包都知道事情不妙了，跟在后面不敢吱声。

海浪逐滩而来，又悄然撤去。

“我打电话叫人开船来接我们，一个多小时，也就到了。”

“不要，我们就待在这里。”丁翘冷静地说，“我倒要看看，他们把船偷走了，到底想干什么。”

卓智说：“不，我不能让你跟着我冒险……”

“我才不怕！他们的老板都被关起来了，他们还能做出什么戏？我偏不怕他们！”

丁翘嘴里的“他们”，自然是指吕仁的人，但卓智觉得此事与吕仁无关：“其实，船有可能是被我们村里的人开走的。”

丁翘吃惊地问：“是你们村里人？为什么，他们为什么要这样做？”

“因为我举报了吕仁，也得罪了全村人。”卓智说，“吕仁在浪琴湾开酒店，除了主要的酒店管理人员是从外面带进来的之外，服务员、保安、保洁、厨师都是在村里请的，几乎家家户户都有人在酒店领工资，都挺满足。现在酒店关了，大家都失业了，村里人怪我打破了他们的饭碗，可能会恨我吧。”

丁翘吃了一惊，她原以为，卓智举报吕仁的事传开来，村民会把他奉为英雄，却没想到恰恰相反：“为什么村民会这样？难道他们不知道任由吕仁继续用声呐捕鱼，他们的子孙后代有可能以后在海上都捞不到鱼吗？”

“你不懂。”他叹气，“这里的渔民，为了保护自己的利益可以付出一切，但他们赖以生存的这片海洋，并不在他们考虑的范围内，他们以为海里的资源是无穷无尽的，轮不到人类来保护。”

丁翘无语了。这两年跑社会新闻，她也遇到许多类似的事情，比如有的地方为了工业发展，甘当超标排污企业的保护伞；有的农民为了让蔬菜长得更好卖出好价钱，不断地往地里喷撒剧毒农药或重金属超标的化肥，却没料到这种重金属污染会危害这片土地，从此以后世世代代只能吃这块毒土地种出来的毒蔬菜、毒谷米。

她稍微用力紧握了一下他的手，这是一种无言的支持与鼓励。

他知道她在安慰自己，淡淡地说：“我没事，你不用担心。”

她问他：“如果你这个时候打电话，村里会有人来接我们吗？”

“有，我在村里有个朋友叫阿方，他家里有条小船。其实，吕仁用声呐捕鱼，也是阿方告诉我的。”

原来，跟吕仁出海的人，都是他从外面带进来的，那些人白天不用上班，平时也不跟酒店的人接触，他们每隔一段时间就在夜里出海捕鱼，而且还在船上准备了渔网做伪装。有一次阿方半夜上厕所，听见两个人在淋浴室里抱怨，说自己明明是电子工程专业的高才生，却沦为一个整天散发着鱼腥味的渔民。

也许是那句“散发着鱼腥味的渔民”令阿方觉得不快，他把这事跟卓智说了，卓智却把那句“电子工程专业的高才生”听了进去，几经考查，终于发现他们背后的秘密。

“算了，还是不要打扰阿方了，船既然是让村里人开走的，不过是一个恶作剧而已，那我就不担心了。”

他马上表示同意：“好啊好啊，你发现没有，浪琴湾的海浪声，真的有点像弹古琴，尤其是这一片海域的声音，特别好听。既来之则安之，在月光下听古琴，也是很不错的享受。”

她轻轻地“嗯”了一声，似乎还挺认同他的说法。

两人一狗慢慢地朝岩石的方向走，他们的手一直也没有放开，这算是什么意思？丁翘觉得再牵着手就有点暧昧了，可是心里又觉得突然甩开他的手似乎不甚礼貌，而且自己对他的手也不反感……

正在左右为难时，卓智突然站定，郑重地说：“阿翘，我想告诉你一个秘密。”

丁翘吓了一跳，难道他要示爱？太快了吧？她的心怦怦地跳起来，脸也烧得厉害，却故作平静地开玩笑：“这个秘密是不是——如果我不牵着你的手，你会害怕？”

“不是。”他没有笑，却认真地一字一顿地说，“其实，我在这里也见过幻象。”

她吃惊地停住了脚步，侧脸看着他。

月光下的他，轮廓柔和，呼吸平稳，丝毫不像是开玩笑的样子。

“真的，我在这里，见过一群古怪的人。”他又轻轻地说。

第十章
看不见的客人

“那一年，我5岁。”他仰头看着天上的月亮，半晌，才又说，“记得这么清楚，是因为那一年，我爸去世了。”

“是因为生病？”

“溺水。”他叹息，“没想到吧？一个土生土长的渔民，竟然溺死在大海里。”

丁翘不知道怎样安慰他，只是沉默着，伸手拍拍他的肩头。他们并排坐在岩石上，面向着大海，海风很轻，若有若无的，海浪声也是轻柔的，如同古琴发出的低音。

在卓智的记忆中，爸爸出事以前，一家三口的日子过得是很甜美的。

虽然妈妈有严重的心脏病，不能进行繁重的劳动，一家三口的生计全压在爸爸身上，爸爸除了要养家，还要挣钱给妈妈买药，但一家人过得很开心。

“我们家没有大船，出不了深海，但爸爸驾着小船在浅海里也能捞很多鱼，我们的日子，过得不比别人家差。”卓智缓缓地说。

有空的时候，爸爸会用小船载着妈妈和卓智一起到这个岛上玩，因为岛上有个山坡，盛放着桃薇花，妈妈很喜欢。村里人认为花碗坪有“那种东西”不干净，所以很少到这里来，这里便成了他们一家三口的乐园。

“妈妈在山坡上摘花，我在海边玩泥沙，爸爸就潜水下海找海胆，20年前，这片浅海好多海胆。”

夜幕降临的时候，一家三口便驾着小船回家，船头的铁桶里泡着一大桶海胆，船尾堆放着大堆大堆的桃薇花，满船都飘散着花草的清香。爸爸和妈妈便会一唱一和地哼一首歌。卓智叹了一口气，开口唱道：

海边小岛上桃薇花儿开，
有一位少年真使我心爱，
可是我不能对他表白，
满怀的心腹话儿没法讲出来，
满怀的心腹话儿没法讲出来……
他对这桩事情一点不知道，
少女为他思恋天天在心焦，
海边桃薇花儿已经凋谢了，
少女的思恋一点没减少。
…………

这首歌，他上次在微信里给她唱过，不过她当时听成了“红莓花儿开”。

她没有打断他，默默地听着，只觉得这歌既抒情又浪漫，有一种奇特的异域风情。等他停下来，她忍不住问：“这是什么歌儿？真好听，是歌颂桃薇花的吗？”

她上次从这里回去后，曾上网查找过关于桃薇花的信息，但一无所获，她记得上次那个神秘的人曾经摘过桃薇花给自己吃，看来，这桃薇花极有可能是当地特有的一种野花。

他说：“我小时候也跟你一样，以为这首歌就是唱桃薇花的。后来我才知道，这首歌原名叫《红莓花儿开》，是一首俄罗斯民歌，我妈用自己喜欢的桃薇花取代了红莓花。”

丁翘没有说话，她依然沉浸在他那首歌的意境中，想象着一艘载满了鲜花的小船上，一对渔民小夫妻一个坐在船头一个坐在船尾，一唱一和地哼着歌的情景，不禁悠然神往。

见她不说话，卓智以为她心不在焉，说：“对不起，我扯得太远了。”

“没关系，我喜欢听。你刚才说的在这里看见一群怪人是怎么回事？”

“嗯，我接着说。”

那年的端午节前，一连下了好多天雨，广东人称这种雨水为龙舟水。到了端午节那天倒不下雨了，一大早就出了大太阳，于是爸爸带着妈妈和卓智出海了。雨水过后，桃薇花冒出了很多花蕾，妈妈每年都要采摘许多花蕾晒干了泡茶喝。

小渔船停在海边，妈妈带着小卓智上岛摘桃薇花去了，爸爸像平时那样下海采海胆。晌午的时候，小卓智觉得有点困，妈妈就在沙滩边的两块大岩石之间架起了雨伞，用塑料布铺在地上让他睡觉。海风缓缓地掠过海面，带着淡淡的咸腥气息，小卓智不知不觉进入了梦乡。

不知道睡了多久，等他醒来已是傍晚，天色阴沉，风很大，像是快要下雨的样子，他有点慌，一骨碌从地上爬起来，惊慌失措地朝山坡上跑去找妈妈。

刺啦一声，天边突然闪过一道炫目的白光，炸响了一个雷，小卓智还未反应过来，又接二连三地炸响了一串雷，天地间成了苍茫的一片，他吓坏了，不知道该继续往前跑还是待在原地等妈妈。

就在这个时候，他发现天上出现了一道五颜六色的彩虹，他记得妈妈说过，朝红风，晚红雨，正寻思着明天可能又要下雨时，突然发现前面出现了一群人。

那些人的衣着很古怪，有长袍也有短褂，还有的用布蒙着脸，他们手中无一例外地抱着陶瓷或瓦罐，有的还互相扯着衣服在吵架，好像是人们在码头上买卖海鲜时讨价还价的样子。

小卓智纳闷，这些奇怪的人是从哪里来的？于是便愣愣地走上前，想看看爸爸有没有在人群中卖海胆，谁料他还未走近那群人，便听见远处传来一阵喧哗声，人们似乎颇为惊慌，慌忙四散逃走，陶瓷、瓦缸掉在地上摔成碎片也无人理会。小卓智正在奇怪那些人怎么这么害怕时，下起了大雨，当他用手抹掉脸上的水，面前却一个人影也没有了。

没有那些穿着古怪的人，也没有陶瓷和瓦缸的碎片，面前除了大块的岩石，还有正在下着的雨，什么也没有。

“我害怕得连哭喊都忘记了，只是傻傻地站在那里任雨水淋湿了全身，直到我妈从山上下来，我爸驾船回来接我们，他们看见我傻傻呆呆的样子，都吓坏了。

“回家后，我把自己看见怪人的事告诉爸妈，他们先是很惊讶，然后不约而同地一口咬定我看错了，可是我相信自己没有看错，我怎会看错？我给他们讲那些人穿的衣服是怎样的，还有怀里抱着的陶瓷是什么花纹的，他们更害怕了，让我不要再说，说一定是我看错了。

“我想不明白那些怪人为什么会突然出现，为什么又突然全部不见了，夜里一直做梦，从梦中惊醒。爸爸妈妈很担心，半梦半醒中我好像听见他们说，担心岛上的脏东西缠着我。”

丁翘一直默默地听卓智说，眼前却不断地浮现出台风之夜那两个古怪的人影，突然出现，又突然消失，跟卓智看见的怪人是一样的。可是卓智看见了一群人，而她只看见了两个，实在太奇怪了。难道，花碗坪真的有“不干净”的东西？不然真的很难解释那些突如其来地出现又莫名其妙地消失的怪人。

丁翘想了想，问卓智：“你怀疑我和你看到的，都是幻象，可是为什么我们看到的人不一样？”

“因为天气、温度和空气的湿度不一样。”卓智说，“只有当多种自然条件都基本合适的情况下，才能看到同样的幻象。”

“你的意思是……这些幻象是真实存在过的？”

“不错，它们是确切地发生过的。”卓智肯定地说，“而且，村里人世世代代一直流传着花碗坪有脏东西的说法，我怀疑看到这些幻象的不止我们两个，这么多年，一定有许多人见过，但因为知识的局限无法深究，只留下了这个迷信的说法。”

丁翘默默地点头：“那……为什么这些幻象会出现？”

卓智说：“其实我也一直在思考着这个问题。上中学的时候，有一天上物理课，老师讲小孔成像的原理，我当时心里一动，这个小孔成像会不会跟我小时候看到的幻象有关？因为这个缘故，我一直特别喜欢物理，高考就报了物理系。上了大学后，知识的更新让我否定了自己当初的想法，却有了新的结论——我看到的幻象，可能跟自然界的电磁场和地磁场有关系。”

丁翘疑惑地问：“电磁场和地磁场？我不是很明白。”

卓智站起来，用手指着山顶的方向：“这边的山顶上全是大块大块的岩石，前面有一个落差极大的悬崖，而对面那座小岛上也是大块的岩石，刚好与这边的山顶岩石形成一个半包围结构。”

丁翘站起来顺着他的手势往上看，山顶上的岩石在月色下泛着灰白的光，倒不像白天那样看上去黑黢黢的：“这些岩石产生磁场作用？可是它跟我们看见的怪人有什么关系？”

卓智说：“当然有关系，磁场是有能量的，某些时候，它们可能会转化成记忆，就像我们所熟悉的录音机或录像机一样。如果当年发生的事情，恰巧被这个特殊磁场录了下来，只要找到合适的契机，就像启动了按键，磁场就会像放映录像一样，把当年的影像有声有色地呈现出来。”

丁翘呆了，半晌才说：“你……不是开玩笑？”

卓智认真地说："不是开玩笑，这也是我毕业后要回浪琴湾的原因，如果不回来，这件事会折磨我一辈子。"

"可是，这只是你的猜想，并没有科学根据！"

"有，我在上大学的时候把这事跟一位教授说过，教授认为，从理论上分析这是合理的，而且他对这个项目也很感兴趣，暑假时曾跟我回家，在岛上住了一个月，不过……一无所获。"

丁翘点点头："后来呢？教授怎么说？"

"他劝我放弃。"卓智说，"但我……决不放弃。"

丁翘静默了好一会儿，才缓缓地说："如果是我，也不会放弃。"

"所以我把这件事告诉你是对的。"丁翘虽然没有看他的脸，但能感觉得到他在说这句话的时候，是带着笑意的。

"为什么？其实我的物理并不好，估计帮不上你什么忙。"这是老实话，她连中学时学的关于磁场的知识都忘记得一干二净了，更别说这么复杂的电磁场、地磁场了。

"因为你跟我一样，都曾经看见过那些怪人。"卓智看着月光下林立的石头，轻轻地说，"整个浪琴湾虽然都传说花碗坪有古怪的东西，但像我一样亲眼看见的，只有你。"

"嗯。"丁翘点点头，"但是……教授劝你放弃，是因为他后来推翻了原来的判断吗？"

卓智摇头："不，恰恰相反，教授认为，从理论上来说，我的判断是正确的，但是，现实中还未有人真正通过实践验证过，也许验证的过程会很长很长，穷尽一生也未必能有收获，所以教授劝我及早放弃。"

丁翘默默点头，教授的建议是现实的，像卓智这样，明知道有可能颗粒无收、徒劳无获，却依然一腔热情孤独前行，这份孤勇，不是每个人都能拥有的。

她朝他伸出手："从现在起，你不再是孤独的一个人，如果需要，我愿意倾尽全力帮你，在我力所能及的范围之内。"

他伸出手与她相握："谢谢，我果然没有看错人。"

她笑了："这话怎么说？"

他不答，突然探着身子朝海边看，说："我好像听到了声音……是渔船的发动机声！是我家的渔船！"

丁翘吃了一惊，忙朝大海上看，皎洁的月色中，果然隐隐约约看见海上有东西在移动："你怎么知道是你家的渔船？"

"这个发动机是我亲手改装的，我认得它的声音。"卓智说，"走，过去看看！"

丁翘忙跟了上去，大包本来趴在地上睡得正酣，听到动静也一骨碌爬起来，跟着他们朝海边走去。

走近海边，丁翘发现海上确实有一艘渔船，但她并没有听到渔船的发动机的声音。

"奇怪，我连发动机的声音都听不见，你竟然能听出这是你家的渔船？"

"我现在也听不见声音了，渔船应该是熄火了。"卓智困惑地说，"这到底是怎么回事？"

"是啊，真奇怪。"

渔船浮在大海中，除了海浪声，周围再也没有别的声响。月光下，潮起潮落，渔船一直与岸边保持着数百米的距离。

海浪是平缓的，天地间都是苍茫的月白色，既平和，又神秘，那艘停泊在海中的渔船，就这样沉寂无声地停留在那里，像在期待着什么。

"我要过去看看。"卓智突然说，"我要看是谁把船弄去那里，到底想要干什么！"

"不，不要去。"丁翘本能地拉住卓智的手，"你现在不知道对方是谁，也不知道船上有多少人，这样贸然过去，太危险了！"

卓智低声安慰她："放心好了，我悄悄地潜水过去，就算是船上的人，也未必会发现我。"

"可我还是担心……"

"乖，不用担心，我从小在海边长大，遗传了我爸的一身好水性，如果对方真的不怀好意，我在水里比在陆地更有优势。”

不知道为什么，丁翘听到他说出那个“乖”字，心里竟然有微微的甜滋滋的感觉——他对她说“乖”，似乎在他面前，她是一个需要被哄着呵护着的小女孩。

再强大的女人，也喜欢被人宠着当乖宝宝，像老杜宠周颖芝那样。

她只能乖乖地点头：“嗯。”

他快速地走到岩石后面，脱掉了身上的外衣，当他踏着月色走向沙滩的时候，丁翘睁大了眼睛，屏住了呼吸——

挺直的身材，修长的四肢，紧致的小腹，微翘的臀部……

似曾熟悉的身材，似曾相识的感觉。

台风之夜，那个人摘了桃薇花给她果腹，又踏着海浪走进大海中为她捞手机，她记得那个人的身材也跟他一样挺直修长，小腹也是那样紧致，臀部也是微翘的……

可是不等她说什么，他已经远远地朝她挥挥手，悄无声息地潜进海里，马上连人影也看不见了。随即，她便看见，大包像箭一样冲向海里，追随着主人而去，她刚来得及低呼一声“大包”，大包便钻进海浪里，再也不见踪影。

海面依然是平缓的，此刻的浪琴湾，像一把机械的古琴，周而复始地循环着一曲老调子，更衬托出她现在如乱麻一样的心情。

已经足足过去了30分钟，他没有再回来，狗也没有再出现。

一丝不好的预感在她心中浮起来，船里是不是埋伏着什么人？他是不是已经被对方制伏甚至伤害了？

渔船依然孤零零地泊在海中，在淡淡的月色中，像一幅水粉画，可是她现在心急如焚，只觉得那渔船怪怪的，像被人设计成了道具，在酝酿着一个巨大的阴谋。

她既焦急又害怕，正在考虑是不是要下水游过去看个究竟的时候，突然听到了发动机的响声，隐约还有狗叫声。

“汪！汪汪汪！汪汪汪！”

是大包的声音！

她极目远望，看见渔船正在朝岸边驶来，心里忐忑不安：卓智去了这么久，是不是发生了什么意外？现在驾驶着渔船的人，是不是他？

理智告诉她，必须先找个地方躲起来，但心中有一个强烈的愿望在顽强地指挥着她，她必须留在这里等卓智。

虽然他们相识的时间还不长，虽然她之前对他的印象也不是那么好，但经过这一天一夜的相处，她已经把他当成了亲密的朋友，如果他已经被害，她一定要为他报仇！更何况，如果他已经被害，凶手必然也不会放过她，她现在能决定的，也不过是反抗与否的问题而已。

她的目光在沙滩上逡巡着，想找一件称手的武器，可是周围都是细沙，更远处倒是有岩石，但以她的力量根本抱不起，更别说用来当武器了……突然，她眼前一亮，前方有一根长长的木棍，估计是被海浪冲上岸的，于是她便冲过去拾起来，只觉得这木棍坚实沉稳，于是便紧紧地握在手中。

渔船越来越近，发动机的声音也越来越清晰……她的心揪得紧紧的，一双手紧紧地握着木棍，双眼直视前方……

终于，渔船停下来了，发动机的声音静止了，她睁大眼睛竭力朝船上望，月光中，隐约可见有人站在船头朝这边挥手，随后跳进了海里。

是他！他踏着海浪涉水而来，正一步一步地朝她走近。

她认得他的身材，他走路的姿势，哪怕看不清他的脸，她也认得是他！

她心里一热，把手中的木棍朝地上一扔，什么也没想便朝海水里的黑影跑去，不怕脚上的鞋子会弄湿，也无惧脚下的海浪汹涌，她此刻想做的，就是跟他拥抱！

她也不知道为什么要这样做，反正此刻，她就想这样做。

直到紧紧地把丁翘抱在怀里，卓智都是惊喜而沉醉的，像喝了酒一样微醺。

刚才，他驾着小船回来的途中，心里突然一惊：对方把他调虎离山，目标会不会是岸上的丁翘？他暗暗后悔自己竟然如此大意，把船停下来便心急如焚地往岸上奔，当他看见沙滩上那熟悉的身影时，喜出望外，第一个念头便是要把她紧紧地抱在怀里！

他没想到，对方竟然梦幻般踏着海浪奔向自己，他看见她的长发在空中飞扬，他伸出了长长的双臂，把她腾空抱起，让她在空中旋转、旋转。

一切像在梦境中一样，那么美，那么好，让人喜悦得不敢说话，唯恐一开口，便会惊醒梦中的人。他把她抱起，一步一步朝岸边走去。

终于上了岸，他把她放在地上，他的下巴，刚好抵住她的脑袋，她发丝中的香气若有若无地飘进他的鼻子中。是他喜欢的味道，一切都是他喜欢的样子，他喜欢高挑的女生，他喜欢长发的女生，他喜欢——她这样的女生。

他满足地叹了一口气，微侧着脸朝她的唇边试探。她知道他想做什么，却无法拒绝，不由自主地微仰着脸迎接他的到来。说不上是谁主动，也说不上是谁被动，就像火星撞上了地球，触碰之处，火花四溅。

这一幕，只把大包看得怒不可遏，围着两人狂吠不已。以大包的脑容量，它怎么也想不明白两个人抱在一起，一动也不动地站着有什么好玩的。

“大包别吵，再等我们15分钟。”卓智恋恋不舍地松开丁翘，对着大包低喝。

丁翘只觉得脸上发烫，笑着伸手打他：“乱说，谁跟你15分钟。”

他没有回避，她的手就落在他裸露的胸肌上，光滑、结实、细腻，似乎还带着海水的味道。她脸上发热，正要缩回手，他的手已伸过来握紧她的手，说：“如果你不喜欢15分钟，20分钟也是可以的。”

她大窘，扭头便想跑，他紧紧地抓着她的手，低声说：“别跑！那些人可能还在岛上！”

丁翘的心突然被吊了起来：“那些人是什么人？到底是谁开走了船？”

卓智环顾四周，好一会儿才缓缓地说："船上并没有人。"

丁翘惊讶："啊？"

卓智果断地说："我们必须立即开船离开这里！"

丁翘迟疑地看着不远处的渔船："这船……会不会有什么毛病？"她担心那些人在船里做了手脚。

"放心好了，我已经检查过了，渔船没有任何毛病。"

数分钟后，两人一狗上了船，小渔船在发动机的隆隆声中翻浪踙水往回走，丁翘的心这才稍微安定了些。卓智边开船边向她讲述刚才发生的一切。

"我悄悄地游近渔船的时候，渔船很静，我怕对方发现，便潜进水底悄悄靠近渔船，奇怪的是，我在水下潜伏了将近5分钟，船上一直很安静。

"后来大包也游近渔船，对着渔船吠了好一会儿，但船上依然没有动静。这个时候，我基本可以确定船上没有人，又等了一会儿，看船里依然悄无声息，我就从海里爬上了船。"

"有没有可能，船是被海浪卷出去的？"丁翘说，"是不是……我们太多疑了？"

卓智肯定地说："不是，船确实是被人开走过，我之前听到船的发动机的声音不会错，而且，大包上船后，对着船头叫了许久，它应该是嗅到了陌生人的气味。"

像是回应卓智的话一般，大包激动地叫起来。

卓智安抚地拍拍大包的脑袋，它才安静下来，伏在丁翘脚下。

"后来我突然想起来，对方把船开走，又莫名其妙地送回来，是不是有什么诡计？我突然想起了你……"

丁翘心里一动："你担心他们会对我不利，所以疯了般往岸上跑？"

"嗯。"他侧脸看着她，这个时候东方已露出鱼肚白，月亮依然悬挂在天边，她的脸似乎带着淡淡的雾气，有种不真切的美，"你呢，你拿着棍子等在那里是怎么回事？是不是想着为我报仇？"

他原来只是随口开玩笑的，想不到她竟然老老实实地点了点头：“嗯。”

他默默地看着她，她也看着他，他们靠得那么近，即使是在暮色中，她依然看得见他的眼眸是漆黑的，黑得发光，一闪一闪的。

“为什么？”

“因为你救过我。”丁翘说，“刮台风那夜，把我从海里救出来又帮我捞手机的人，是你。”

他微怔，过了一会儿才问：“你是什么时候知道的？”

“当你脱了衣服朝大海走去的时候。”她看着他的眼睛，“我认得你的背影。”

他轻轻地笑了：“真尴尬，非要我脱掉衣服你才认得我。”

“你为什么不告诉我？”

“刚开始的时候不说，是没机会，因为你一见我就赏了我一巴掌；后来不说，是怕你有压力。”

她尴尬地笑：“哼哼，我有什么压力？”

他坏笑：“像你这么善良的女生，被别人救了，无以为报，只能以身相许。”

她不知道说什么好，只能连哼几声，表示自己不跟他一般见识：“哼，你是什么时候开始……打我的主意的？”

他凝视着她，为难地说：“真的要说吗？”

“当然！”

他像豁出去一般：“你打我一巴掌的时候。”

她尴尬：“不许再提那一巴掌。”

他一脸坏笑：“是你非让我说的。”

“你什么时候喜欢我，跟我打你一巴掌有什么关系？”

他理直气壮地说：“有啊，因为我不能让一个陌生的女生白打呀，我娶了你，你就是我老婆了，让自己老婆打，不丢脸。”

她忍不住笑了：“你真……不要脸。”

他笑了，伸手抓起她的手放在自己的脸上："要脸干什么？脸不重要，你才重要。"

她双眼亮晶晶地看着他："你相信爱情吗？"

他迟疑了一下，摇摇头，老实地说："我不相信。"

她失望地垂下眼帘："哦。"

他眉眼带笑，看着她："我不相信爱情，可是我相信你。"

她心里像有一只小鸟在唱着欢快的歌，却不动声色地问他："你跟别的女生也这样说话吗？"

他看着她，眸子中像点燃了一团火，半晌，才郑重地说："阿翘，我发誓，有生以来，从此以后，我只对你这样说。"

丁翘看了他一眼，嘴角的笑意慢慢地绽放开来。

她突然想起一件事："台风来的那天晚上，我上了吕仁的船后，你不是发信息给我，说你已经下船了吗？为什么后来你又在海里救了我？"

"对啊，我下了船，就一直待在船底附近。"

她大吃一惊："你一直……都待在海里？"

他点点头："是啊，你还在船上，我当然不能离开。我本来是想在船上找个地方躲起来的，但是我担心船上多了两个人，目标太大，所以提前在船底下准备了一根缆绳，船往前开的时候，我就抓紧缆绳跟着，倒也不费什么力气。"

"你不怕被他们发现？"

"他们的注意力都集中在那些声呐设备上，再加上是在夜里，他们不会留意到船边有人。后来因为声呐的干扰，海里的鱼受不了了，拼命地往船上跳，有的鱼直接撞在我身上，它们的鳍很锋利，我担心受伤只好悄悄从船尾爬上船，刚躲好你就走进来了。"

丁翘笑了："原来那个躲在房间里的人是你。"

卓智笑了："可不就是我。"

"后来我再细看，却没了人影，我还以为是自己眼花，看错了。"

“我当时也被你吓了一跳，闪身进了后面的更衣室。后来，我听见你让他们关掉了声呐，我一直躲在那里不敢动。直到他们追赶你的时候，我才趁乱爬上了二楼，幸亏我上了二楼，不然我也不会看见你摔进海里了。”

“原来是这样。”丁翘点点头，“那天的浪那么大，又是在夜里，你竟然还能找到我，你的水性真的很好。”

他谦虚地笑了笑：“你的水性也不差，我在海里找到你的时候，叫你你都不会应声了，但双手依然在用力地划水，我当时就想，这个女孩的求生欲望，可以说很强了。”

丁翘不好意思地笑了，突然又想起一事：“我的手机，你是怎样在海底找到的？”

他不说话了，目光平视着前方，海面很平静，海水轻轻地泛着波浪，而海底，也许正暗流涌动。

“我不想跟你撒谎，但有件事，我暂时还不能告诉你，你能允许我有自己的秘密吗？”

她郑重地点点头：“嗯。”

他笑了：“不过我答应你，总有一天我会告诉你的。”

“嗯。”

天边有了红通通的云霞，似乎预示着今天是个大晴天呢。她正在心里想着，却听见卓智说：“昨晚的事，也不知道是吕仁的人搞的鬼，还是村里人所为，以后我们都要小心。”

丁翘说：“吕仁既然能主动投案自首，他就没必要这样做，我跟他接触过，他是一个心狠手辣的人，如果要报复，他不会采取这么幼稚的手段。”

卓智沉思了片刻，说：“细想来，此事也不像是村里人所为，如果是村里人为了报复我把船开走了，就不会三更半夜费神再把船送回来，最多扔在码头了事。”

“这真是奇怪了，对方究竟是什么人？为什么要这样做？”丁翘突然心里一动，“这些人，会不会跟你的那个实验有关？”

卓智静默了一下，摇头：“不可能，这事除了我的大学教授，只有你知道，此外我没有跟任何人提过。”

丁翘沉默了，今晚发生的事情太古怪了，让她完全摸不着北。

过了好一会儿，卓智突然伸手握住丁翘的手，认真地说：“以后我们在一起，如果真的遇上危险，你不要管我，马上自己跑开。”

他的掌心温热，但指尖与她的指尖相触，却带着微微的凉意，如同海边微凉的薄雾，让她的心里变得很柔软很柔软。

丁翘轻轻地说：“为了让你放心，我现在可以答应你，但是我做不到。我能答应你的只是，你的实验，我不会跟任何人提起。”

他默默地看了她好一会儿，又默默地点点头。

他们，都是同一类人，所以才会那么默契，有些事情无须解释也能彼此理解。

第十一章
突发的新闻事件

他们回到卓家的时候，三婆正在院子里急吼吼地转着圈，昨晚卓智一夜未归，她担心得半宿没睡觉，一大早就跑去村主任家求助。村主任一听卓智是跟城里来的妹子出海了，不以为意地说年轻人贪玩罢了，玩累了自然会回来，让她不用担心。三婆怏怏地跑回家，正忐忑地在院子里踱来踱去，突然见卓智和丁翘毫发无损地回来，才终于放下心，正要钻进厨房做早餐，却被卓智挤眉弄眼地推出了院子。

待丁翘洗漱完毕出来，院子里的小桌上，已摆上了两大碗粥，卓智坐在小桌边等她。

一见她出来，卓智便站起来，目光热烈地看着她，眉眼间都带着喜悦的神色。

她被他看得脸色发红，不由得微微低下了头。

她刚洗的长发披在肩上，穿着一条无袖的碎花长裙，长裙是棉质的，本来是一条沙滩裙，被她当成了睡衣，美得像个沉醉在花丛中的仙子，可是她就像完全意识不到自己的美，那么淡然、随意。

他拉着她的手坐在小凳子上："来，吃早餐。"

她忙压低声音说：“别，小心让三婆看见。”

他笑了：“三婆去档口准备开档了，现在这间屋里，只有我们两个……所以，不管你想做什么，都可以为所欲为。”

她大为羞赧，低头不语。

“试试我煮的海鲜粥。”

她本来不爱吃粥，但看着他热情洋溢的眼神，再加上昨夜没有吃晚饭，此刻也饿了，便用勺子吃了一大口粥——

她的神色从淡然变得惊讶：“这个海鲜粥好鲜！你放了什么？鸡精，还是味精？”

他得意地笑了：“都没有，仅仅放了盐和花生油。”

她不由得细细打量着面前这碗海鲜粥，米粒煮得绽开成花，虾是带壳的，蟹被斩成块混在其中，粥上撒了细碎的葱花，还有剁成碎块的萝卜干，看上去就勾人食欲。

再吃一口粥，海鲜的鲜甜、粥的绵软、碎萝卜干的咸脆，在口腔里交替呈现，她只觉得满足无比。

她忍不住感叹：“我没有吃过这么好吃的粥。”

他笑了：“你试试粥里的虾再说。”

她依言试了，惊叹：“虾肉是脆的！跟白灼不一样的感觉。这个粥是怎么做的？”

“其实海鲜粥的做法最简单，把米煮开后，把海鲜斩件放进粥中，海鲜遇到浓烫的粥水立即产生反应，逼出它的鲜味，而肉质也因此产生反应，变得又香又脆。”

果然是学霸，煮个粥都能研究出物理反应，丁翘忍不住笑了。他被她笑得有点心虚：“你不相信？”

她忙点头：“相信。”

他也笑了，不好意思地说：“其实这也是我第一次煮……以前，我连厨房都很少进。”

嗯，他第一次学煮海鲜粥，是因为她呢。因为她，他愿意洗手做羹汤。她有点感动："你不是说，爸爸去世后，你就和妈妈相依为命吗，为什么你不做饭？"

"爸爸去世后，家里就没有了经济来源，妈妈说服三婆搬来我家一起住，三婆的房子靠近码头，可以用来开小食店。三婆本来就是五保户，妈妈答应以后给她养老送终，她也很乐意跟我们母子凑成一家人。在我们海岛上，进厨房是女人的事，男人只负责捕鱼养家，所以妈妈和三婆不让我干家务。"

丁翘点点头："原来是这样。"

卓智的眼圈红了："在我上高三那年，妈妈因为心脏病的缘故猝死，这个家里就只剩下我和三婆了。"

她心疼地看着他："那你上大学的费用，是助学贷款吗？"

他摇头："没有贷款，学费是我自己赚的。"

她惊讶："你怎么赚钱？"

"每年暑假，我向村民收购贝壳，把贝壳黏成花草虫鸟拿到岛外的市集上卖，后来上大学后，就在网上卖，生意还不错，足以应付我和三婆的生活。"

"如果岛上的贝壳都卖光了，那你怎么办？"

他认真地说："那我可以考虑做海鲜冷链。"

她慢慢地剥着手里的蟹脚，说："卖贝壳和做海鲜冷链，只算是谋生，不是事业，像你这样的学霸，本应拥有更宽广的事业。"

他的神色变得严肃："我已经跟你说过，我的事业，就在浪琴湾，就在花碗坪。"

她的表情也变得认真起来："那是你以前的想法，但是你现在……有了我，我们谈恋爱就要结婚，结婚就要买房子生孩子，如果你只是在网上卖卖贝壳，怎么养得起家，怎么为孩子提供优越的生活？"

他没有说话，空气似乎凝固起来了："阿翘，我一开始就跟你说过了，哪怕最后一无所获，我的决定都不会改变。"

她轻轻地说："哪怕为了我，也不能改变？"

他默默地看着她，过了好一会儿才缓缓地摇摇头："不能。"

她看着他的眼睛，嘴角渐渐地绽开一丝笑纹，也不管自己手上还沾着蟹和虾的残渣，拍拍他的脸："好样的！我没看错你！"

他愣愣地看着她，莫名其妙。

她说："我要确认一下你能不能坚持下去啊，如果你能轻易放弃，那就提早放弃好了，免得浪费时间。"

"如果我不放弃呢？"

"那就简单了。"她脸色绯红，"我陪着你一起坚持。"

他促狭地看着她："嗯？是这样？可我提供不了优越的生活给孩子啊，我最多也就是带你出海拾拾贝壳，煮煮海鲜粥给你吃。"

她的脸更红了："你在岛上有房子，我在市区有房子，我们在一起不用你操心……"说到后来，她的声音低得像蚊子声，到底是怎么回事，这么快就像要谈婚论嫁了，而且还是"出嫁送大床"的模式？不行，太不讲究了，我是丁翘啊，骄傲的丁翘啊，怎么能这么轻易就把自己许出去了？

可是，说出去的话，泼出去的水，都收不回来了啊。

幸亏他马上说："房子并不重要，将来不管我们在哪里安家，结婚的事都由我来安排，你要记住，是我向你求婚，是我要娶你。"

嗯，总算挽回了一点面子，她连忙点头。

昨夜一夜未睡，吃完粥，丁翘困得不行。院子的角落里，大包早就躺在那里睡得四脚朝天。卓智指指楼上，善解人意地说："上去睡吧。"

丁翘觉得他的话里似乎大有深意，但又说不出哪里不妥，只好点头："嗯。"

他走在前面，两人一前一后地上了楼。他打开窗，海风夹着清新的海水气息涌了进来。他看着她上了床，轻轻地对她说："睡吧。"

他说完却舍不得走开，双眼亮晶晶地看着她，忍不住俯下身子狠狠地亲在她的额上、脸上、唇间，眸子中像有一团火，对她说："我……

真想明天就结婚，不，今天就结婚。”

她笑了，害羞地闭上眼睛，过了一会儿又睁开眼睛，看见他依然站在床前，便说：“阿智，我们……会不会太快了一点？”

“正确的事，当然是越快越好。”他伸手拍拍她的脸，“别乱想，快睡觉！”

她闭上眼睛，他盯着她的脸默默地看了一会儿，她的眉眼是清秀的，额头特别光洁，长发披散在枕上，显得凌乱而魅惑……他正要转身离开，却看见她又睁开了眼睛：“阿智，你什么时候再摘桃薇花给我吃？”

他笑了：“只要你想吃，随时可以。”

她撒娇：“那你为什么昨天不摘给我吃？”

他说：“你昨天没说啊，我怎么知道你想吃？”

她理直气壮地说：“我们第一次在花碗坪见面的时候，我也没有提啊，为什么你会摘？”

他被她的胡搅蛮缠弄得笑了：“嗯，对不起，未经你允许，我不应该摘桃薇花给你吃。”

“咦，阿智，我发现每次跟你说话，总会被你绕得晕了头。”

他淡淡地说：“不奇怪，在你面前，我也整个儿都是晕的。”

对于这么无下限的狗腿子，她还能怎么样呢，只能挥挥手：“我要睡了，你出去吧。”

她看着他走出了房间，看着他轻轻地关上门，很快，便传来他下楼的脚步声。

她心满意足地伸了个懒腰，闭上眼睛，真舒服！这一刻，只觉得自己的心被撑得满满的，再也容纳不下别的人、别的事了。

心里藏着一个人的感觉，真好！

按丁翘和卓智的计划，接下来几天，他们会继续去花碗坪，他在岛上做实验，寻找可以唤醒磁场记忆的“密码”，而她就上山摘桃薇花，晒干了带回市区，这样当她每天喝着桃薇花茶的时候，就好像跟他在一起了。

哪料次日一起床，他刚把早餐端上来，她的手机就响了，是赵莞打来的。

“老赵，什么事？”

电话那头，赵莞风风火火地说：“主任让我打电话通知你，让你快点回来！”

丁翘急了：“主任有没有弄错，我明明是休了假的，你没提醒他？他批准过的……”

赵莞急匆匆地打断了她的话：“他知道，大家都知道你休假了，但是，你不回来不行，出事了！”

丁翘惊讶：“发生什么事了？”报社的工作虽然比较紧张，但同事中有一条不成文的规矩，当同事休假的时候，尽量不要打搅人家。

赵莞一愣：“你没有上网？没有看新闻？”

“没有，到底发生什么事了？”昨夜她与卓智在海边玩，很晚才回来，回来的时候三婆已经睡着了，两人趁着月色正好，洗漱完毕后又在院子里低声说了许久的话，直到眼睛酸涩得睁不开了才各自睡下。今天一早起床，他们又腻在一起，堪堪应了那句“从此君王不早朝”，哪里还有空看手机？

赵莞惊叹：“天啊，小翘翘，看来你这次休假真的很放松啊，回来你要好好老实交代，是不是让浪琴湾的渔民迷住了？”

丁翘说：“好了好了，快说吧，到底发生什么事了？”

“水南区一座居民楼今日凌晨发生严重火灾，两人死亡，十多人受伤，伤者分布在市区三大医院，报社全体出动都忙不过来，主任叫你立即销假，回来帮忙！”

丁翘平时跑的是公检法，消防隶属公安线，一直是丁翘在跟。如果只是一般的失火事件，也可以让别的同事代劳，但如果遇到敏感事件，有关部门往往会拒绝陌生记者的采访，这样平时跑线的记者就有了采访的便利，中国的人情社会，无非就是互相给面子而已。

“行吧……”丁翘的目光在卓智的脸上留恋地停留了片刻，还是果断地说，“你告诉主任，我马上回去！”

打完电话，丁翘正要解释，卓智淡淡地说：“我知道你现在要急着回去，不要紧，我跟你上楼收拾行李。”

“不用不用，我自己收拾就行了。”她飞快地冲上楼，连衣服都来不及折叠就直接塞进了背包中。5分钟不到，她提着背包从楼上走了下来，却发现卓智已穿戴整齐站在院子里。

黑色的西裤，米黄色的开衫，一双长腿笔直地站在那里，更显得身材修长、挺拔。

他从她手中拿过背包：“走吧，我送你去码头。”

她原以为他只是送她去码头，直到跟她一起上了船，他才说：“我要送你回去。”

她忙推辞：“不用不用，我不用你送，你快下船。”

他不容置疑地说：“听我的，乖。”他一手提着她的背包，一手牵着她。她不再争辩，真的如他所言，“乖乖”地跟在他身后，“乖乖”地找到座位坐下。

她发现，每当他对她说“乖”，她的心便会如春天的冰雪一样融化，完全无法抗拒，她只能像个乖小孩一样靠在他身边，像是已经相依了几十年。

“从这里到市区有200多公里，来回将近500公里，你一来一回要耗在路上将近6小时！”她有点内疚地看着他，“你不觉得这样太浪费时间了？”

他侧脸看着她，她的皮肤是细致、白净的，令他忍不住想伸手触摸，好不容易才控制住这个念头，他淡淡地说：“跟你在一起，怎么能说浪费？”

她怔怔地看着他，他忍不住伸手拍拍她的脸：“别把我当小孩子，我知道怎么做。”

她哭笑不得：“那你也别把我当小孩子，我不用你送。”

他默默地看了她一眼，说：“我没有把你当成小孩子，我只是想跟你待在一起久一些。”

他的语气也是淡淡的，但眼神是热烈的、含笑的，她说不出话来了，只是把自己的手放进他的掌心，而他似乎早有准备，随即十指紧扣。这两年来，她经常背着背包四处外出采访，早就习惯了这种来去匆匆的生活，但此刻，她突然觉得，其实在一个地方安定下来，过着稳定的生活也不错。

丁翘和卓智赶到水南区起火的小区时，已经是将近中午12点了，由于是旧式的小区，再加上刚发生了火灾，保安并不严密，出租车可以一直驶进去。

透过出租车的车窗，远远地就看见一座居民楼周围围满了人，居民楼的外墙是一片漆黑的污迹，很显然，这就是失火的居民楼。

丁翘让司机停车，她拉开车门走出去，回头对卓智说：“我走了，你快回去！”

卓智朝她挥挥手：“快去采访，不用理我。”

丁翘穿过围观的人群，走近失火的居民楼，地上满是污水，与灭火泡沫混在一起，从楼下往上看，几乎每个窗口都被大火舔舐成黑色，看上去触目惊心。

围观的人们兴致勃勃地议论着，交流着彼此掌握的资料，似乎个个都成了尽职尽责的新闻播报员。

丁翘打开手机的录音功能，走近一个正说得唾沫横飞的中年妇女，三言两句便弄清了事情的大概。大火是凌晨5点左右从二楼一个单元烧起来的，由于天气炎热，家家户户都关门开着空调睡觉，等有人发现火情报警时，大火已经开始蔓延。

很快，三楼和四楼都有了明火，明火夹杂着浓烟往房间里钻，人们从梦中惊醒，顿时整幢楼一片哭叫声。起火的二楼单元靠近公共楼梯，前段时间有人换家具时把一张旧沙发堆放在那里了，由于有易燃物品，大火一起，公共楼梯成了火势最猛烈的地方。

人们在极度的恐惧之中，纷纷往楼上跑。如果能逃到楼顶的天台倒也无事，偏偏以前有熊孩子在楼顶天台玩时喜欢扔石头，物管为了预防高空掷物，干脆把天台的铁门锁上了，走投无路之下，人们纷纷爬上楼梯的窗口往外跳。

消防人员赶到现场的时候，已经有一人死亡，十多人受伤。他们没有被浓烟和大火熏坏，却因严重骨折而受伤，其中有位60多岁的老太太，跳下来时肋骨折断刺穿心脏，当场死亡。

不等中年妇女说完，旁边就有个年纪更大些的阿姨补充说："不对不对，死了不止一个人，二楼还烧死了一个！"

中年妇女不服气地说："我说的是跳楼的那些人，跳楼死了一个没错吧？"

丁翘没有再听她们吵下去，她采访这个已经很有经验了。这些群众的说法，很多时候都是道听途说，新闻报道最后还是需要核实有关部门提供的材料，但是，有时候也不能全信这个"有关部门"，必要时得多方打听才能不偏听偏信，这样才能最大限度地还原新闻事实。

她避开人群，拨开警戒线，仰头往楼上看，空气中依然弥漫着刺鼻的味道，楼道被二楼扑上来的浓烟熏得漆黑，可想而知当时的火势有多猛烈。

"无关人员请退到警戒线以外！"有人突然冲出来对她大声喝道。她定睛一看，是一个穿着消防制服的男子，脸上还带着黑色的污迹，料想是灭火后，大部分消防员先撤退，留下他在此看管现场。

"你好，我是报社记者，是专门跑消防线的。"丁翘说了消防局的通讯员和主要领导的名字，对方点点头，表情和语气都变得客气多了："明火扑灭后数小时内很有可能会复燃，这里不安全，要采访请跟我们领导联系。"

丁翘向他致谢，并简单地询问了几句。情况与那两名妇女说的大致相同，死了两人，摔伤十多人，还有数人被浓烟灼伤食道，至于细节问题，对方不愿意细说，只让丁翘去采访领导。

赵莞告诉过她，同事们早就驻守在医院了，他们能拿到第一手的材料，丁翘决定去消防局找熟悉的通讯员了解情况。刚从警戒线退出来，她便看见一个十二三岁的小姑娘扶着一个老太太往楼道里冲，那个消防员拦都拦不住。

大概是死者或伤者的家属吧。

丁翘正要离去，却听见那小姑娘哭着哀求："让我们回家吧，我妈在上面！"

老太太也在抹眼泪："你就让我们上去看一看吧，求求你了。"

消防员大声说："上去也没用，上面没人！"

"我妈去哪儿了？"女孩突然放声大哭，"你们把我妈弄去哪儿了？"

那稚嫩的声音让丁翘心里一颤，她不由自主地停了下来，那女孩一直在用手擦泪，老太太也是泪眼婆娑。丁翘看着不忍，折了回去细问。

原来，这女孩是住在这幢楼的，这段时间放暑假，她回乡下外婆家住了几天，今天一大早接到邻居的电话，才知道家里失火，母亲伤得很严重，于是婆孙俩坐了长途大巴往市区赶。

"你家的房号是多少？"

小姑娘抽噎着说："202。"

消防员的脸色大变，没有说话，丁翘心里一沉，用征询的目光看着消防员："是那户吗？"

消防员默默地点头。

老太太像是意识到了什么，拉着丁翘的手连声问："我女儿被送去哪家医院了，伤得严重吗？"

"姐姐你快告诉我呀，我妈在哪里呀？"

丁翘心里一酸，把小姑娘搂在怀里。

直到凌晨，丁翘与赵莞才回到家。

这次火灾事件的新闻报道，报社无疑是成功的，新媒体报道已经全部上线，一小时内被转发超过50万，明天的报纸将有整版的报道。但是这次报道与以往的报道不一样，完成任务不但没让丁翘觉得松了一口气，她反而感觉喘不过气来。

根据消防局的现场勘查，此次火灾的起火点就在202，而202的业主，正是死者黄秋芳，她也是此次火灾的始作俑者，不过在有关部门的新闻通稿中，黄秋芳成了“黄某某”。

“丈夫因故被刑拘，黄某某萌发了自杀的念头。在三天前把孩子送回乡下老家后，黄某某于凌晨5时许点燃了蚊帐自焚，大火迅速蔓延，引燃了居民放在二楼楼梯间的旧沙发，导致居民恐慌跳楼，黄某某本人亦在此次火灾中死亡。截止报道，此次火灾共造成2死18伤的惨剧。”

黄秋芳被烧得面目全非，全身几乎已炭化，丁翘担心那一老一小受不了打击，把她们带给有关部门妥善安排相关事项。市政府为此成立了“7.22”事件领导小组，专门负责伤者的医疗和火灾的善后工作。作为新闻工作者，丁翘能做的，也只能是这样了。

一想起那个女孩得知妈妈被烧死时撕心裂肺的哭喊，丁翘的心就一阵阵撕痛，那个才12岁的小女孩，父亲刚锒铛入狱，母亲就以这种惨烈的方式离开这个世界，而且饱受众人非议，她今后的日子该怎么过？

听同事说，自从知道失火原因是黄秋芳纵火，居民楼的那些人都很激愤，扬言要找黄秋芳的家人算账，丁翘不敢想象，那些愤怒的人会对那一老一小做出怎样的举动。

死者已矣，而生者仍需前行，丁翘寻思着，要想办法帮一帮这可怜的一老一小才行。

洗漱完毕，她躺在床上，拿出手机思忖着打个电话给卓智。他们中午分别后，他没有打电话来，也一直没有发信息，不知道他回去了没有。电话刚响了一下，他就接了，似乎正拿着手机等候着她的来电。

“阿翘。”卓智在电话那头说，“你忙完了吗？回到家了吗？我在网上看见你们做的新闻了。”

“嗯，我回来了，你是什么时候回到家的？”

“我啊，早回来了，你一下车，我就直接去坐车了。”电话那头的他，其实说了谎，她下车去采访，他也跟着下了车，看见她走进人群中采访，又看着她走近失火的楼房采访现场的消防员。

他喜欢她在采访时那认真的样子，目光坚定，神情专注。

“如果我们在一起，以后可能经常会这样。”丁翘轻轻地说，“有时候可能会很扫兴，比如像今天这样……你介意吗？”

“我介意啊。”电话那头的人轻轻地笑了，“我介意你会担心我介意，只要是你喜欢的事，我怎么会介意？何况当记者，也曾经是我的理想，你一个人实现了我们两个人的理想，我不是更应该支持你吗？”

他的语气很柔，柔得令她想起了春天田野上的小草，忍不住想用手去触摸他的唇、他的脸，她不由自主地把手指轻轻地放在自己的唇上，想象着触碰他的感觉，悠然神往。

“阿翘，阿翘。”对方在叫她。

“嗯。”

“我想你了。”

“嗯。”

“嗯是什么意思？”

“我也想你了。”

“乖。”

她闭上眼睛，想象着他对她说乖的时候的表情，不禁闭上了眼睛，嘴角却不由自主地绽开了笑意。

爱情，真美好啊！

她正想说话，却听见有人在外面敲门：“小翘翘！小翘翘！睡了没有？”

她忙一边穿拖鞋，一边说：“是老赵，我要跟她聊几句，不说了，晚安。”

“晚安，阿翘，我爱你。”

“嗯。”

他紧追不舍：“嗯是什么意思？”

她笑了：“我……爱你。”

他这才心满意足地笑了：“晚安。”

拉开门，赵莞穿着睡衣一脸严肃地站在门口，上下打量着她：“这么晚还跟人打电话？有奸情？”

她避重就轻，把手机往桌子上一放，躺在床上，双手一摊，双眼一闭，说：“不告诉你。”

“哼哼，不告诉我？你的笑容、你的脸已经出卖了你，啧啧啧。”老赵跨步上床，用手轻拍她的脸，“给我睁开眼睛，老实交代，这一天一夜去哪里野了，也没个电话回来，把这个家当成旅馆了？”

丁翘终于忍不住笑了，一骨碌从床上坐起来，认真地说：“老赵，我谈恋爱了！”

赵莞震惊，继而热烈地看着她：“这么快？是那个富二代江盛？你去浪琴湾是约了他？”

“不是江盛，是卓智……就是那个报料人。”她本来还想介绍得更详细一些的，却不知道怎么说。

“卓智，报料人……”赵莞惊讶地说，“你上次不是跟我说过，报料人是个土生土长的渔民吗？”

丁翘点点头：“嗯，就是他。”

赵莞怔了一下，才勉强地笑着说：“厉害啊，我的小翘翘，海鲜这么贵，渔民捕鱼的收获不少，国家对大马力渔船远洋捕捞还有补贴，这个卓智的家底应该挺厚吧？”

丁翘笑了：“他家没有大马力渔船，他也不会出海捕鱼。”

赵莞一愣：“那他爸妈呢？”

“都去世了。”

赵莞更惊讶了：“那他以什么为生？”

丁翘老老实实地说：“他用贝壳制成工艺品在网上卖。”

赵莞彻底被打败了，瞠目结舌地看着她：“你就跟这个没文化、没前途也没‘钱途’的三无人员谈恋爱？”

丁翘忙摆手：“打住打住，他不是没文化，他读的大学是咱俩都考不上的那种！他也不是没前途，他有自己想做的事，我相信他有一天会成功的！”

赵莞恨铁不成钢地看着她：“可是他没钱！穷！你懂吗？穷是死罪！”

丁翘笑了：“没这么严重，我不介意。”

赵莞气得直捶胸：“天啊天啊，你这个何不食肉糜的公主！这就是女孩富养的后果！小翘翘啊，你能不能清醒一下？”

“不能。”丁翘收起脸上的笑意，认真地说，“老赵，我已经认准了卓智这个人，以后不许你在我面前说他的不好，不然，友谊的小船说翻就翻！”

赵莞只好哀叹：“好吧小翘翘，我虽然不赞成你的选择，但我誓死捍卫你选择的权利。”

因为要接着跟后续的报道，丁翘直到临下班，才有空打电话向“7.22”事故安置小组的负责人打听那对可怜的婆孙的下落，负责人说：“丁记者，那对婆孙就不要报道了吧，因为黄秋芳纵火酿成这么大的事故，群众对她家意见很大……”

丁翘忙说：“我不报道，我就是想去探望一下她们。”

负责人这才放下心来，说：“她们暂时被安置于水南社区的康复中心，过几天办完黄秋芳的丧事，我们会派人送她们回乡下。”

“你能把社区的地址发给我吗？”

“当然可以。”

很快，丁翘的手机就收到了负责人发来的地址，她忙把地址复制了上网查，发现社区与失火的小区距离还挺远的，而且周围都是旧城区，路况不好，她又是路盲，恐怕找到社区天都黑了。

她给赵莞打电话，想让赵莞陪她去，谁知赵莞在电话中说，她在外面采访完就直接参加饭局了，不到晚上9点回不来。正在左右为难时，手机响了，来电显示是江盛。

“丁翘，我看到你的报道了，做得很好，有深度，有温度。”他的声音永远那么温和，令人如沐春风。

“谢谢。”

“今晚有空吗？我办事刚好路过报社附近，要不要一起吃饭？”

“有，只是……我得先去一个地方，你有空送我去吗？”问完她略感不好意思，前天人家约你出海，你拒绝了，现在却又有求于人，未免心里发虚。

“当然可以，10分钟以后在报社门口见。”

丁翘提着包包走出来的时候，江盛已候在路边，一见她出来，他马上下车打开了副驾驶室的门，朝她微笑着做了一个请的姿势。等她上车后，江盛轻轻推上车门，又绕过车头坐回驾驶室的位置，侧脸征询她的意见：“咱们现在要去哪里？”

他不问“你现在要去哪里”，却说“咱们要去哪里”，哪怕是一个微小的细节，他都能如此周到，体贴入微，丁翘暗叹，这么优秀的“肥水”可不能流去别人家了，真的要给老赵牵牵线才行。

丁翘说了地址，江盛略略点头，修长的双手掠过方向盘，车子轻快地朝前驶去。

车载音响正播放着一首粤语歌，是20世纪90年代流行的粤语金曲，丁翘并不陌生，因为小时候妈妈经常在家里放，后来妈妈出国后，她就没有听过了，现在听来只觉得亲切，如逢故人。

江盛以为她不喜欢：“是不是不喜欢这些旧歌？我换张唱片？”

“不用不用，这个不算旧……”丁翘笑了，她想起了卓智，“我有个朋友，他喜欢听《红莓花儿开》。”

江盛笑了：“看来你那个朋友，比我还喜欢怀旧。”

两人有一句没一句地聊着，很快便到了水南社区，康复中心在水南社区的城中村里面，两个人只能下了车步行前往。

正是吃晚饭的时候，城中村里菜香味四溢，伴随着各种口音的说话声飘出来，丁翘一直寻思着要给那可怜的小姑娘带点什么，在路过一家小杂货店的时候，她走进去买了一箱牛奶和一袋水果。

又走了将近20分钟，才找到康复中心。丁翘和江盛走进屋的时候，那一老一小正在吃社区工作人员买来的盒饭，丁翘简单地说明来意，把牛奶和水果交给婆孙俩。可怜的老人一直抹着眼睛在流泪，而那个刚刚丧母的女孩却低着头不说话，丁翘想起昨天她哭喊着找妈妈的样子，心里酸楚得不行。少年丧母，这个可怜的孩子，也许直到现在都接受不了妈妈已经永远离开她、离开这个世界的现实吧。

在老人时断时续的哭诉中，丁翘基本了解了黄秋芳一家的情况。黄秋芳自小与母亲相依为命，初中毕业后进城打工，后来结婚生子，丈夫也来自农村，两人在生下女儿后很长一段时间都住在出租屋里。

数年前，丈夫跟人做生意赚了点钱，买了一套二手房，一家人的生活才算稳定下来。因为丈夫的生意做得不错，离家也比较远，黄秋芳就没有再打工，在家里专门照顾女儿。没想到前段时间丈夫因为生意上的事被抓了，黄秋芳一时想不开，就寻了绝路。

老人边说边哭，既心疼女儿，又恼怒于女儿连累了这么多无辜的人，丁翘听得也是连声叹息，正想安慰她，却不料一直垂着头不说话的女孩突然说：“我妈是不会自杀的！”

老人伸手抚摸着女孩的头发，心疼地说：“这个傻孩子，这个时候了，还说这种话，唉。”

女孩抬起头，倔强地注视着丁翘的眼睛，说：“真的，我妈不会自杀的，她送我回外婆家的时候，让我不用担心，说就算爸爸坐牢了，她也有钱给我读书，她不会抛下我和外婆不理的。”

丁翘越发心酸，把手按在她的肩上，安慰她：“现在妈妈不在了，你要照顾好外婆，也要好好读书。”

女孩默默地点点头。

“你叫什么名字？”

“文静，吕文静。”

一直没说话的江盛开口了：“文静，以后你和外婆生活上有什么问题，可以找这位记者姐姐解决。”他转向丁翘，“费用由我来负责。”

丁翘有点感动：“谢谢你，江盛。”

那婆孙俩忙不迭地向两人道谢，丁翘从包里掏出一张名片塞进文静的手中：“文静，这是我的名片，有事就给我打电话。”

文静接过丁翘的名片，默默地看了一会儿，突然脸色大变，把名片往地上一扔，狠狠地踩上一脚，大声说：“不用你帮忙，假好心！”

丁翘与江盛都蒙了，老人忙拉住文静：“你这孩子怎么没点分寸？这样对姐姐说话？”

“外婆！”文静指着丁翘大声说，“这个记者就是报道爸爸的人！是她害了我爸！我记得她的名字！”

丁翘一时反应不过来：“什么报道？”

江盛温和地说：“文静，你爸爸叫什么名字？”

老人怔怔地看着丁翘和江盛，说：“你们，认识吕仁？”

丁翘明白了，原来她们是浪琴湾那家酒店的老板吕仁的亲人，吕文静是吕仁的女儿，黄秋芳是吕仁的妻子。丁翘叹了一口气，握着文静的手，诚恳地说：“文静，你爸爸犯了错，我报道他是职责所在，这是我的工作……”

“不要说了，你们走吧！”身后的老人冷冷地说，“我们不想再看见你们。”

江盛说：“阿婆，丁记者只是想帮你们……”

老人怒气冲冲地说：“不需要！”她盯着丁翘，沉声说，“这个世界上那么多贪官污吏你不去报道，我家吕仁善良、孝顺，只是出海捕个鱼，你就说他犯法，你们这些人就是欺负我们穷人！”

丁翘还想解释，江盛朝她摇摇头，丁翘知道他的意思，现在确实不是解释的好时机，只好默默地与江盛走出去。

“把你们的东西带走，我们不需要！”愤怒的老人拿着牛奶和水果追了上来，江盛接过牛奶和水果，依然温和地向老人道了声多谢。

两人默默地走回停车的地方。

丁翘心里有点难过：“对不起，让你来帮忙，反连累你被骂了一顿。”

江盛微微一笑：“她也没骂错，吕仁的事，我也参与了，不能只让你一个人挨骂。”

丁翘被他逗笑了，感慨地说：“真没想到，我眼中狠毒、残暴的吕仁，在他丈母娘眼中却是善良、孝顺的人。”

“或许他本质并不坏，后来不是自首了吗？”

丁翘摇摇头：“你不知道，当时在海上时他是多么疯狂可怕。不过现在一想倒也明白了，他好不容易才在城里站稳了脚跟，一切来之不易，谁破坏他的好事，他自然是恨不得置其于死地。”

江盛一边发动车子，一边淡淡地说：“这个世界，又有谁是容易的？哪个不是一边哭着擦泪，一边负重前行。”

丁翘被他逗笑了：“咦，这个富二代还是一位鸡汤大师。”

江盛客气地说：“承让承让，仅次于你。”

两人说说笑笑中，江盛已把车子驶进一个停车场，这个停车场的楼上，便是这座城市最大的饮食休闲中心。

“你喜欢吃什么？”

“都行。”

“西餐介意吗？”

“可以啊。”

第十二章

难解的疑团

一块煎得嗞嗞作响的牛扒铺在铁板上，被服务员端上来放在丁翘面前，丁翘一手拿刀一手拿叉对付那块牛肉，好不容易成功切割完毕，抬头发现江盛正看着她。

“我发现你跟别人不一样。”江盛若有所思地说，“你喜欢把牛扒全部切成小块后再吃。”

丁翘把一块牛扒放进嘴里咀嚼着，说：“这个有什么讲究吗？”

“没有，从心理学的角度来说，这说明你是一个追求高品质生活的人，当你工作的时候，会心无旁骛，当你享受生活的时候，同样不希望受打搅。”

丁翘想了一下，似乎确实如此，便微笑着点头，算是默认。

“其实我也是。”江盛慢腾腾地说，丁翘这才发现他盘中的牛扒也是被切割成规整的小块，不由得与他相视而笑。

“你终于笑了。”江盛探究地看着她，“你今晚似乎情绪有点低落。”

丁翘点头：“是，想起吕仁一家的事，心里不好过。”

“那如果现在让你重新选择，你还会不会做那个报料新闻？”

丁翘认真地思考了一下，坚定地说：“会。”

江盛说：“那就是了，只要做你认为是正确的事就可以了。”

“但我还是心里难受，如果黄秋芳和吕仁一直在农村里生活，他们可能会是一对勤劳恩爱的好夫妻。”丁翘缓缓地说，不知道为什么，她突然想起了卓智，如果卓智进城谋生，会不会也像吕仁一样，为了利益不择手段？“为什么他们一进了城，就一个为了赚钱要坐牢，一个纵火自杀害人又害己。”

江盛沉吟了一会儿，说：“你有没有发现，越是从底层爬上来的人，越想赚快钱，其结果是欲速则不达？”

丁翘感叹：“如果他们在农村能安居乐业，也许就不会做这种事了。”

“也许吧。”江盛把手中的叉子放在桌上，拿餐巾纸抹了一下嘴巴，倾听着室内正在奏响的钢琴曲。

西餐厅正中央摆放着一架钢琴，此刻一个漂亮的女孩正坐在钢琴前弹奏，不过丁翘一向对古典乐并不热衷，所以并不知道她弹奏的是什么曲子。

他微笑着对她说：“如果可以点歌，你想听什么？”

“我啊，嗯，《献给爱丽丝》吧，挺好。”这是她唯一能想得起的钢琴曲，确实也挺好听的。他点点头，挥手朝守候在一旁的侍者示意，侍者殷勤地走过来，他低声对侍者说了句什么，侍者点点头，下去了。

台上的钢琴一曲终了，她看见侍者走上演奏台，跟坐在钢琴前的姑娘耳语了几句，弹钢琴的姑娘微笑着朝这边点点头，站起来行了个礼离开了。丁翘正在发愣，江盛已站起来，迈着长腿登上演奏台，落落大方地坐下，朝丁翘的方向微微颔首，稍顿，行云流水般的钢琴声流泻而出。

他的腰背很直，脸上始终绽放着温和、从容的笑容，柔和的灯光打在他脸上，更加突出了他高而挺的鼻梁与丰满的唇线，看起来他就像古希腊中的雕像。

他的十指如同白鸽展翅一般在琴键上掠过，轻盈、欢快、游刃有余，而他的目光，始终朝着丁翘的方向看，丁翘只好以微笑点头回应。周围的宾客都被他和他的琴声吸引住了，还有的女客频频朝丁翘的方向看。

被这么好看，这么有才艺的男生讨好着，谁不羡慕？

丁翘其实也有点蒙，她没想到江盛让她点歌，原来是打算弹给她听，而她竟然还点了《献给爱丽丝》，这个误会是不是有点大了？

一曲弹完，他步履轻快地走下来，坐在她身边，令她又斩获了不少艳羡的目光。这些目光令丁翘觉得脸发烧，她觉得必须要跟江盛说清楚了。

她抬起头，半真半假地说："你的钢琴弹得真好……你的女朋友一定很开心。"

他微笑看着她："你开心吗？"

她一愣，不知道怎么回答他，正在左右为难之际，又听见他说："丁翘，我对你很有好感。"他微笑着看她，语气是温柔的，眼神也是温柔的，"我们可以——进一步交往吗？"

这是什么意思，求爱吗？她一惊之下，手中的一杯柠檬水全部呛进咽喉里，不由得捂着嘴巴大声咳嗽起来。

江盛忙不迭地把餐巾纸递过来，她接过来，又咳了好久才控制住。等她终于安静下来，他才有点郁闷地说："我有这么可怕吗？"

她略显尴尬："江盛，别跟我开这种玩笑。"

他沉静地看着她："我是认真的。"

她的脸涨得通红："我已经有男朋友了。"她也觉得，这样当面拒绝一个人，真的有点尴尬，而且对方还这么好，这么优秀。

他似乎愣住了，两个人都没有说话，丁翘不敢看他的脸，气氛有点尴尬。

过了好一会儿，丁翘才听到他温和的声音："想来也是，像你这么优秀的女孩，怎会没有男朋友，只怪我来得迟了。”

丁翘连连点头：“对对，我上次不是说过吗，咱们可以做兄弟，肝胆相照的那种！”

他哭笑不得，一时倒说不出话来，平时向他示好的女孩不少，可没见过一个像她这样要跟他称兄道弟的。

丁翘回到家的时候，赵莞已经回来了，正在屋里大搞卫生，地板被她擦得光洁可鉴。

丁翘把包包往桌上一扔，把身子往沙发上一瘫：“真舒服！”

赵莞神秘地朝赵莞勾勾食指：“小姑娘过来，大爷有话问你。”

丁翘身子不动，瞪了她一眼：“有屁就放。”

赵莞走过来，用食指挑起她的下巴，神情暧昧地说：“今晚，你是不是跟那个富二代约会了？”

丁翘惊讶地瞪着她：“神了，你怎么知道的？”

赵莞笑了：“因为我看见江公子来接你啊，快说快说，你打算怎么处理这段三角恋？”

丁翘伸手一掌拍在赵莞的脑袋上，笑着说：“呸呸，什么三角恋，坏我名声，判你死刑。”

赵莞盯着丁翘，不服气地说：“我就不相信，江公子约你不是想追求你？他还送你那么贵的手机，你敢摸着良心说他对你没有企图？”

丁翘犹豫了一下，说：“他……确实是表示过这个意思，不过我拒绝了。”

“啊？”赵莞惊呼一声，一双眼睛亮晶晶地看着丁翘，“江公子向你求爱了？被你拒了？”

丁翘点点头：“嗯。”想了一下，她又叮嘱赵莞，“你可不许跟人说，江盛是君子，只是跟我不合适。”

赵莞若有所思地说：“我当然不会乱说，放心好啦。”一层笑意浮上她的脸，“小翘翘，要不，你把他介绍给我吧。”

丁翘笑了，说：“好啊，找个机会我跟他说说，为你俩牵牵线。”

赵莞的脸颊染上一层红晕，轻轻地点了点头：“嗯。”

她略带羞涩的样子倒把丁翘吓了一跳：“你说认真的？”

赵莞坦荡地说：“当然是认真的……他那么帅，家里又有钱，除了你，这世上不会有第二个女孩子拒绝他！”

丁翘凝视着赵莞的眼睛说：“慢着，你到底是喜欢他的帅，还是喜欢他家里的钱？你要说清楚。”

“说不清楚！”赵莞干脆地说，“我喜欢的就是江公子这个人……的特征，又帅又多金就是他的特征，你不可能把这些特征从他的身上撕裂开来，肥水不流别人田，你不要他，我要！”

丁翘皱着眉，勉为其难地说：“好吧，为了你的幸福，我找个机会介绍你们认识一下。”

“真的？”赵莞双眼放光，双手捧着丁翘的脸狠狠地亲了一口，“多谢主子成全！”

丁翘忙不迭地双手护脸：“别这样，你把这股热情留着，将来交给江公子吧。”

赵莞却又不自信地说：“人家不一定看得上我呢。”

丁翘伸手拍拍她的脸：“别妄自菲薄啦，看这小脸长得，眼是眼，眉是眉，你也就是热爱新闻事业，若是你混进了演艺圈，哪有小颖颖什么事。”

小颖颖是时下最红的影视明星，赵莞被她哄得心花怒放，当即表示最近要紧急置办一套新行头，以便江盛突然约见时，她能打一场有准备的硬仗。

洗漱完毕，与赵莞道了晚安，丁翘进了自己的房间，开始进行一天中最重要的事项——给卓智打电话。

白天，他们已经联系过无数次了。起床的时候，发个信息问对方睡得好不好；吃饭的时候，互相了解对方吃什么。以前丁翘觉得办公室那些连吃个快餐都要拍下来发给男朋友看的女同事实在无聊，可是临到自己，才知道这也是一种乐趣。

卓智的电话刚打通就接了：“阿翘，我完蛋了，怎么办？”

她吓了一跳：“怎么了？是不是实验又失败了，还是你的贝壳在网上被人打了差评？”

卓智叹气：“都不是。”

看来他的事挺严重呢，她的心吊了起来：“到底是什么事，你别吓我。”

卓智幽幽地说：“我发现自己患上了手机依赖症，整天忍不住看手机。”

她松了一口气：“这个有什么要紧？现在很多人都这样啊，不算什么事情。”

他委屈地说：“可我以前从来不会这样，怪你。”

她哭笑不得：“你玩手机干吗要怪我？”

他理直气壮地说：“我不知道你什么时候会发信息来，也不知道你什么时候打电话来，搞得我整天只能围着手机转，想狠心不看手机，又怕错过了你的信息，更怕你找不到我会急。”

她听得心里暖暖的，却又泛着酸楚，正不知道说什么好，又听到他可怜巴巴地说：“阿翘，我想你了，怎么办？”

她心里一热，热切地说：“我也想你了，明天坐车出来好吗？”

“嗯。”

“你下午出来，晚上就住在我家里。”

“嗯。”

不知道为什么，他的这一声“嗯”让她觉得特别暧昧，不由得脸发烧，说：“你别乱想，我……你睡客房。”

“知道了，乖。”

听到他说“乖”字，她的嘴角便忍不住悄悄咧开了，她喜欢他对她说乖，像哄一个小宝宝。

两人又聊了一会儿，她突然想起吕仁一家的事，就把事情简单地跟卓智说了一遍。

“吕仁的女儿一口咬定，说她妈妈不会自杀，我也觉得挺奇怪的，他们好不容易才在城里安家，女儿还小，母亲年迈，哪怕丈夫坐牢了，黄秋芳也不至于自杀。”

卓智说：“确实有点不合情理……难道是意外？”

丁翘说：“如果不是黄秋芳故意放火，那就是意外了，毕竟当天晚上仅黄秋芳一个人在家。”

卓智沉默了片刻，说：“不，还有一种可能……有人趁她熟睡了，跑去她家放了火。”

“是有这种可能，可是黄秋芳不过是一个家庭主妇，哪来的仇家？”

“不一定是黄秋芳的仇家，也有可能是吕仁得罪过的人，对方知道吕仁犯事被抓，正好趁机会下手。”

丁翘默默点头，只觉得卓智的分析合情合理，如果他的假设成立，那么黄秋芳的死就不是这么简单了。

第二天，丁翘应邀前往公安局参加新闻发布会。现在的政府机构越来越重视舆论宣传，除了跑突发新闻外，做会议报道也是记者的工作常态，只是丁翘向来不喜欢循规蹈矩做会议新闻，只能从会议新闻中“挖料”，因此哪怕是会议新闻，也能让她做出“鲜”味来。

公安局的新闻发言人是一名副局长，从部队转业回来的老兵，连说话都特别铿锵有力：“今年上半年，我市各级公安机关全力构建警务勤务新模式……”

丁翘百无聊赖地翻阅着手中的资料，其实副局长所读的内容，早被办公室的人打印装订好，发放给所有的参会记者了，只是中国的会议向来是形式多于内容，副局长在上面一脸严肃地宣读材料，记者们在下面不是玩手机便是交头接耳开小会，偶尔鼓一下掌便算是配合了。

副局长读完材料后，便到了记者自由发问时间，其实这些问题都是办公室提前准备好交给指定记者的，指定记者都一一站起来提问了，副局长也从容淡定地回答完了。

丁翘站起来发问："局长，我市上半年刑事警情和治安警情都有20%的下降，请问，公安部门除了让民警多加班之外，还有其他特别的措施吗？我想，这也是市民特别想知道的。"

举座皆惊，继而发出善意的笑声，尤其是坐在后面的警务人员更是鼓掌表示支持，连副局长也忍不住笑了，他刚才所说的警务勤务新模式，可不就是牺牲了民警的大量休息时间来实现的吗？

办公室主任却惊出了一身冷汗，万没想到这个看上去柔柔弱弱的丁记者，却是这么一个有主见的人，他担心领导会怪罪自己。

幸亏副局长对业务还算熟悉："有，除了人力的保障，我们这两年还加大了科技预防的力度。"

丁翘问："比如？"

"比如，我们在市区的大部分路段都安装了天眼，当犯罪分子以为四下无人的时候，我们的民警正通过天眼在观察着他们的一举一动；当市民以为孤立无援的时候，我们的民警正在赶往救助的路上。"

"天眼在市区的覆盖率有多少？"

副局长略做沉吟："80%左右。"

丁翘紧追不舍："为什么不实现100%？"

副局长坦然地说："这是一笔庞大的开支，需要逐步解决资金问题。"

"预计在几年之内可完全实现天眼监控？"

副局长思考了一下，谨慎地说："5年之内吧。"

"好，我希望5年之后，我们媒体不用再报道民警为了加班不能陪妻子生孩子之类的新闻，谢谢局长，我的提问完了。"丁翘落落大方地朝局长微微弯腰行了个礼，坐了下来。

会场里响起一阵掌声，既有同行对丁翘的不按常理出牌表示赞许，也有民警对记者敢于质疑权威表示佩服。

新闻发布会结束后，丁翘没有立即回报社，她想找陈俊峰帮个忙。陈俊峰的办公室在五楼，她走进电梯的时候，里面的人都客气地给她让出了位置，一名陌生的民警还特意问她："丁记者是去哪一层？"

她奇怪这位陌生的民警竟然认识自己，客气地说："五楼，谢谢。"

电梯抵达五楼后，陌生的民警又客气地帮她按住电梯门，她连忙道谢。陌生的民警冲她笑笑，电梯里的其他几名民警竟然不约而同地笑着跟她道别："丁记者再见。"

丁翘从电梯里走出来，有点飘飘然：难道我这个小记者的知名度已到了家喻户晓的程度？

敲开门，陈俊峰一见她便笑，她不明所以，陈俊峰笑着说："今天整个公安局都在说你，说你是基层民警的知音，感谢你为他们仗义执言。"

丁翘一愣："传得这么快？"

陈俊峰笑了："有同僚把你的采访录下来了，先是在小范围内转发，后来有人发到了单位的工作群里，大家都说你说了他们不敢说的话。"

丁翘笑了，怪不得电梯里的民警对她那么客气，她咋舌："我是不是闯祸了？"

陈俊峰为她倒了一杯茶，招呼她坐下："没有没有，我们欢迎媒体的监督，民警也不容易啊。"

丁翘明白他的意思，执法部门以保一方平安为己任，而他们连自己的休息时间都难以保证，丁翘的话，确实是说出了部分民警的心声。两人又感叹了几句，陈俊峰突然说："你还记得吕仁吗？你上次报道过的利用声呐在海上捕鱼的那个酒店老板。"

丁翘点头："当然记得。"

陈俊峰说："'7.22'火灾的纵火者黄秋芳，是吕仁的妻子。"

"我知道了。"

陈俊峰略显意外："你怎么知道的？我也是今天才知道，因为要为死者办丧事，社区代家属为吕仁申请取保候审。”

丁翘问：“你们批准了吗？”

陈俊峰点头：“批了，他明天就可以回家。”

丁翘问：“他的案子，现在怎样了？”

陈俊峰说：“因为吕仁是自首的，所以案子办得很顺利，过不了多久便移交公诉机关，鉴于他有自首的情节，估计刑罚不会太重。”

丁翘默默地点了点头，缓缓地说：“其实我今天也是为了吕仁的事来的。”

见她表情凝重，陈俊峰敏感地意识到了什么，惊讶地问：“怎么了？”

丁翘犹豫地了一下才说：“我怀疑黄秋芳不是自杀。”

陈俊峰吃惊地看着她：“你有什么证据？”

丁翘把吕文静对自己说过的话，还有自己的怀疑都说了一遍，陈俊峰边听边默默地点头。

“陈队，如果你也觉得黄秋芳的死有可疑，能不能带人去勘查一下现场？也许从中能发现什么线索。”

陈俊峰摇摇头：“原则上不可能，因为在对火灾的鉴定上，消防部门才是权威部门，而且‘7.22’火灾造成2死18伤的严重后果，他们也格外审慎，现场也查获了纵火的证物，再加上消防部门已结案，除非有新的证据出现，不然我们不可能介入。”

丁翘失望地低下了头：“嗯。”

陈俊峰说：“不过你今天反映的线索提醒了我，我会安排人送吕仁回家，如果黄秋芳的死有可疑，吕仁必然有所反应。”

丁翘连连点头：“对对，那就谢谢你了。”

陈俊峰笑了：“丁记者，你当记者可惜了，当警察可能更有利于发挥你的特长。”

丁翘也笑了：“谢谢，我把你的话当成对我的表扬了。”

下午，丁翘在办公室写完稿，想着卓智要从浪琴湾出来，便突发奇想，反正都要给赵莞和江盛牵线的，择日不如撞日，趁着卓智在，把他们几个都约在一起好了。

把情况跟赵莞一说，赵莞马上同意了，非要拉着她一起去购置“装备”。只要没有突发任务，记者的时间还是挺自由的。只要你说出去采访，就可以理直气壮地跑出去，至于有没有稿子交不重要，到时候你说条件还未成熟不宜报道，过后再找别的新闻补上就可以了。

为了与江盛见面，一向节俭的老赵这次可是花了血本——衣服、鞋子价格不菲，一买好马上就换上了。如果不是担心时间不够，她非要把大波浪的长发拉成直发不可，因为她认为江盛作为一个养尊处优的富二代，会更喜欢清纯、温顺、可爱的形象。

丁翘忙劝她：“你别把江盛想象得太单纯，但也别把他想象得太复杂，其实他是一个很好很温暖的人，不要拿那些世俗的眼光来看他。”

赵莞马上摇头晃脑地说：“你还记得网上那句著名的撩女真言吗？如果她涉世未深，就带她看世间繁华；如果她心怀沧桑，就带她坐旋转木马。这话放在男生身上照样适用！小翘翘，你别笑，我的目标，就是带他坐旋转木马。”

丁翘被她逗得笑得不行，手袋里的手机突然响了。

电话是卓智打来的：“阿翘，我到市区了。”他的声音里，满是即将重逢的喜悦。

“你在哪里？发个定位过来，我们过去跟你会合。”因为有赵莞在身边，丁翘的信心足得很，不怕会迷路。

“你不是快下班了吗？我直接打车去你家附近等你好了。”卓智在电话那头说。

丁翘说：“我约了两位朋友跟我们一起吃饭，为你洗尘呢。”因为是临时起意，所以他们要和江盛、赵莞一起吃饭的事，她还未来得及跟卓智说。

卓智微怔：“是什么朋友？”

丁翘看了赵莞一眼，她每晚跟卓智聊天总会说起老赵，卓智对赵莞应该不陌生，于是说："你都认识的，一个是老赵，还有一个你也见过的，江盛。"

卓智马上爽快地说："既然都是熟悉的朋友，就不要去外面吃了，我带了海鲜出来，要不就在家里做吧？"

丁翘有点为难："可是我不会做饭呀。"她看了一眼正侧着身子照着街边橱窗玻璃臭美的老赵，人家今天打扮得如同孔雀开屏，自然也不适宜下厨，"要不，我们拿海鲜到外面加工？"

"我亲手捕捞的海鲜，交给别人做，我不放心。"卓智笃定地说，"就这么说定啦，今晚就让我下厨招呼你的朋友吧。"

丁翘想起在他家里吃过的烤青口和海鲜粥，味道确实是比外面酒店的鲜美得多，于是便答应了。

第十三章
失而复现的手机

江盛坐在客厅的沙发上，他的身体是舒缓的，一手平放在膝上，一手拿着茶在喝，表情舒展而亲切，让人顿生好感。

待他把茶杯放在桌子上，赵莞拿起茶壶又给他的茶杯添满了茶水，他微微颔首，右手食指轻叩桌面以示感谢。这是广东的习俗，据说是古代的皇帝带着大臣在民间微服私访时，皇帝纡尊降贵给大臣倒了一杯茶，大臣受宠若惊，忙用食指轻叩桌面权当叩头谢恩。

赵莞脸上浮上一层淡红色，轻声说："不必客气。"自从江盛进来，她的心一直在狂跳。其实她也不是没见过世面的人，只是这个江盛，人长得出众，举止斯文得体，家世又这样好，她一瞬间便觉得自己卑微得很，连手脚都不知道怎么放了。

就像一个天天摩拳擦掌备考的学子，真的到了上考场那天，却突然发现自己的大脑一片空白，所有的概念与公式，全都记不起了——她怯场了。

幸亏开放式厨房里正在劳作的两个人，给了他们可供消遣的谈资——卓智正在炮制海鲜，丁翘边洗菜边跟他聊天，两人偶尔浅笑低语，偶尔相视微嗔。

“在家里做饭是一件开心的事。”江盛看着厨房中的两人，嘴角带着浅浅的笑，“尤其是像他们这样，与有情人，做快乐事。”

赵莞犹豫了一下，鼓起勇气说：“丁翘不会做饭，平时我们两个人在家，都是我做。”

江盛把视线从厨房里移到她的脸上，微笑着说：“你最擅长的是什么菜？”

“盐焗鸡，我做的盐焗鸡丁翘最喜欢吃了。”

江盛的语气依然是温和的：“能教教我吗？我只会做白斩鸡。”

赵莞脸色绯红：“好啊好啊，改天我约你过来一起做盐焗鸡。”

“好，到时你提前跟我说，我让人准备鸡。”

“不用不用，小区附近就有超市，随时可以买到鸡。”

江盛淡淡一笑：“不必客气，我家农场的鸡是现宰的，新鲜，品质应该比超市的好些，能让你的烹调技术发挥得更好。”

赵莞点头：“嗯。”

没多久，卓智和丁翘就把菜端了出来——白灼大虾、爆炒螃蟹、清蒸海鱼、鱿鱼炒丝瓜。

最后，卓智端上来的是一锅海鲜粥，粥米已煲至绵烂，红的是虾蟹，白的是鱼肉，上面撒上一层切得细细碎碎的葱花和萝卜干，单是这样一看便让人垂涎。

赵莞麻利地给每个人都装了一碗，四个人便坐下吃喝起来。

江盛看他们两个在厨房里耳鬓厮磨，本对这顿饭没有寄予太大的期望，一勺子粥进嘴，不由得感叹：“真鲜！”

赵莞也感叹：“天啊，小翘翘，没有对比就没有伤害，吃过卓智做的粥，恐怕你以后不愿意吃我做的饭了。”

丁翘以为他们只是客套，便只是笑笑，待一勺粥吃下去，她忍不住惊呼：“今晚的粥，比那天的还要好吃！”卓智朝她眨眨眼睛，含笑不语。为了能把海鲜粥做得更好，这几天他可没闲着，整天缠着三婆学艺，三婆自然是把自己积累了一辈子的经验倾囊相授。

美食当前，这一顿海鲜餐吃下来，可谓宾主尽欢，四个年轻人本就属于性格开朗的人，饭后赵莞冲了一壶新茶上来，便又掀起新一轮的谈兴。

丁翘说了上午找陈俊峰的事，并说吕仁明天将获取保候审出来办理黄秋芳的丧事，除了赵莞外，卓智和江盛均与吕仁有过接触，闻言无不唏嘘。

丁翘感叹地说："如果早知道会这样，他们可能宁愿一辈子待在农村里……"

江盛微微摇头，沉声说："不会的，他们不会愿意一辈子待在农村的，城市工业化、农村城镇化是社会发展的必然趋势，农民走进城市才是最有前途的出路。"

卓智表示反对："我的看法恰恰跟你相反。农民的发展，不应该依靠进城，农村的资源本来就比城市多，如果让农民放弃了农村的资源，进城与城市人一起抢夺资源，他们能抢得过城里人吗？最后的结果，从吕仁和黄秋芳身上就可以看到了。"

江盛温和地说："他们只是特例，不具普遍性。"

卓智认真地说："不，我认为这对夫妻的遭遇，恰恰是这个社会的普遍现象。为了进城，他们抛下了老人，有的甚至抛下孩子，但城市最后能给予他们的又有什么？恐怕失去的远比获取的多吧，固有的资源、稳定的生活，荒废的土地、老人的扶养、孩子的陪伴……像吕仁和黄秋芳这样能买一套二手房的已算幸运，而更多的农民，进城的打工酬劳仅够糊口，当有一天，他们年老体弱只能回到农村，他们的后代因为缺乏良好的教育，依然在重复着父辈的生活，周而复始。"

大家听得频频点头，都没有说话，只是默默地深思着。卓智来自渔村，他比他们更了解基层的现实，也更有发言权。

过了半晌，江盛才缓缓地说："阿智，谢谢你纠正了我长期以来的观念，农民的发展确实不应该寄望于城市，农民应该有属于自己的出路。"

以走向城市，但是农民，如果他们愿意，国家应该创造条件让他们在农村也能安居乐业。”

…………

8点多的时候，因为江盛还约了人，这场聚会才散。

临别时，江盛握着卓智的手道别，这已是两人第二次见面，第一次见面时他们并没有深谈，这次两人颇有相见恨晚之感，丁翘与赵莞看在眼中，相视而笑。

江盛一走，赵莞伏在丁翘耳边低声说：“小翘翘，我终于明白你为什么喜欢卓智了，他身上有一种光环。”

“什么光环？”

“长得越帅，责任越大。”

丁翘被她逗笑了：“那江公子呢？”

“江公子啊。”赵莞沉吟着说，“江公子是钱越多，责任越大。”

丁翘笑了：“你啊，俗！我倒觉得阿智是身在陋室而心怀天下，我最欣赏的也是他这点。”

赵莞问：“那江盛呢？”

“他啊，他是身在闹市，心怀天下。”丁翘朝她眨眨眼睛，“快说，对人家动心了没有？”

赵莞叹了一口气：“不敢动。”

“为什么？”

“人家又帅，又有钱，还心怀天下，我拿什么跟人家配？”

丁翘拍拍她的头：“你不是说，如果他涉世未深，就带他看世间繁华；如果他心怀沧桑，就带他坐旋转木马吗？像江公子这样的人，你得带他坐旋转木马。”

赵莞可不甘示弱，一脸坏笑地说：“去吧去吧，带你的人去坐旋转木马吧！”

丁翘才不怕她取笑，大大方方地拉着卓智进房间“坐旋转木马”去了。

一进门，卓智便反客为主，伸脚把门一勾，门应声而关。他的长臂伸过来，把丁翘拥在怀里，不等她反应，他的脸就朝她逼近过来，她不由自主地闭上了眼睛，熟悉的气息，炽热的唇，顷刻间占据了她，她几乎窒息，却甘之如饴……

像是过去了一个世纪那么久，她如喝醉了酒般推开他，才发现他的脸也是微醺的样子，而他们今晚根本没有喝过酒啊，两人看着对方，都低头笑了。

他伸手握紧她的手，用下巴抵住她的额头，轻声说："阿翘，你不知道我有多想你。"

她轻笑："有多想？"

他叹气："我也不知道，就算……就算把我所拥有的一切加起来，也不及你重要。"

理科生表达感情的方式，太浅白了，她心里想着，却说了一句比他更浅白的话："你有多想我，我就有多想你。"

他从她的这句话中得到鼓励，把她整个抱起，他的脸紧贴着她的脸，用唇齿向她发起新一轮的进攻。

正在两人吻得天昏地暗的时候，门突然被敲响，还伴着赵莞的声音："小翘翘，小翘翘，快开门！"

赵莞不是不识趣的人，如果没有十万火急的事，她不会来打扰他们的。丁翘忙示意卓智松手，她摸了摸自己炽热的脸，才打开门。

门外，赵莞一脸兴奋地举着手机："小翘翘，你的手机开机了！"

丁翘一时没反应过来，说："这是你的手机啊。"但她马上反应过来，"你是不是说我的旧手机？"

赵莞连连点头："对对！我的信箱刚收到信息，你丢失的那个手机开机了！"

去年，她们在网上看见有人说，如果手机丢失了，可以通过设置手机防盗程序找回来，因为丁翘是个"机盲"，便把这个光荣而艰巨的任务交给了赵莞。赵莞在为丁翘的手机做防盗程序设置的时候，留下了自己的邮箱。丁翘的旧手机丢失后，特意让赵莞设置了手机一开机即发邮件通知预留的信箱。

丁翘兴奋地问："是真的吗？快给我看看！"

"你快看！"赵莞打开手机的屏幕，点开邮箱的页面，页面显示两分钟之前，邮箱收到了一封陌生人的来信，上面除了一串长长的字母外，还有一串数字。

赵莞说："这个数字，是我当时为你的手机设置的号码，我记得很清楚。"

丁翘激动地说："如果找到了手机，就会知道当时是谁拿了我的手机，还有可能查出在我晕倒之后到底发生了什么事。快，快接着往下看，看手机在哪里！"

赵莞说："嗯嗯，让我百度一下接下来应该怎样操作。"

一句话就暴露了她也是半桶水功夫。

"不用了，让我看看。"一直没有说话的卓智从赵莞手中拿过手机，修长的手指灵巧地在手机上操作起来。

丁翘朝赵莞做了一个鬼脸，两人凑上前看。

很快，手机屏幕上出现了一张地图实景，仔细一看，竟然是江台市区的地图。

丁翘兴奋地说："能不能把开机者的脸拍下来，我记得当时设置的时候，好像是有异地控制拍照这个功能的。"

赵莞说："对对，我也记得这回事，快把开机的人拍下来。"

卓智略做沉思，退出了地图，手指在手机上点了几下，突然睁大了眼睛，微微地摇了摇头。

"怎么了？"丁翘问，"是拍不了吗？"

卓智沉声说："对方关机了。"

丁翘与赵莞不约而同地惊呼："这么快？"

卓智说："对方的警惕性很高，可能也是担心你们利用防盗程序找到他。"

丁翘忙道："快看看这个人在哪里！"

刚才卓智打开了地图，她来不及细看就催他拍照，现在拍不到照，看看这个偷走手机的人在哪里也是好的。

卓智说："不用看了，我记下来了，在高新区。"

高新区是江台市的新开发区，也是这座城市的商业中心，除了数不清的新楼盘，本市最大的几家集团公司总部集中在那一块。

赵莞愁眉苦脸地说："高新区那么大，怎么知道偷手机的人躲在哪里啊？"

丁翘反过来安慰她："这个人在高新区反倒是件好事，这说明对方不是浪琴湾的人，那他偷我的手机，动机就相当可疑了，也许他真的知道点什么。"

赵莞说："不一定，也有可能有人把你的手机偷了拿出来销赃。"

卓智摇摇头，声音更加低沉了："不可能是销赃，如果是销赃，他不会等这么多天，更何况，如果只是一般的小毛贼也不会这么谨慎，一开机就迅速关机，这说明他在忌惮着什么。"

丁翘与赵莞信服地点点头，相互交流着"理科学霸的思维方式就是不一样"的眼神。

"不过，你们也不用担心，有第一次，就会有第二次，相信他很快就会再开机。"卓智肯定地说，"只要他下次一开机，我就能抓拍他的脸。"

接下来两天，赵莞再也没有收到提示手机开机的信息，丁翘与卓智合计了半天，也想不明白对方到底是谁，到底想干什么。

周日傍晚，因为想着卓智第二天就要回去了，丁翘拉着他出门，想尽尽地主之谊，带他逛逛她从小生活的城市，尝尝她从小喜欢吃的小吃，还有她上学时走过的每一条路。

两个人手拉着手，肩并肩前行，轻松得就像一对两小无猜的小朋友。

“你知道吗？小时候我老迷路，有次在公交车站下了车，我竟然走了相反的方向，越走越远，最后怎么也找不到回家的路了，幸亏我外婆出来找我。”

他笑吟吟地看着她：“嗯，真傻，现在还迷路吗？”

她不好意思地点点头：“也迷，只是现在可以打车。”

他双眉微皱：“那如果晚上有采访怎么办？”

她说：“打车啊，很方便。”

他的眉皱得更深了：“晚上不要随便打车，一个女孩子晚上坐陌生人的车很危险，前些日子有个空姐坐了陌生人的车，后来就发生了特别不好的事情。”

那个新闻丁翘也看过，忙安慰他：“不会的，我不会太晚回家的，再说如果是特别远的地方，我会让老赵陪我去的。”

“不行，我不能让你冒险，这点钱不能省。”他突然停下来，从裤兜中掏出钱包。

她大窘，他拿钱包做什么？这是要给她钱——坐专车吗？

他把一张银行卡塞进她手中：“你买辆车开着上下班，这样会比较安全。”

丁翘有点感动，他，一个没有稳定工作的人，竟然给她钱买车？不过她的脸上，却是一副笑嘻嘻的表情：“好呀，里面有多少钱？”

他云淡风轻地说：“20来万吧，可能买不了什么好车，但买一辆代步车，可以了。”

“你哪来这么多钱？”

他微微笑了：“放心吧，不会是不义之财，都是我卖贝壳正正当当赚回来的。”

她笑了笑，把银行卡塞回他手中：“你真放心让一个没有方向感的路盲开车？”

“路盲不怕，反正有车载导航。”

“可是我连驾驶证都没有，而且，我也没打算考。”

这下子他没辙了，她笑着拿过他手中的钱包，把银行卡塞了进去，郑重地说：“我答应你，以后晚上尽量不出去采访，如果出去，一定要叫上老赵陪我，这样行吗？”

他勉强地点了点头：“行吧。”

她牵他的手：“走，我带你去吃煲仔饭，江台的煲仔饭，是全广东最好吃的。”

他笑了：“不怕迷路？”

她得意扬扬地笑：“就在这条街，连转弯都不用。”

哪料还未走到那家做煲仔饭的小饭馆，丁翘的手机便响了，来电显示是江盛。

丁翘接电话：“你好，江盛，什么事？”

电话那头的江盛，依然是他一贯的语气，温和，不疾不徐：“丁翘，卓智还没有回去吧？今晚一起吃饭？”

丁翘看了卓智一眼，犹豫着：“要叫上赵莞吗？”

江盛顿了一下才说：“改天再约她吧，今晚……有正经事要谈。”

丁翘笑了：“你这是什么意思？难道叫上赵莞就不正经了？”

江盛笑了：“别想歪了，其实，今晚想见你们的不是我，是我爸。”

他爸？丁翘大吃一惊，江盛的父亲江浩天，也是江氏集团的创始人兼董事长，据说当年他是做来料加工起家的，时至今日江氏的实业蒸蒸日上，而江浩天因乐善好施，一直深得市民敬重。

丁翘小心翼翼地说：“江盛，你爸……找我干什么？”江氏集团与报社向来有合作关系，不过两者的关系一直由广告部维护，在这个资源决定流量的年代，江浩天犯不着跟一个小记者攀交情。

江盛笑了：“我爸想见的不单是你，还有阿智。”

“啊？他找我们什么事？”

“见了面再说吧。”他说了一个酒店的名字，离这里倒不远，丁翘答应了。

丁翘和卓智走进酒店包房的时候，江家父子已经到了。江湖上传说的“善长仁翁”江浩天，真人比在电视报纸上更年轻更儒雅，但目光中自有一股凛然之气。丁翘暗赞江家父子都长相不俗，江盛的母亲真是有福气。

江盛分别为他们做介绍：“爸，这位是丁翘，《江台都市报》的记者，这位就是阿智，我跟你说过的。”

江浩天的目光掠过丁翘，又落在卓智的脸上，他的笑容很亲切：“阿智，丁翘，我很高兴江盛能有你们这样的好朋友，这个社会很需要你们这种有想法的年轻人。”

丁翘与卓智不约而同地对视了一眼，不明白江浩天这话是什么意思，一旁的江盛看着他们只是微笑。

江浩天又说：“以前，我以为只要开办企业，让更多的农民工进城务工，就能改善他们的生活，造福一方，但是昨天江盛跟我转述了你们的话，我很吃惊，也很惭愧。我竟然从来没有意识到我的企业招的农民工越多，留守的老弱妇孺也越多，惭愧的是我完全没有关心过这个问题。”

丁翘没想到江浩天竟然说出这番话，一股敬意从心底里涌出：“江先生，其实你为这个社会已经做了很多事情。”

江浩天摆摆手，叹气，似乎有无限惭愧。

卓智看着江浩天，试探地说：“江先生今天叫我们来，是有什么新的计划吗？”

江浩天赞许地看着卓智：“我今天想先听听你们的想法。”

卓智不卑不亢地说：“如果问我的看法，我还是认为，农民最好的发展方式，并不是转移进城成为背井离乡的打工者，而是让他们在家门口就能安居乐业。”

江浩天鼓励地看着卓智：“说得特别好！我听江盛说，你本身也是理工大学的高才生。如果我在你家乡投资，你愿意来帮我吗？”

卓智迟疑地反问：“你的企业会破坏当地的环境资源吗？会给当地

的生物带来不良影响吗？”

江浩天含笑摇头：“完全的绿色环保项目，你尽可以放心！”

江盛笑着说：“如果你不相信我们，尽可以相信丁翘。”

丁翘惊讶地看着江盛：“我？”

江盛说：“你还记得江台大学的阮教授吗？我跟他谈过了，他负责海藻食品项目的研究和开发，一直苦于找不到合作方而无法转化成生产力，我们决定跟他合作。”

江浩天补充：“地点已经定了，就在浪琴湾。”

卓智眼中闪着光：“真的？可是浪琴湾离市区这么远，而且无法直达高速，并不是最好的选择。”

江浩天摇头：“阿智，你说的缺点恰恰是浪琴湾最大的优势。其他的渔村因为道路畅通，旅游资源更丰富，所以环境污染也特别严重，食品加工项目最看重的是什么？恰恰就是原材料的生长环境。”

江盛兴奋地说：“我们昨天已经带阮教授去考察过了，浪琴湾浅海生长的海藻，从品质到营养价值，都符合指标。”

丁翘惊叹：“天啊，你们这是什么速度！”

江浩天缓缓地说：“觉得一件事是对的，就要马上做，立即做，不要等，不能等。”

丁翘与卓智默默点头，这世上所谓的成功与富贵，哪有什么偶然，无非就是当机立断，抓住机遇。

江浩天的目光再次落在卓智的脸上：“阿智，你能过来帮我，跟江盛一起搞新公司吗？”

卓智似乎在犹豫，江浩天又说：“至于待遇方面，你可以随便提。”

卓智脸露愧意：“对不起，江先生，我没办法答应您。”

这个回答大大出乎江家父子的意料。江浩天温和地说：“阿智，据我所知，你目前并没有稳定的工作，为什么不考虑一下？”

卓智平静而坚定地说：“因为，我有更重要的事要做。”

江浩天点点头，略显遗憾地说：“既然这样，那是我们的损失。”

卓智说："不过，在村子里，如果你们有事情需要我协助，我一定会帮忙的。"

江浩天微微颔首，朝江盛挥挥手："叫人上菜吧！"

周一报社有例会，丁翘和赵莞早早就回去上班了，卓智独自去车站坐车回浪琴湾。

不过，一本正经端坐在小会议室开会的丁翘，此刻也是身在曹营心在汉，回想着这两天两夜与卓智的朝夕相处，情不自禁地嘴角微弯，心旌摇荡，直到坐在旁边的赵莞用手在桌子上悄悄拍她，她才如梦初醒——所有的同事都在看着她。

原来是轮到她报备新一周的新闻选题，幸亏她早有准备，简单地说了一下，主任便挥挥手，算是过关了，临了还关心地问她："上周你休假又半路回来上班了，这周你需不需要补休？"

丁翘心里一动，不过一想到卓智刚来过，母亲过一段时间从国外回来，到时还得休假，便说："谢谢主任，不过我最近采访挺多，过一段时间再说吧。"

主任赞许地点点头，对于认真干活的人，领导总会格外体谅和关照。

过了两天，赵莞的信箱一直没有收到旧手机再开机的信息，丁翘打电话给陈俊峰，询问能否通过技术手段寻找丢失的手机。

陈俊峰说："如果手机一直开着，可以通过手机定位查找。"

"那如果手机已经关了，而且手机卡也报停了，还能找到吗？"

陈俊峰沉吟了一下，为难地说："这个估计很难，就算是我们的技术部门也很难办到。"

丁翘有点失望："嗯。"

陈俊峰说："你想找回你的手机？其实吧，我觉得你的手机丢在海里的可能性比较大，至于时间方面，你可能记忆有误。"

“不，我没记错。”丁翘便把前几天邮箱收到手机开机提醒信息的事说了一遍，“我的朋友当时帮我做了手机定位，就在高新区，可惜对方很快关机了，没办法找到更详细的地址。”

陈俊峰说：“那我让同事试试，看能不能帮你查一下。你稍后把相关的资料发过来给我。”

丁翘连声道谢。

陈俊峰又说：“对了，吕仁办完丧事，已经回拘留所了。”

“吕仁一定很伤心吧，他有没有什么特别的表现？”丁翘问。尽管吕仁在船上对她并不友好，但因为那可怜的婆孙俩，她对他产生了同情。

陈俊峰说：“没有，看样子他是很伤心，但表现正常。我让辖区一个有经验的老民警冒充社区的人协助他办丧事，表面来看，他对黄秋芳的死似乎并没有产生怀疑。”

丁翘纳闷地说：“难道黄秋芳真是自杀？”

陈俊峰沉默了一下，说：“也许我们真是想多了。”

“那吕仁的女儿和岳母呢。”丁翘问，“她们回乡下了吗？”

陈俊峰略显意外：“你不知道？”

丁翘一愣：“知道什么？”

陈俊峰吃惊地说：“你真不知道？同事说，办丧事的时候，你委托朋友，通知社区的人把那婆孙俩接去出租屋生活，房租和生活费每个月打到社区的账户，由社区代为支付。”

丁翘大吃一惊：“竟然有这事？对方说是我的朋友？”

陈俊峰惊讶地说：“你有许多这么慷慨的朋友？”

丁翘困惑地说：“真没人跟我提过这事啊。”她突然心里一动，莫非是江盛？

于是问道，“转账过来的户主，是不是姓江？”

“对，同事说对方姓江。”陈俊峰一副了然于心的语气，“以你的名义做了好事，却不跟你提起，看来你这位朋友不是一般人。”

丁翘连忙承认：“是的是的，他除了钱多，暂时还没被发现别的缺点。”

陈俊峰笑：“我说的不是这个，我是说，他跟你的关系。”

丁翘故作严肃地说：“陈队，你有着与你的职业极不相称的八卦，不过……”她顿了顿，“我已经有男朋友了。”

陈俊峰笑了：“丁记者，你一定是对我们的工作有什么误解，其实刑警跟记者一样，都必须有一颗八卦的心，才能称职。”

丁翘莞尔。

跟陈俊峰通完电话后，丁翘马上打电话给江盛：“你为什么以我的名义资助吕家婆孙俩？”

电话那头的江盛只是淡淡地说：“你知道了？这只是小事，不值一提。”

丁翘不甚客气地说：“如果你喜欢做了好事不留名，完全可以以别的名义资助，没必要冒我的名，别人问起来，我完全不知情，这样我很尴尬。”

江盛微怔，顿了一下才说：“对不起，丁翘，是我大意了，我只是想着以你的名义资助，社区的人会更放心，而且我再三叮嘱社区的人不要跟吕家婆孙提起这事，让她们以为是社区在照顾他们。”

“那你也应该告诉我一声啊。”

江盛温和地说：“我觉得这是小事，所以就没跟你提。”

“为什么你会这样做？”

江盛说：“吕仁有罪，但是老人和孩子没有错。”

“那你见到他了吗？”

“谁？”

“吕仁，我朋友说，吕仁取保候审，回去办丧事了，你没见过他？”

江盛停了一下才说：“见过了……不过他可能没认出我。”

“嗯。”丁翘想了一下，又郑重地说，“江盛，我很高兴，能有你这么一个善良、热心的朋友。”

江盛笑了："丁翘，你这话说得像毕业留言。"

"对了，我在浪琴湾丢失的那个手机，有点眉目了。"

"真的？在哪里找到的？"

"还没有找到，但是也差不多了。"

丁翘把邮箱收到开机提示，卓智已定位发现手机在高新区，陈俊峰答应帮忙寻找手机的事情说了一遍，江盛闻言兴奋地说："如果找到手机，或许就能揭开那几个人的身份，还能知道在你晕倒之前发生过什么事了！"

丁翘突然想起来，江盛还不知道那天夜里把自己从海里救出来的人是卓智，而卓智直到现在也没有告诉她为何能在海里捞手机，总之这些事情还挺复杂，算了，还是先不说了，于是便淡淡地说："是啊。"

"还有别的事吗？"

丁翘心念一动，脱口而出："江盛，你最近……很忙吗？"

自从上次在丁翘家吃饭见过一面后，赵莞和江盛偶尔也在微信上聊几句，但据赵莞说都只是泛泛而谈，并没有切中实质，而且江盛一直没有单独约过赵莞，丁翘又不好意思直接问，所以只能旁敲侧击地问他忙不忙。

江盛说："也不算特别忙吧，不过你知道的，新项目的事，我爸对我寄予厚望，我这些天都在浪琴湾来回奔波，跟村里人打交道，挺费神的。"

丁翘知道赵莞估计是没戏了，半晌，才讪讪地说："如果需要，你可以叫阿智帮帮你。"

江盛沉默了一下才说："其实我并不愿意让他帮忙。"

"为什么？"

"因为他是你的男朋友。"

丁翘怔住了，一时说不出话来。在她的印象中，江盛一直是温和、宽容、不计较的，再加上她最近与卓智处于浓情蜜意中，早自动忽略了江盛曾向自己表白过的事情，可说是"心底无私天地宽"，哪里料到人家还未能释然，而她还傻乎乎地要把赵莞介绍给他。

过了好一会儿，她才小心翼翼地说："我以为你不……"

"我介意。"他语气中带着少有的严肃，"丁翘，你不了解男人，我是欣赏阿智，所以才向爸爸推荐了他，但是，向阿智求助，又是另一回事。"

这下子她彻底没话说了，他连妒忌都能说得这么理直气壮，心里一定也是坦荡荡的。

不过她也有点感动，甚至还有点愧疚，一直完美得无懈可击的江盛，原来也是有软肋的，只因为她。

她心里隐隐对赵莞有了歉意，觉得自己好像亏欠了她，尽管自己并没做错什么。

接下来的日子，卓智每天电话中的嘘寒问暖，对丁翘来说既是幸福又是煎熬，幸亏现代科技让她时时可以通过手机跟卓智视频，体会恋人间天涯咫尺的甜蜜，但恰恰也是手机，让他们每天都在承受咫尺天涯的痛苦——在手机屏幕上，你可以清楚地看见对方的笑纹，听到对方每一丝细微的气息，却无法触及其皮肤，感知其存在。

卓智情不自禁地叹息："如果能有一款手机，可以传递气味和触觉就好了。"

丁翘在这边便轻轻地笑了，他说的话是很傻，却恰好也是她想说的，这是多么美好的感觉。

这个炎热的夏天，因为有了卓智，连空气都是甜的。

自从外婆去世后，丁翘很久没有这种充实而又充满期待的感觉了。她知道有个人在爱着她，在等候她，而自己也在爱着这个人，期待着与他一起走向未来的日子。

未来可期，就是这种感觉。

唯一美中不足的是，丁翘的旧手机，自从那次开过一次机后，再也没有重启过。她几乎每隔一天就要叮嘱赵莞一次，让赵莞时时关注邮箱的信息，赵莞被她弄得不耐烦了，干脆把自己信箱的密码也告诉了她。她把赵莞的信箱设置在自己手机屏幕，并设置了实时提醒。

但那个手机像沉睡了一般，再也没有醒过来。

日子一晃就过去一年。

在这一年里，吕仁被检察机关提起公益诉讼，法院认定吕仁对海洋生态功能、海洋水产资源造成一定程度的破坏，鉴于其主动投案自首，从轻处罚，判处有期徒刑两年。减去被判刑前拘留的羁押时间，吕仁还有将近一年就可以刑满释放了。

在这一年里，丁翘曾无数次去浪琴湾，卓智也曾无数次来市区，他们的感情，就像赵莞说的“台风都打不掉了”！

在这一年里，江氏集团在浪琴湾投资的海藻生物食品公司已正式投产，项目是江氏与江台大学合作的，主打绿色环保食品，加工过程完全无污染、无残留，对当地的生态没有任何不良影响，而且，给当地的渔民带来了经济实惠——哪怕是在漫长的休渔期，渔民也可以在浅海区采摘海藻，由江氏集团统一收购加工。

渔民稳定的收入，吸引了外出务工的青壮年纷纷回乡，有些有经济头脑的乡民，谋划着利用海边的滩涂种植海藻。江盛得知村民的想法后高度重视，让合作伙伴——江台大学的阮教授提供技术支持，这又成了阮教授团队的另一个科研成果，总之，这是一个共赢的局面。

而江氏的进驻，也引起了当地对浪琴湾的重视，为了打好绿色环保这张牌，村里严格限制外地游客上岛，以最大限度地保护绿色资源。

江氏集团的海藻生物食品公司的厂房就是原来的吕仁酒店。根据村里与吕仁当时的合同约定，村里提供土地，吕仁建酒店，利润按比例分配，酒店经营十年后返还给村里，现在由于吕仁锒铛入狱，双方的合约也提前结束，村里把那幢建筑物出租给江氏集团。

曾经的吕仁酒店，如今装修一新，还打上了江氏集团海藻生物食品公司的招牌，很多次丁翘从那里走过，都会想起自己第一次到浪琴湾的情景。那时候的她，怎么会想到自己的一篇报道会改写吕仁酒店的历史，又怎会想到自己自此后便与浪琴湾有着牵扯不清的关系？

日子就像浪琴湾的浪花，层层叠叠地重复，周而复始，永不停歇，丁翘想，这也许就是所谓的岁月静好了吧？

——直到某天深夜，丁翘被凄厉的手机铃声从梦中惊醒。

当记者跟别的职业不一样，晚上睡觉是不能关机的，因为你不知道什么时候会有突发新闻，所以只能24小时待机，这是报社的规定，也是丁翘对自己的要求。不过，这个电话却不是领导打来的，也不是报料电话。

电话那边，分明是卓智的声音，可是听起来又那么陌生，他说："阿翘，小猪死了。"

丁翘一边揉着眼睛，一边问道："谁死了？你说谁死了？"

她没有听到卓智的回答，却听到他在长长地叹气……那是一种难言的伤痛。

她的心像被人揪了起来，心慌得厉害，不由得提高了声调："阿智，你快说呀，到底是谁死了？"

第十四章

海豚之死

丁翘和海洋与渔业局的人赶到浪琴湾的时候，天边已初现曙光。

天色苍茫，与海水连成一片，显得天地更加宽广，而人类，是那么渺小。远远地，就见一群渔民围在沙滩上，丁翘默默地走过去。

见丁翘带着一群穿制服的人走过来，人们自觉地让开了一条路，甚至不自觉地把手中拿着的刀具放在身后藏了起来。

渔民都认得丁翘，知道她是卓智的女友，也是一名记者，她这个时候在这里出现，自然不是来看热闹的，更不会跟他们一样，伺机捞点便宜。

丁翘穿过人群，不由得倒吸了一口冷气——

一头巨大的“鱼”伏在沙滩上，身体修长呈纺锤形，通体粉红色，像一只营养良好的大肥猪，看上去体形非常庞大。

此刻，卓智就跪在这头“大肥猪”旁边。他的脑袋低垂，纹丝不动，显然这个动作已经坚持了许久，而大包，一直站在卓智身边冲着众人龇牙咧嘴，表现出丁翘不曾见过的凶狠。

昨夜，如果不是卓智和大包，这头死在沙滩上的海豚，早就被渔民们把肉割光了，恐怕连骨头都剁回家熬汤了。对于鲜见的野生动物，不管是陆地里长的还是海洋里生的，乡民都有一种神之迷信，觉得吃下去就能延年益寿。

大包见到丁翘，马上欢呼一声跳起来，窜到她身边摇头晃脑地“汪汪”大叫，卓智闻声抬起头，过了好一会儿才反应过来，喃喃地说：“阿翘，你终于来了。”

昨夜，卓智在电话里告诉丁翘小猪死了时，丁翘还以为小猪是某个她不认识的人，直到他说小猪是一头海豚的名字，她大吃一惊。虽然江台市的海洋资源非常丰富，但她从来没有听说过，这片海域竟然生存着海豚这么神奇的生物。

海洋与渔业局的技术人员朝卓智点点头，马上拿出工具走向海豚，开始工作起来。原先站在一边的渔民，此刻见来了官方的人，知道事态严重，也不敢再打海豚的主意了，只是远远地站着看热闹。

丁翘拉着卓智走到一边，只觉得他的手冰冷，走路也有点摇晃，她连忙把他扶到一边坐下来，轻声说：“如果你觉得累了，靠在我肩膀上休息一会儿吧。”

卓智默默地摇摇头，涩声说：“我不累。”

丁翘柔声说：“怎么不累呢，你整夜没睡，又吹了一夜的海风，你看你的手，都快冻成冰了！”她把他的手贴在自己的脸上，只想给他一些温暖，一点安慰。

虽然时已深秋，但广东的气候像个性子桀骜不驯的野孩子，最近都是大晴天，温度并不低，丁翘也不过是穿着一件薄衣，可是此刻他的手，却透着寒气——也许是太过伤心所致吧。

卓智没有说话，只是怔怔地看着她，过了一会儿，他突然蹲下来，把脸伏在丁翘的膝上。丁翘伸手去抚他的脸，却摸到了满手的泪水。

他在哭。

这是第一次，他在她面前哭，为了一头死去的海豚。在此之前，她从不知道浪琴湾竟然生存着这种叫海豚的海洋生物，卓智也没有跟她提起过，尽管她在海洋公园看过这种憨态可掬的哺乳动物，却没有想过自己会跟这种海洋生物有什么牵连。

大包好像察觉到什么，走到一边伏在地上，委屈地呜咽着，眼巴巴地看着丁翘。

丁翘的心，也不由自主地跟着酸楚起来。她虽然不知道卓智跟这头死去的海豚有什么渊源，但看到他伤心，她心里就很难过。

半晌，卓智才抬起头，哽着声音说："还记得你问过我为何能在海底捞起手机吗？"

丁翘点点头："嗯，记得，当时你说，你暂时要保守这个秘密，但以后会告诉我。"

卓智苦笑："其实，在海里捞起你的手机的，不是我。"他指着远处沙滩上的海豚，"是小猪。"

丁翘惊讶地看着卓智："是它？你跟这只海豚……很熟悉？"

卓智默默地点头，他的目光看向远处的沙滩，又慢慢地收回来，轻轻地点了点头："嗯，我当时不告诉你，是担心你出于职业敏感，会把海豚的事报道出去。知道海豚存在的人越多，它越危险，却没料到，海豚这么快就会离开我。"

卓智跟海豚小猪的第一次相遇，是在花碗坪的海边，那时候他才5岁，就是爸爸去世的那一年。那天，因为爸爸下海摸海胆，他跟着妈妈在山上摘桃薇花，后来他在山上待得烦了，便悄悄走到海边玩水。

海边长大的孩子，天生不畏水，他正踏着浪花玩得高兴，不料海浪越来越大，席卷而来，一个釜底抽薪，把他卷进了浪花底下。他吓得哇哇大哭，伸手企图抓着什么，却什么也抓不住，水顺势从他的鼻子、嘴巴猛灌进来，这下他连哭都哭不出来了。

突然，他觉得身下有东西在推着自己往沙滩上走，一直把他推到浅滩处才停下来，他手脚并用爬起来，这才发现把自己从深海处推上来的，竟然是一个从未见过的古怪生物——它像一只小土猪，全身是深灰色的，嘴巴很长，身子圆滚滚的，很可爱。

他好奇地上前，伸手摸了摸小土猪，发现它全身滑溜溜的："你是鱼吗？为什么你没有鳞？"

那小土猪晃了晃身子，游进大海里，迅速消失了踪影。

很快地，妈妈从山上跑下来寻他，发现他浑身都湿透了，以为是他贪玩把衣服弄湿了，而他也没有跟大人说这事。他潜意识中觉得，如果大人知道了小土猪的存在，一定会想办法把它捕获拿去卖或者杀了吃的。

后来，他在海边玩水的时候，又遇见过几次小土猪。为了能跟小土猪一起玩，他缠着爸爸教他学会了游泳，这让他可以更加自由自在地跟小土猪在海里玩，他给它起名叫小猪。

小猪越长越大，身体也渐渐变成粉红色，更神奇的是，小猪还能听懂他的指令。只要他朝小猪挥挥手，小猪便会围着他转圈圈；他把小皮球扔在海里，它会立即冲过去用长长的嘴巴顶着球交给他；他游累了打个呼哨，小猪就会主动游到他身边，让他伏在它身上休息。

后来，爸爸去世后，他和妈妈就极少去花碗坪了，但他们每次去，只要他在海边打个呼哨，小猪就会摇头晃脑地出现在他面前，好像知道他不开心一样，有时候还故意在海里翻滚着笨笨的身子卷起浪花逗他开心。因为担心小猪会被人抓获，他一直没敢跟任何人提起小猪的存在，后来，他走出岛外上学，上网查了资料，才知道小猪的学名叫海豚……

丁翘这才明白，对卓智来说，小猪不但是伙伴，更是亲人一样的存在。

就在那一瞬间，她理解了卓智心底的痛。

卓智叹气："其实，那天夜里，你掉进了大海，如果不是小猪帮忙，我根本找不到你。"

丁翘恍然大悟，怪不得，原来是这样。

卓智又说："对电子类的产品，小猪能感应信号。"

丁翘什么也说不出来，只能用自己的手紧紧地握着卓智的手，尽自己最大的努力，给予他温度和力量。

卓智喃喃地说：“小猪死了，小猪死了……”

她听得心里发酸，把卓智的脑袋紧紧地抱在胸前：“你还有我啊。”她竭力控制着眼中的泪，“小猪不在了，你还有我啊，还有大包，还有三婆，你休想撇开我们。”

他没有说话，身子却在微微颤抖，双手紧紧地搂着她的腰，像是紧抓着生命中至关重要的宝贝。她也没有说话，只觉得这一刻，他软弱得像个孩子，她在心中发誓要一辈子对他好。

天色已大亮，海洋与渔业局的人在海豚尸体的周围拉上了警戒线，原来寻思着要割肉剐骨的渔民见无利可图，早悄悄夹着刀具三三两两地回家了，然后又有些一大早起床的人，闻讯跑来围观。

这个世界，从来不缺乏看热闹的好事者。

丁翘和卓智越过警戒线，走到海豚的尸体旁边，海洋与渔业局的一名科长迎上来。这是一名干练的中年人，他边脱下手上的薄胶手套，边带着惋惜的语气说：“可惜了，这是一头中华白海豚，属于国家一级保护动物。”

丁翘启动了手机的录音功能：“科长，白海豚为什么会死在沙滩上，弄明白了吗？”

科长叹了一口气，说：“从现在的情况来看，应该是海豚误闯进了浅滩，刚好遇上退潮，它无法返回大海，被搁置在沙滩上，导致了死亡。”

“不可能！”卓智认真地说，“小猪知道浅滩对它来说是危险的，它不会胡乱游上来，一定是遇到了什么事才会这样！”

科长疑惑地看了卓智一眼，探究地看着丁翘。

丁翘忙解释：“小猪就是这只海豚的名字，我朋友跟它很熟悉。”

科长更加惊讶地看着卓智，丁翘只好一脸认真地解释：“科长你别不相信，我朋友在小时候就跟这头海豚一起玩了。”

科长一脸严肃地点头：“我相信我相信，资料上说，海豚的智商在动物中是比较高的，相当于人类5岁的智商，比大猩猩还聪明！”

丁翘看了卓智一眼，后者默默地点头，看来这科长业务还挺精通呢，倒省了许多解释的工夫。

科长感叹：“海豚素有‘海上大熊猫’之称，真没想到啊，在咱们江台市的海域，竟然存活着这种神奇的生物。”

卓智走到海豚的尸体身边蹲下来，默默地凝视了许久，忍不住伸手轻轻地抚着它浑圆的身子，旁边有人想拦阻，被科长用目光阻止了。

丁翘走到一边默默地拍视频，这是她的工作，哪怕再不忍心也只能这样做，而且，对于海豚小猪的死，她已经想到了报道的方向和思路。

刚入行的时候，丁翘以为新闻就是客观地记录事实，后来她才知道，一个有责任感的记者，写出来的新闻也是有温度的，这个温度就是新闻报道的方向，有时候它甚至比新闻的深度要重要得多——海豚小猪之死，固然是一个吸引人眼球的新闻，但只有通过小猪的死唤起公众对海豚的关注和保护，小猪才算没白死。

丁翘从正在拍摄的视频中，看见卓智正在轻抚着小猪突出而狭长的喙部，他的动作是那么轻那么柔，似乎怕惊醒了小猪一样……

突然，卓智脸色大变——

小猪的喙部两边，涌出了两条轻微的血丝，很细很少，微小得几乎让人看不见，他昨夜用手机仔细照过都没发现。

卓智失声叫起来：“科长……”

科长在他身边蹲下：“我们已经发现了。”

“这会不会跟小猪的死因有关？”

“现在还不知道。”科长说，“我们需要把它带回去解剖化验才知道。不过，我想知道，这头海豚是怎样被发现的？发现的时候是死是活？这些我们都要了解。”

卓智点点头，回忆着昨夜的事：“昨天是农历初一，下午我去了花碗坪，但等到天黑，都没有看见小猪，我就担心它出事了。”

丁翘边拍视频边问：“农历初一是有什么特别的含义吗？”

科长也好奇地问："是因为退潮？"

卓智的眼睛红了："不错，农历初一和十五，大海都会退潮，小猪便会在花碗坪周围的大海出现。"

丁翘惊讶地感叹："啊？海豚还会算日期？"

卓智点头："是的，我发现小猪对农历初一和十五特别敏感，我也不知道是什么缘故。昨天我在花碗坪一直等到天黑也没等到小猪，不管我怎么打呼哨都不见它出现，当时我就预感到不妙。我回到码头的时候已经是深夜了，后来看见有村民拿着各种刀具朝海边走，说是发现了一条怪鱼，我当时心里一沉，担心是小猪……跑过来一看，果然是它，它已经死了。"

丁翘和科长均沉默地点点头。

卓智又说："我想不明白的是，小猪一直都是待在花碗坪周围的海域，它从来不会游到村子附近这边的浅海，为什么会突然死在这里？"

科长沉思着说："会不会是它受伤了，或者是渔民在捕鱼的时候误伤了它？海豚因为受伤而搁浅在沙滩上导致死亡的个案，在全世界均有发生。"

卓智摇头："我觉得不可能，小猪对声音特别敏感，当它察觉到周围有船只或渔民说话的声音时，就会远远地游开，把身子潜进深海里，所以这么久以来，除了我，村里的人都没看见过它。以小猪的智商，它足以避开人类的伤害。"

丁翘心里一动："你能演示一下你平时跟小猪是怎样联系的吗？"

卓智看了丁翘一眼，没有说话，默默地把食指和拇指放在嘴边，轻轻地吸了一口气，再呼出一口气，清脆的呼哨声随之响起，不算响亮，却很悠长。

丁翘惊讶地问："这样小猪就能听得见？我觉得海浪声都比这个声音要大得多啊。"

卓智说："能听见。我也是跟小猪熟悉了之后才发现，海豚对声音的辨别，跟我们人类不一样，对特定的声音，它有记忆。我在花碗坪试过许多次，只要我在海边打呼哨，不管相隔多远，它都能听见，马上游过来找我。”

丁翘问：“科长，你怎么看？”

科长说：“我相信他的说法。海豚有着惊人的听觉和超声波回声定位系统，据说在海豚的前额有一巨型隆起结构，可以起到‘声透镜’的作用，也许它能通过海水传导声音。”

丁翘心悦诚服地点头。

卓智说：“小猪特别聪明，我吩咐它的事，它能听明白，同样的事情我在大包身上试过，但是，大包的反应不及小猪快。”

一直伏在一边的大包似乎听懂了卓智的话，不服气地吠了两声，卓智拍拍它的头，它可怜巴巴地呜咽了两声，伏在地上不吱声了。

科长突然想起了什么：“我记得书上说，海豚喜欢群居生活，小猪一向是独来独往的吗？你有没有见过其他的海豚？”

卓智摇头：“没有，除了小猪之外，我没有见过其他的海豚。”他想了一下，说，“但是，我能感觉到它们的存在。”

丁翘和科长异口同声地问：“你怎么知道它们的存在？”

“有时候，我跟小猪在海里正玩得高兴，它会突然伸嘴亲我，然后恋恋不舍地游走了，很多次都这样，所以我想，应该是它的伙伴用一种我不知道的方式在召唤它。其他的海豚也许是因为不信任我，所以从来没有在我面前出现过。”

丁翘感叹：“真是一种聪明的生物。”

科长纳闷地说：“看来海豚的自我保护意识很强啊……只是，它为什么会游到这片浅滩上来？按你的说法，它是知道农历初一会退潮的，海水一退，它就会搁浅在沙滩上……”

卓智叹气：“这也是我想不通的地方，它那么聪明，为什么会突然就死了？”

丁翘心念一动：“声呐呢，声呐也不能吗？”

一年前，吕仁利用声呐在海上捕鱼的事情，大家都是知道的，既然声呐对鱼类有极大的杀伤力，那么声呐也有可能会伤害海豚。

大家都看着卓智，卓智却笃定地说："不会。阿翘，你还记得吗，去年的台风之夜，吕仁一伙在海上用声呐捕鱼的时候，我和小猪就在海里。"

"嗯，后来小猪还帮你在海上找到了我。"

科长若有所思："这么说来，声呐影响不了海豚？"

卓智沉吟了一下才说："我感觉，小猪不喜欢声呐，但是它能抵挡得住声呐的干扰，不至于受伤。更何况，吕仁被判刑了，现在也没人用声呐在海上捕捞了，小猪的死，应该跟声呐没有什么关系。"

科长默默地点了点头，丁翘收起了拍摄的手机，完成了这次采访："科长，小猪的死因，就拜托你们查清楚了。"

科长说："好，丁记者，有了结果我会通知你们。"

在太阳升起之前，海洋与渔业局的人把海豚的尸体搬走了。它将被解剖，分析具体的死因，然后有可能被制成标本，放在海洋博物馆里供千千万万的人观瞻，告诉人们，在一片叫浪琴湾的海域附近，生存过一只叫小猪的中华白海豚。

围观的人群也随之散去，沙滩上只剩下丁翘和卓智，小猪原先待过的地方，还留着它躺过的痕迹，隐约可见它肥胖体形的痕迹。卓智站在那里，默默地盯着那片痕迹看，久久不愿意离去。

因为不放心卓智，丁翘婉拒了跟科长他们一起回市区的邀请，卓智现在这个样子，她怎能放心把他一个人丢在这里？

"如果你累了，坐一下吧。"丁翘牵着卓智的手。他顺从着她，两人面对着大海，在沙滩上坐下。海浪一次又一次地舐舔着他们面前的沙滩，又一次次地后退，两个人都没有说话，只闻海浪声声。

此刻，有她陪在身边，哪怕一句话也不说，对他来说也是莫大的安慰。他伸手握住她的手，她的手是柔软的，带着秋天清晨微凉的气息。他闭上眼睛，深深地吸了一口气，他想起她那句话，她说，你还有我。

在这个世界上，他彳亍独行已久，幸亏还有她，至少还有她。

“阿翘，你该回去了，回去还得写稿子、剪辑视频。”

“你这个样子我怎么能放心？让我再陪一下你。”

“乖，你快回去，你看你的眼圈都黑了。”他伸手把她额前一丝凌乱的长发捋到她的耳朵后面，“你回去快写稿，交了稿就回家补个觉，不然就不漂亮了。”

“那也得让我把你送回家再说。”她伸手抚摸着他的脸，他的脸几乎是冰凉的，眼圈一片乌暗，她从没有见过他这个样子，幸亏他的眼睛依然是明亮的，“你这个样子，我怎么放心？”

“你不放心就让我送他回家吧。”有人在他们的身后说话。

丁翘和卓智回头看，江盛站在他们身后，初升的阳光照在他的脸上，他的笑容也是温暖的：“丁翘，你跟我的司机回去，他正好要回市区办点事。”

这一年来，丁翘曾无数次来过浪琴湾，也参观过江家的海藻生物食品公司，一步步见证了江氏集团改善了浪琴湾渔民的生活，她与江盛的交情，也越发深厚。刚认识时，江盛送过她名贵手机，后来她托妈妈在国外买了一个男款名牌包送给他作为回赠。

那个包是国际奢侈品中数一数二的品牌，江盛自然是识货的，他责怪丁翘没把他当朋友，这个礼太重了，但丁翘说这包是妈妈在国外打折时买的，江盛略做推辞就高兴地收下了。丁翘每次来浪琴湾，只要时间允许，都会去江盛的办公室坐坐。

丁翘惊讶地问江盛：“你怎么知道我们在这里？”

江盛笑着说：“我怎么不知道？连公司的门卫都知道有条大鱼搁浅在海边，阿智死守着大鱼不让大家割肉，丁记者还通知人来把鱼运走了，现在整个浪琴湾的人都在埋怨你们两口子，要不是你们，今天中午家家户户都吃大鱼了。”

丁翘被逗笑了。渔民急功近利，性子又爽直，渔村里有什么事自然会在公司里传开来，江盛知道这事，一点也不奇怪。于是她便把来龙去脉说了一遍，直把江盛听得一愣一愣的，尤其是听说海豚的智商相当于人类5岁的孩子，更是好奇不已，后悔自己来得迟了。

卓智惦记着丁翘要回去写稿，催她快回去，丁翘却又放心不下他，两人争论了半天仍然没有结论，江盛忍不住了，提出了一个折中的办法：“这样吧，我和阿智先送丁翘上船，然后我再送阿智回家。”

自然无人反对。

三人走到码头的时候，司机已经在码头上等了好一会儿了。为方便出行，江家在码头上设置了私人快艇。江盛叮嘱了司机几句，便让丁翘上了快艇。丁翘还不放心，再三叮嘱江盛一定要把卓智送回家，弄得江盛一直叹气：“你们能不能有点恻隐之心？干吗硬给我塞狗粮？”

大包听到江盛说“狗”，半懂不懂，估计是以为他在批评自己，瞪着眼睛对江盛龇牙咧嘴，丁翘忙不迭地安抚它：“大包别生气，人家不是说你呢，真不是说你。”弄得江盛哭笑不得。

丁翘乘坐的快艇渐行渐远，最终消失在大海中。江盛回过头来，对卓智说：“走吧，我送你回去。”

“光天化日的，两个大男人还用得着送来送去？”卓智连忙推辞，“你还当真啊？”

江盛认真地说：“我答应过丁翘要把你送回家的，我可不能失信。”

卓智哭笑不得：“我什么事都没有，只是累了，回家睡一觉就好了，没事。”

江盛却像看透了他一般，伸手揽着他的肩膀：“什么也不用说了，反正我得送你回家，走吧！”

卓智勉为其难地被他勾肩搭背往回走，江盛突然说：“我还没有吃早餐呢。”

卓智犹豫了一下，说：“其实我想喝酒。”

江盛惊讶地看着他，但很快便理解地点点头，海豚的死令卓智很伤心，一个伤心的人做点出格的事，也是可以理解的。

“走，咱们去小卖部买啤酒！”

“但是你得答应我……”江盛认真地说，“喝一点就好，喝醉了丁翘会怪我没照顾好你的。”

结果，两个人都喝多了。

卓智平时没有喝酒的习惯，两罐下肚就脸色发红，兴奋得不行，吵着要跟江盛碰杯，江盛也是爽快的人，两人你敬我，我又回敬你，喝完了酒还意犹未尽。江盛干脆又打电话让人送了一箱啤酒来，卓智竟然还打电话让人送来了刚上岸的海鲜，两人架起烤炉在院子里烤起了青口……

等到中午三婆从小食店回来，卓智已醉倒在院子里，连大包都被喂了半罐啤酒，在院子里转着圈子兴奋地汪汪直叫。三婆哭笑不得，大叫起来：“哎呀，阿智你大白天在家里喝酒，我要打电话告诉阿翘……”

不等她去打电话，卓智却已摇摇晃晃站起来，接着三婆的手：“我没醉，我没醉，三婆你不能告诉阿翘，她会担心的。”他竭力睁开眼睛，“江盛呢？江盛去哪儿了？”

三婆又是好气又是好笑：“还说没有喝醉，这院里除了你就只有这只狗了，人家江老板可不像你，大白天喝酒……”

话音未落，她便呆住了，江盛正扶着门看她，也是一副醉醺醺的样子。

卓智指着江盛笑了：“三婆你瞧，这不就是江老板吗？”

江家在浪琴湾办企业，几乎家家户户都有人在江氏上班，岛上的人家对江家本就巴结，再加上江盛为人温和，平时见了老人小孩也特别客气，三婆对江盛自然是敬重的，她笑着说：“江老板真在啊。”

江盛略显尴尬地说：“不好意思，我刚才……进卫生间吐了。”

卓智哈哈大笑，指着江盛说：“哈，你吐了，江盛，你喝醉了！你吐了！”

三婆伸手拍了一下卓智的头：“你还笑人家，还笑！你也好不了多少！”话未说完，大包突然扑上来咬三婆的裤腿——它以为三婆打卓智。

三婆气急败坏地叫："哎呀，你这只死狗，快放嘴！别扯我裤子！"

卓智朝大包挥挥手："大包乖，快过来！"

大包这才放开三婆的裤腿，乖乖地跑到卓智身边卧下。

江盛笑了："咦，这狗还真懂事，狗，过来！"

大包看了江盛一眼，不动。

江盛又说："汪，汪汪，快过来！"

大包依然纹丝不动，卓智哈哈大笑："人家有名字的，人家叫大包！"

江盛笑了："哈哈哈，好吧，大包快过来！"

大包把脸扭到一边，看都不看江盛一眼，江盛有点尴尬。

卓智拍拍大包的头，说："大包你不能这么没礼貌，快，应一下人……"

两人一狗正闹得欢腾，三婆边收拾东西边摇头唠叨："连狗都喝醉了，真不像话，看来真得给阿翘打个电话，让她好好管教一下他才行……"

"三婆，别收拾了，让我来，你进屋歇着！"卓智抢过三婆手中的碟子想帮忙，却不知怎么手一滑，碟子竟然掉在地上摔得粉碎，把大包都吓呆了，忙不迭地钻到角落里躲避。

江盛伸手指着卓智："哈，你醉了，行，你睡吧，我该走了。"

看着江盛摇摇晃晃地走出去的背影，三婆摇摇头，把卓智扶上楼，安顿他睡下。

丁翘回到报社的时候，已经是中午了。她没有去吃午饭，从抽屉里拿出一包饼干，就着开水啃了几口，便开始写稿、剪辑视频。

视频拍得很清晰：海豚僵硬的身子，卓智眼中的泪光，科长脸上惋惜的表情……再加上丁翘配的文字，后期编辑还配上了煽情的音乐……

下午5点，公众号准时发布新闻，头条便是丁翘采写的《中华白海豚惊现浪琴湾》，文字、图片和视频甫一发布，便受到网民的广泛关注，半小时不到，评论就过千了。

“海豚为什么会死，是被渔民毒杀的吗？”

“这个跟白海豚一起长大的小哥好帅啊，他有没有女朋友？”

“希望记者继续追踪，了解海豚之死背后的原因！”

“谁杀了白海豚？记者必须继续报道，揪出背后的真凶！”

“白海豚这么可爱，它一定还有别的小伙伴，要保护好它们啊！”

…………

丁翘默默地看完所有的评论，她对这个效果是满意的，总算没辜负卓智的期望，唤起了全社会对小猪的关注。她拿出手机想打电话给卓智，这个时候，他应该早就睡醒了吧？

电话响了，却迟迟无人接听，怎么回事？丁翘正想收线，却听见卓智在那边说：“阿翘。”

“你还在睡吗？”

“嗯。”

“心情好些没有？”

他老老实实地答：“我喝醉了。”

她惊讶地“啊”了一声，卓智在电话那边说：“如果你不喜欢，我以后不喝就是。”

丁翘忙说：“没关系，有时候心情不好，喝一点小酒倒可以舒缓压力，没关系的。”

“嗯。你吃饭了没有？”

“还没呢，我打电话给你，是想让你看看我们的公众号，关于小猪的报道出来了。”

“好的，我马上看。”他顿了一下，又说，“阿翘，谢谢你。”

丁翘笑了：“谢我做什么，这是我的工作。”

“嗯，你先去吃饭吧，可不许饿坏了……”他顿了一下，说出三个字，“我的人。”

她心里一甜，笑了：“好……你也不许饿坏我的人。”

打完电话，丁翘才发现赵莞站在办公桌前，双手撑着脸看她，便白了她一眼："看什么看？没见过人谈恋爱？"

赵莞可怜巴巴地说："见过，我就是眼红。"

丁翘恻隐之心顿起："可怜见的，走吧，请你吃煲仔饭去。"

以前，丁翘认为煲仔饭是这天下最好吃的东西，不过自从吃过卓智做的海鲜粥后，她觉得煲仔饭要让位给海鲜粥了，但是现在既然吃不上卓智做的海鲜粥，能吃煲仔饭也是好的。

丁翘点的是腊味煲仔饭，赵莞点的却是黄鳝煲仔饭，丁翘好奇地问："咦，为什么你每次来点的煲仔饭都不一样？我记得你上次来时，点的是腊味煲仔饭，你说很好吃啊。"

赵莞说："腊味煲仔饭固然好吃，但是我更想尝试一下其他的味道啊。"

丁翘没说话，笑了。

赵莞问她："你笑什么？"

丁翘说："我俩的想法真的很不一样啊，我喜欢腊味饭，所以我每次来都会点腊味饭，而你就算喜欢腊味饭，还是会想尝试其他的口味。"

赵莞淡淡地说："如果我像你一样，什么味道都试过，也许我也会只喜欢一种味道，但是我跟你不一样，许多东西我没有品尝过，所以总想每样都尝试一下。"

丁翘点点头表示理解。赵莞家里的情况，她是知道的，赵莞羡慕她从小锦衣玉食，她又何尝不羡慕赵莞家中弟妹众多，一家人热热闹闹呢。

这世上的人总是这样，越是得不到，越是不甘心，所以有句话说得好，快乐不是因为得到的多，而是因为计较的少。

两碗煲仔饭端上来，丁翘揭开瓦盖，饭面上铺了一层腊肠、腊鸭，她用筷子挑了几块夹进赵莞的煲仔饭里，笑着说："这样你就可以多尝试一种味道了。"

赵莞马上说：“那我也给你几块黄鳝。”

丁翘连忙婉拒：“不要不要，我不吃黄鳝。”她小时候见过外婆用黄鳝煲汤，那像蛇一样长长、滑滑的黄鳝，简直可称为她的童年阴影，外婆唠叨了她半天，她都坚决不肯喝一口汤。

赵莞夹起一块黄鳝肉放进嘴里，慢慢咀嚼起来：“其实挺好吃的，你真应该试试。”

丁翘笑了：“我喜欢吃的东西已足够多了，这个黄鳝，不吃也不会亏到哪儿去。”

两人边吃饭边聊关于海豚小猪的报道，赵莞突然问丁翘：“你今天去浪琴湾，见到江盛了吗？”

丁翘说：“见了啊，还是他的司机送我回来的，怎么了？”

赵莞摇摇头，没有说话，低头默默地吃饭。

丁翘看着她，小心翼翼地说：“你是不是还……”

“是的，我还是放不下他。”赵莞抬起头看着她，“不知道为什么，我明知道他看不上我，但还是放不下。”

丁翘同情地看着赵莞，自从被江盛不着痕迹地“婉拒”后，赵莞又跟几个相亲对象见过面，但总没遇上合适的，不是人家不满意她，就是她嫌弃人家。

原来她还是放不下他。

可是又能怎么样呢，以江盛的性格，如果喜欢她，早就放马过来追求了，拖了这么久都对她没有一个稍为积极些的态度，那自然是不喜欢了。

第十五章
失踪的花碗

海洋与渔业局的反馈信息，比想象中来得早。次日一早，科长便打电话给丁翘：“丁记者，海豚的解剖完成了。”

丁翘忙问：“它的死因是？”

“这个，还不知道。”

丁翘惊讶地问：“怎会不知道？不是已经做了解剖吗？”

科长说：“我们之前曾经怀疑海豚是患有某种疾病导致死亡，但从解剖尸体来看，它的内脏非常健康，不存在患病的情况。”

“那……有没有可能是因为它搁浅在沙滩上缺水而死？”

“没有可能。”科长不容置疑地说，“如果它是因为缺水而死，对肾脏会有一定的损伤，但从解剖结果来看，海豚的肾脏完好。而且，根据我们对浪琴湾潮汐情况的分析，海豚搁浅的地方，在昨夜12点之前尚未退潮，但从尸检结果来看，海豚死亡时间在此之前，基本可以排除海豚是因为搁浅而死的可能。”

丁翘困惑地说：“那……海豚的死因是不是就没办法查出来了？”

“也不是。”科长说，“只是需要的时间长一些，我们打算邀请海洋公园的兽医对海豚尸体再次进行剖检，他们在这方面经验更丰富。”

“这样也好，他们需要多久？”

“详细的分析报告预计要半年。”

“这个也太久了吧……”她心里一动，说，“科长，可不可以先等等，我想向你推荐一个人，这个人对海洋生物特别有研究。”

“是什么人？”

“江台大学的教授，他姓阮。”

科长好奇地问：“阮教授是专门研究海豚的？”

丁翘说：“不，他不是，但是他对海洋生物比较了解，他此前研究过海洋鱼类……”

科长笑了：“丁记者，海豚并不属于鱼类。”

丁翘忙说：“我知道，但是，我还是想请阮教授看一下，你就当帮我一个忙，好吗？”

科长沉吟了一下，说：“那好吧。”

跟科长通完电话后，丁翘马上打电话给阮教授，阮教授一听，马上便答应了下午跟丁翘一起去海洋与渔业局。丁翘还来不及道谢，手机便提示有新电话进来，于是她匆匆跟阮教授结束了通话，接听新来电。

电话是卓智打来的，不等他开口，丁翘便知道他想问什么，于是便把科长跟自己说的事复述了一遍，卓智一听便急了：“如果没有内伤，那小猪好端端的怎么会死在沙滩上？”

“所以，我约了阮教授下午过去再检验一下。”

“你怀疑……”

“是，我怀疑小猪的死与声呐有关。”

卓智没有说话。此前丁翘问过他，小猪的死有没有可能与声呐有关，他坚定地认为不可能，但现在既然检验出小猪身上没有内伤，表面看来也没有外伤，只能大胆假设、小心求证了，让阮教授看看也是好的。

卓智心念一动，说：“我要跟你们一起去，你等我，我现在马上去坐船！”

丁翘看了一下时间，现在9点多，如果卓智现在从浪琴湾出发，时间还是来得及的，于是干脆地说："行，我等你！"

下午，丁翘和卓智、阮教授一起去了海洋与渔业局。科长对这事非常重视，恭恭敬敬地把阮教授请进了实验室，让丁翘和卓智在外面等着。丁翘原以为怎么说也得等一两个小时，谁知道不到10分钟，阮教授和科长就从实验室里走了出来。

丁翘和卓智忙迎上去："阮教授……"

阮教授神色严峻地对丁翘说："你的猜测没错。"

丁翘和卓智闻言大惊，不约而同地问："真的是声呐？"

科长在一旁默默地点头，丁翘与卓智吃惊地对视了一眼，一时间倒说不出话来。

阮教授说："海豚表面没有外伤，检验也没有发现内伤，但是它的大脑，发生了一种很奇怪的变化。"

卓智急切地问："什么变化？"

阮教授说："跟那些死于声呐的鱼类的延髓一样。"

丁翘问道："延髓？"

阮教授点头："不错，鱼类的延髓相当于人类的脑袋，被声呐伤害过的鱼类，在显微镜下可以看见它的延髓呈粥状。这头海豚表面看来没有伤痕，大脑也完好无缺，大脑皮层的深沟和神经元细胞都没有异样，但在显微镜下，可见它已呈粥状变化。"

丁翘想起那些在甲板上痛苦地跳来跳去的鱼，不由得失声说："那小猪临死前一定很难受……"看着卓智的表情，她不忍心说下去了。

卓智沉默了半晌，突然像想起了什么："不对……"他皱着眉说，"我记得吕仁在用声呐捕鱼的时候，小猪也在海里，但据我观察，声呐对它的影响并不大，小猪怎么可能因为声呐的干扰而死？"

一直沉默着的科长说话了："不同的声呐，频率也不一样，对海洋生物的杀伤力也有所不同。据我们目前掌握的资料，世界各地都出现过声呐干扰导致海豚死亡的事件，所以我们有理由相信，令海豚死亡的声呐，杀伤力恐怕要比吕仁团伙的大得多。”

这个说法倒是有理有据，卓智和丁翘默默地点了点头。

送走阮教授后，丁翘和科长商议着要报警，希望通过警方的力量查出是何人利用声呐在海上非法捕捞，卓智却说：“先不要报警。”

“为什么？”丁翘惊讶地看着卓智。

“不能打草惊蛇。”卓智缓缓地说，“小猪因声呐而死，说明还有人在利用声呐技术捕捞，而我长期住在浪琴湾却毫无察觉，说明这个人的行动比吕仁一伙还要隐蔽和小心。”

丁翘和科长对视了一眼，信服地点头。

丁翘说：“这个利用声呐技术捕捞的人，极有可能就是岛上的渔民！”

科长赞赏地说：“不错，如果是外来人士，必定会引人注意，只有土生土长的渔民，才能神不知鬼不觉地进行。”

卓智摇头：“不一定，也许小猪是在别的地方受了伤，然后才拼死游回来找我的。不过，也有可能是我多想了，假如对方是本地渔民，报警传开去反而会打草惊蛇令其提高警惕，必须在暗中观察才有可能找到疑犯。”

丁翘马上明白了他的意图：“对，所以我们不但不能把小猪死于声呐的事传开去，对外还要宣称小猪是因为搁浅在沙滩上缺水而死的。”

卓智对丁翘说：“阿翘，这事就交给你了。”

丁翘说：“没问题。”顿了一下，她苦笑，“这可能是我这一辈子做的唯一一个假新闻了，但是也只能这样了。”

科长说：“阮教授那边……”

丁翘说：“我会叮嘱他不要把这事跟任何人提起。”

科长说：“行，那这事就这么定了！”他拍拍卓智的肩膀，“有什么新发现，你随时跟我联系！必要时，我们也可以派人协助你。”

晚上，大街上灯火璀璨。

时已入秋，夜风微凉，丁翘不由自主地把手伸进卓智的手中，他很自然地把她的手握进掌心，温暖，有力，让她感觉安心。

两个人走在大街上，跟身边行色匆匆的人们不一样，他们一直走得很慢，就那样慢慢地走，都没有说话，默默地享受着在一起的时光。

他们已经习惯了这样的相处方式，有时候可以一连说上一天的话，有时候什么都不说也不会感觉枯燥无聊，相反，他们很享受这种时光。

虽然大街上人来人往，车水马龙，但在此刻，他们的眼中只有彼此。

“阿翘。”他轻唤她的名字。

“嗯？”

“谢谢你为小猪做的一切。”他说，“在我心中，小猪不只是一头中华白海豚，它还是我的伙伴、我的亲人。”

丁翘停下来，凝视着他：“你的亲人也就是我的亲人，不许说谢。”

他更紧地握着她的手，叹气：“可是我们人类为什么总是为了自己的目的不惜伤害身边的一切？可能小猪至死也不明白，为什么我跟它这么亲密，可是我的同类却杀了它。”

“你怕吗？”丁翘说，“如果用声呐捕鱼的，真是浪琴湾的渔民。”

卓智摇头：“做亏心事的又不是我，我怎会怕？”

丁翘没有说话，只是默默地被他牵着往前走。卓智侧头看了一眼她的脸，站定在那里：“你怕？”

“是的，我怕。”丁翘抬起头看着卓智的眼睛，他正好站在街灯下，眼睛显得又大又明亮，她可以在他的瞳孔中看见自己的影子，两人靠得那么近，她却无来由地打了一个寒战，“断人衣食，犹如杀人父母，阿智，我担心那些人会报复你。”

他伸手拍拍她的脸：“那你呢，你当初暗访吕仁的时候，就不怕他报复你？”

丁翘说：“我当时不怕，是因为我那时候是孤身一人，你可不一样，你现在有了我，如果你有什么事，我怎么办？”

一丝笑意浮上卓智的脸："原来是这样啊，好吧，我答应你，我一定十分小心。"

她盯着他的脸看了好一会儿，郑重地说："那你答应我，不管什么时候，你都要保护好自己，你现在不是一个人了。"

他被她脸上的认真打动了，也郑重地说："好，我答应你。"

她嫣然一笑："那好，咱们快回去！"

他看着灯火辉煌的大街，人来车往，此时正是一天中最热闹的时刻，不由得说："这么早回去？逛街不好吗？"

她看着他，脸忽然红了，脑袋微垂："回去……我要送份礼物给你。"

他大为纳闷，她今天是怎么了？送份礼物竟然紧张成这个样子？想来是很贵重的礼物？他忙说："不用不用，我不要你的礼物。"

她的头垂得更低了，声音低得几不可闻："这份礼物……你会喜欢的。"

他忙说："我不要，我不想你破费……"看着她涨得越来越红的脸，他突然福至心灵，似乎察觉到什么，怔怔地看着她。

丁翘带着卓智回到家中时，才9点多，赵莞正在客厅搞卫生。自从赵莞搬来一起住后，丁翘的家可说是一尘不染，就算是重度洁癖患者来了估计也无可挑剔，有时候连丁翘都不好意思了，劝她不必这么认真，她却认真地说："你不让我交房租，那我最起码把屋子弄得干净一些。"

这就是赵莞，她总是那么懂事，什么时候都不会忘记自己的位置，也许正因为她的自律，丁翘更珍惜跟她的这份友谊。

跟赵莞打了招呼，丁翘与卓智便进了房间。丁翘的房间有独立的卫生间，就算卓智跟丁翘同居，大家也不会尴尬。看着丁翘的房门慢慢地关上，赵莞更用力地用手中的抹布擦着桌子。

她羡慕丁翘。在她眼中，丁翘一直很幸运，虽然她从来不主动追求什么，可是她什么都有，家境良好，母亲疼她，她喜欢的男孩刚好也爱她，还有……她竟拒绝了江盛。

江盛，那个在赵莞眼中像男神一样的存在，那样好的家世，那样好的长相，看人时那么温和的眼神，说话时那么温柔的语气，可是丁翘拒绝了。

最令人羡慕的，不是在于她能得到什么，而是在于她能拒绝什么。那才是一种来自内心深处的底气，代表了她对生活的完美要求。

在那个小小的山村里，赵莞从小就听到三姑六婆们在聊天时说："人比人，气死人。"小时候她不明白是什么意思，现在她终于明白了。

没有人知道赵莞的心事，当她向丁翘倾诉自己对江盛依然怀有想法时，可能连丁翘都以为她在开玩笑，她也只能以这种真真假假的方式掩饰内心的失落，唯有她自己才知道，那都是她的真心话。

一墙之隔的丁翘的房间，此刻已是一片旖旎风光。

虽然在此前，卓智和丁翘已有过无数次"亲密接触"，但两人都保持着理智和克制，总是浅尝辄止，但是今晚显然不一样，看样子丁翘是决意让卓智收下这份"礼物"了。

她从未试过如此主动，脸色酡红，微笑中带着羞涩，但她的眼神是温柔的，动作是坚定的。卓智被她撩拨得喘不过气来，脸涨得通红，一双手却毫不犹豫地抓紧了她的手，不让她"胡来"。

她轻笑："你还没有准备好？"

"不是。"

她笑得更迷人了："不爱我？"

"爱！"他快爆炸了，只能狠狠地吻她的头发，她的脸，她的耳朵，以此缓解他澎湃的激情。

她靠在他的耳边呢喃："我准备好了，来吧。"

轰的一声，他的大脑犹如被雷击中，来吧，她跟他说，来吧。

他的身体，犹如被解除了封印的野兽，瞬间失去了理智，那是久旱后的甘雨，他乡的故知，节日的狂欢，他听到自己身体里欢乐的吟唱，也听见她像是痛苦又像是快乐的声音……

不知道过了多久，他终于安静了下来，眼神清亮地看着她，带着一种收获的惊喜与自豪。

她双眼微闭，害羞地说："不许那样看我。"

他没有说话，依然凝视着她，她忍不住睁开了眼睛，认真地说："好吧，我答应你，以后我一定对你负责，如果有了孩子，我们就结婚。"

他终于忍不住笑了，用手指擦着她的鼻子："调皮！"

两个人抱着笑倒在床上。

这注定是活色生香的一夜，直到天色微明，两个人才沉沉入睡。

似乎刚合上眼，他们便被手机铃声惊醒了，是江盛打来的，江盛在电话中焦急地说："阿智，快回家吧，你家出事了！"

卓智和丁翘直接赶到镇上的医院，刚走进医院大楼，便看见江盛和两个邻居，显然是在等他们。一看见他们，江盛松了口气："你可回来了！"

"三婆呢，三婆怎么样？"卓智焦急地问。他跟三婆虽无血缘关系，但多年的相处，让他们早就亲如一家，三婆疼他如孙子，他亦敬三婆如长辈。

邻居说："还在抢救中。"

"幸亏江老板帮忙，医生说如果再迟半小时送过来，恐怕人就不行了。"另一位邻居补充说。

卓智向江盛点头致谢："谢谢你，江盛。"

江盛微微点头："不必客气，举手之劳而已。"他看向丁翘，"你也来了？昨晚卓智去市区了？"

虽知他只是礼貌地问候，但丁翘的脸有点泛红，如果昨晚卓智不是在城里陪她，也许就不会发生这样的事。她有点尴尬地解释："嗯，阿智他进城有点事。"海豚真正的死因不能跟任何人提起，哪怕是江盛也不能，所以她不能说。

卓智急切地说："三婆怎会这样？到底发生了什么事？"

江盛摇头："其实我也不知道，我也是在睡梦中被他们叫醒的。"

旁边的邻居说："说起来，还是你家的狗救了三婆，如果不是你家的狗一直在叫，我们也不知道三婆突然发病。"

原来，凌晨时分，邻居突然被狗叫声吵醒，初时并没有留意，后来听狗叫的声音越来越大，被吵得实在无法入睡，不得已才起床看个究竟。

"等我穿好衣服打开门，狗却不叫了，我想着反正都起来了，就走出去看看吧。"邻居说，"我刚走到你家门口，便看见三婆扑倒在门口，院子里还亮着灯，我想扶她起来，却怎么也扶不起，叫她也不醒，只好找人来帮忙。"

卓智流泪了，内疚不已："一定是三婆突然不舒服，所以想走出去向邻居求救，但没等她走到门口，便晕倒了……如果我在家里，她也许就不会这样了。"

另一位邻居忙安慰他："你在家也是一样的，其实我们也没耽误啥工夫，立即去找江老板了，如果你在家，还不是一样叫江老板帮忙？"

他说得倒是不错，浪琴湾是一座孤岛，半夜三更的，就算有船出去，上了岸没有车也是寸步难行，幸亏邻居知道卓智与江盛素有来往，又知道他有车停靠在码头，便向他求助了。

邻居说："江老板二话不说，马上用快艇送我们出来，到了码头又开车送我们来医院，如果不是他，我们连押金都交不起，现在的医院啊，都是先交了钱才救人。"

卓智更是感动得不知道说什么好了，手忙脚乱地掏出钱包要还钱，后来估计是想着钱包里的钱不够，又拿出银行卡手忙脚乱地要跑出去……幸亏丁翘还算清醒，她一把拉住卓智的手，柔声说："别急，钱可以稍后再还。"

江盛忙说："对，阿智，这只是小事。"他的笑容依然是那么亲切，表情淡定，“咱们等三婆手术出来看看情况再说。”

丁翘看卓智六神无主的样子，忙安慰他说：“是啊，别急，没事的，放心好了，既然三婆已经到了医院，医生一定有办法的。”

卓智“嗯”了一声，不说话了。

江盛说：“我今天约了客户来公司，不能陪着你们等候三婆醒过来了，我得先回浪琴湾。”他又伸手拍了拍卓智的肩膀，“放心好了，三婆一定可以醒过来的，她一醒过来，你就打电话告诉我。”

几个人目送着江盛走出医院后，一位邻居突然想起了什么：“奇怪……”

卓智问他：“怎么了？”

邻居说：“你家的狗……我突然想起来，我是被你家的狗吵醒的，但我到你家的时候，并没有见到狗。”

另一位邻居想了想，也附和：“对对，我也没见着。”

丁翘惊讶地说：“大包那么懂事，是不是它见没人来救三婆，自己跑去叫人了？”

邻居说：“就算它是去叫人了，后来我们来了，闹出那么大的动静，按道理说它也该出现了呀，但是直到我们把三婆背上船，都没见到它的影子。”

卓智皱眉，问邻居：“也就是说，之前你们是被狗吵醒的，但后来大家都没有看见我家大包？”

两个邻居几乎是异口同声地说：“没有！”

卓智不说话了，丁翘说：“也许，大包见到人多，跑去躲起来了？”

卓智沉默了半晌，摇摇头：“大包一向通人性，它不会自己跑去躲起来了，它可能是遇到了什么事……”

丁翘忙安慰他：“但大包毕竟是动物，没事的，你别自己吓自己。”

邻居也说：“对对，别担心，大包一向懂事，如果它回来了，会在门口等的。”

丁翘说：“咱们等三婆醒过来，再一起回去看看，也许大包已经回来了。”

一个小时后，他们等来了好消息——三婆醒了。

卓智和丁翘等人走进病房时，三婆正躺在床上，双眼愣愣地盯着屋顶。

卓智喜悦地走到三婆的床边：“三婆，你可醒过来了，饿不饿？想吃什么，我去给你买。”

三婆把目光从屋顶上收回来，怔怔地看着卓智，突然一骨碌坐起来，目光戒备地盯着面前的人。

卓智急忙问：“三婆，你怎么了？”

三婆依然一言不发，警惕地盯着他。

卓智向站在一旁的医生求助：“医生，这到底是怎么回事？”

丁翘也说：“她好像有点害怕，好像……不认识我们一样。”

医生解释说：“病人摔伤了脑袋，有一块瘀血压迫了血管，这在一定程度上会影响她的恢复。”

卓智大吃一惊：“那……能不能通过手术清除掉那块瘀血？”

“不能。”医生说，“瘀血与血管几乎是粘连在一起的，病人年事已高，我们不建议冒险，幸亏瘀血并不算大块，有可能会被自行吸收掉，对健康无碍，你们也不必太担心。”

卓智松了一口气，丁翘连声向医生道谢，医生的神色却突然变得严肃起来：“不过，你们家属要有心理准备，患者有可能失忆了。”

卓智不敢置信地看着医生：“你刚才不是说那块瘀血对她的健康无碍吗？”

医生说：“表面看来病人的脑部神经是没有受伤，但从病人刚才的反应来看，她似乎并不认得你们，在她这样的年龄，脑部的损伤几乎是不可逆的。”

卓智失声说：“您的意思是说，她以后都有可能不能恢复记忆了？”

医生点头：“理论上是这样，但是……”

丁翘忙说：“但是每个个体不一样，有可能会有例外是不是？”

医生点头：“对，凡事有例外，临床上也常有这样的病例。”

卓智的眼睛红了，他蹲下来伏在床边，凝视着三婆：“三婆，你还认得我吗？我是阿智呀！你快好好看看，你不会忘记我的，是不是？”

三婆受惊般往后退，喃喃地说：“阿智是谁？我又是谁？阿智是谁？”

丁翘忙把卓智拉起来：“阿智，你别这样，这样会吓坏三婆的。”

卓智伤感地说：“怎么办啊，阿翘，三婆忘记我了，三婆不记得我了，我该怎么办啊？”

“阿翘，阿翘……”三婆突然喃喃地说，她的眼神依然是涣散的，但语气变得温和了起来，“阿翘……”

丁翘心里一动，慢慢地坐在床边，注视着三婆：“三婆，你记得我吗？”

三婆依然是没有意识地喃喃自语：“阿翘，阿翘……”

“我就是阿翘呀，三婆，您还记得我吗？”丁翘伸手握紧三婆的手，“你看着我，我就是阿翘。”

三婆默默地看了丁翘许久，嘴边露出笑意：“嗯，我认得你，你是阿翘。”

卓智扑到床边：“三婆，我呢，你认得我吗？”

三婆狐疑地盯着卓智看了好一会儿，摇头：“不认识，你不是阿翘。”她把目光转向丁翘，咧开嘴笑了。

两个邻居都笑了，卓智哭笑不得地看着丁翘，丁翘忙安慰他：“别担心，三婆能认得我，很快就能记起你了，医生刚才不是说了吗，凡事有例外。”

“阿翘，我想回家。”三婆突然说。

傍晚时分，卓智和丁翘把三婆带回了浪琴湾。医生说病人身体无碍，回到熟悉的地方有利于她的康复，叮嘱了一些注意事项后，就让他们办理了出院手续。

只是，大包并没有如卓智期盼的那样，守在门口等候他们归来。把三婆安顿在房间里躺下后，卓智让丁翘守在三婆身边，他出去找大包。

丁翘刚把三婆哄入睡了，便听见外面有拍门声，走出去一看，原来是江盛听说他们回来了，过来问候三婆。浪琴湾就这么小，再加上渔村的人生活简单枯燥，一点小事都能当成大新闻传来传去，三姑六婆口口相传的速度丝毫不逊于网络传播，他们还未回来，江盛就知道三婆失忆了。

丁翘把江盛请进院子里，又煲了开水泡了茶，和他一起坐下。

“伤得也不算重呀，三婆怎么就失忆了？”江盛困惑地说，“是不是镇上的医生不行？”

丁翘把医生的话复述了一次，又说：“幸亏情况也不至于太坏，三婆还认得我。”

江盛惊讶地看着她：“三婆不认得卓智，却认得你？”

丁翘点头：“是啊，她完全不认得卓智了，但一见我就笑，很开心的样子，为了照顾她，我已向报社请求休假。”

“这样也好，不然阿智可能真照顾不了三婆。”他环视院子，“阿智呢，在里面休息？”

“没有，他去找大包了，就是那只狗。”丁翘担忧地说，“卓智把大包看得很重，跟亲人差不多。”

江盛关切地说：“狗还没有回来？不会是被人抓走了吧？”

丁翘垂下眼帘：“谁知道呢，三婆这样，大包也不见了，前几日小猪又死了，不好的事情一件接着一件，阿智心里不知道有多难过。”

“对了，海豚的死因查出来没有？”

“查出来了。”丁翘犹豫了一下，决定对江盛也要保密，“专家说，海豚是因为误上浅滩，缺水而死。我们的新闻昨天就报道了。”

“哦，我还没来得及看新闻。”

丁翘叹气："大包是一只懂事的狗，按理说它不会自己走开呀，到底去哪儿了？真是烦人！"

江盛想了一下，说："你别担心，这样吧，我叫人帮忙找找看，总会找到的。"卓智家的狗常在村子里活动，公司的人自然也是见过的，多些人帮忙找，倒也多一分希望。

"谢谢了，不用了。"卓智站在门口，他刚从外面回来，刚好听见江盛的话。

"为什么？"丁翘和江盛几乎是异口同声地问。卓智没有说话，他站在那里，扶着门边，像是疲累极了的样子。

丁翘走过去拉他的手："阿智，你怎么了？你是不是……找到大包了？"她心里浮起了不好的预感，在心里一遍遍地说祈祷：大包你可千万别有什么事啊！

卓智脸色灰白，喃喃地说："嗯，我找到大包了。"

丁翘朝屋外看："那它呢？你怎么不带它回来？"

卓智摇摇头："回不来了，大包它……死了。"

丁翘震惊地看着卓智："怎会这样？"

江盛问道："是不是有人把大包杀了吃了？"

渔村人爱吃狗肉是出了名的，但对于看家护院的狗，主人一般是不舍得宰来吃的，但难保别人不会偷来吃啊。

卓智摇摇头，凄然说："大包是被人打死的，扔在村后的竹林里了。"

丁翘失声问道："是谁把大包打死的？他们想干吗？"

卓智摇头："我不知道，我到竹林的时候，看见大包就倒在竹头边，头部……伤得很重，眼睛和鼻子都流血了……"他哽咽得说不下去了，极度的难过令他双眼通红，好不容易才控制住泪水，不让它夺眶而出。

江盛默默地看着卓智，过了一会儿才说："阿智，你最近是不是得罪了什么人？"

丁翘沉思了一下，说："前天夜里有村民想割海豚肉回家煮来吃，是阿智带着大包去拦截了众人。”

江盛皱眉：“那估计是了。”

卓智一拳狠狠地打在门框上，只听砰的一声巨响，他却似乎并无痛感，嘶哑着声音道：“有什么事冲着我来呀，害我的狗算什么本事！”

丁翘忙拉着卓智的手看，手指骨节的地方已被擦伤，正慢慢地渗出血来。丁翘既心疼又难过，忙不迭地走进去想拿东西给他包扎，一回头却看见三婆正愣愣地站在院子里看着他们。

“三婆，你怎么出来了。”丁翘走过去扶她，“快，我扶你进去。”

江盛也过来帮忙：“三婆，您还记得我吗？”

三婆看也不看他一眼，却冲着丁翘笑了：“阿翘，他们是谁？”

夜深人静，卓智一个人坐在院子里。

院子里没有开灯，幸亏月色甚好，月光透过百香果密密匝匝的叶子，把他的半截身影拉得又瘦又长，他许久都不动一下，像是被满怀的心事压得喘不过气来。

丁翘站在门口默默地看了一会儿，才走出来。

卓智听到声响，抬头叫她：“阿翘……”

“嘘，小点声！”丁翘压低了声音，“三婆刚睡着，可不要吵醒了她！”

卓智也跟着压低了声音：“好，你过来。”他拍拍身边的凳子，“坐这里。”

丁翘默默地在他身边的小凳子上坐下，他很自然地伸手抓起她的手，握在掌心中，许久不说话。

风从百香果的叶间穿过，叶子摩擦着叶子弄得沙沙作响，像是暗中酝酿着千军万马。

“今晚的月光可真好。”丁翘抬头看天上的月亮，“小时候，我外婆经常说，十五六，月亮照屋笃，那时候不明白是什么意思，后来上了学才知道，原来每逢农历十五十六的时候，月亮就会圆，也会格外亮，能一直照进屋里。”

卓智没有声音。

丁翘轻轻地拍他的手：“阿智？”

卓智如梦初醒：“嗯？你刚才说什么？”

丁翘叹了一口气：“阿智，三婆病了，大包又那样，我知道你很难过，可是事情既然已经发生了，难过也没有用，你也别埋怨自己了，真的，这不是你的错。那些人恨你阻止他们割海豚的肉，就算你昨天没去市区，他们也会寻找别的机会报复的。”

卓智沉默了一会儿才说：“我在想，到底是谁这么狠毒，三婆都晕倒在地上了，他不救人，反而想方设法把狗引到竹林去打死？如果只是恨我让他们吃不成海豚肉，不至于这么狠毒啊！”

丁翘说：“也许，对方一开始的时候只是想把狗引出去杀了泄愤，后来被三婆发现，发生争执，三婆晕倒在地，那人担心惹祸上身，才逃走了？”

卓智点头：“你说得有道理，但你说错了一点，那个人从一开始就想把大包毒死，并没有打算把它引出去再杀，只是后来吵醒了三婆，才不得不改变了策略。”

丁翘一愣：“你怎么知道？”

卓智没有说话，他站起来走去按亮了电灯。

“我在院子的角落里，发现了这块东西。”卓智指着石桌上的东西让丁翘看。这时候丁翘才发现，石桌上放着一块指甲盖大小的东西，像是香肠的样子。

丁翘伸手便要去拿那块小东西：“这是什么？”

卓智喝止她：“你不要动！这上面可能有毒！”

丁翘愣了：“你怎么知道？”

卓智说：“我们家从来不吃香肠，院子里怎会有半块香肠？如果我没猜错，这半块香肠，有可能是对方拌了药想用来毒倒大包的，但大包有个很好的习惯，就是从来不吃陌生人给的东西，那人恼羞成怒，干脆就把大包引去竹林杀了。”

丁翘心里一动：“阿智，有没有可能是我们想错了——如果那个人只是想害死大包，按常理来说把毒腊肠扔进院子里就行了，不会一直等在这里看大包有没有中毒啊！”

卓智点了点头：“你说得有道理……难道对方的目的并不是毒死大包？”

丁翘说：“对，也有可能对方本来是想进屋偷东西，但因为知道你家里有狗，所以准备了毒腊肠，但他没想到的是，狗不吃他的腊肠，无可奈何之下，他只能把狗打死……我突然想起来了，两个邻居都说他们走出来的时候，没见到狗！”

卓智惊讶地看着她：“你想说什么？”

丁翘说：“有没有这样一种可能，其实他们从家里走出来的时候，狗还在，也许他们还看到了有人在打狗，但是不愿意把对方说出来……”

卓智鼓励地看着她：“继续说下去！”

“嗯，你的邻居也有可能恨你阻止了他们割海豚肉，所以他们巴不得有人出面杀你的狗报仇，后来见三婆晕倒了，事情闹大了，担心出人命才不得已向江盛求助……还有一种可能，就是他们出来的时候，真的没看见狗，因为狗已经被人带走了，而他们根本没有看见那个人，因为那个人是贼！”

卓智信服地点头：“你分析得都很有道理！”

丁翘说：“你快进屋里看看，有没有丢失了什么东西？”

卓智“嗯”了一声，却不急着进屋，而是拿过一把笤帚，从上面折下两根篙秆把那块腊肠夹起，走到院子门外的角落里轻轻放下。

丁翘纳闷地问：“你这是干什么？”

卓智说：“这块香肠应该能引来蟑螂、老鼠之类的，我想看看这块香肠到底有没有毒。”

丁翘恍然大悟："嗯。"

二楼的房间里，卓智拉开了桌子的抽屉，里面放着数额不多的百元大币，他拿出来数了数，又顺手拿起一个小小的铁盒子打开，里面是一条小巧的金项链，还有一些零零碎碎的银首饰，他默默地清点了一下，说："都还在。"

丁翘惊讶地看着他："你家的东西，就这么随随便便地放着？也不上个锁？"

卓智苦笑："如果遇上真正的小偷，上锁也不顶用，所以我平时就这样放着。"

丁翘点头。

卓智拨弄着盒子里的首饰，说："这金项链，是我妈以前留给我的，这些银戒指、银手镯之类的，是三婆说留给我娶媳妇用的，我向来不懂这些，要不我都给你吧，省得被弄丢了。"

丁翘接过首饰盒看了，见那一样样东西虽然不算是多么昂贵，但打造的花样都是别致的，于是便小心翼翼地放下，盖上盒子，说："我现在可不能拿，长辈留给你的，也算是贵重的东西，等将来咱们结婚了，你再交给我保管好了。"

卓智点了点头："嗯。"

丁翘说："钱没拿，首饰也没要，看来第一种可能性比较大，对方压根就不是来偷东西的，他的目的，就是杀了大包泄愤！"

卓智苦笑："如果对方是贼，我倒还不至于这么内疚，看来真是连累了大包和三婆……"他的目光落在书柜上，突然脸色大变，"奇怪！"

丁翘问道："什么奇怪？"

卓智不说话，双手忙乱地在书柜上好一阵翻找，后来干脆把所有的书都从书柜里拿出来，几乎把整个书柜都翻了个遍，又伏在地上，朝床底下看。

丁翘急了，连声说：“阿智，阿智，你怎么了？”

卓智站起来，失声说：“碗不见了！”

丁翘一时反应不过来：“什么碗……”她突然想起来，房间里曾经有一只古董碗，她记得那只碗上的花纹是深蓝色的，还画着线条简单的鱼。现在，碗不见了。

卓智脸色铁青，在屋里的角角落落寻找着，好像碗被人藏了起来一样。丁翘被他的样子吓坏了，她一把抱住卓智，哀求他：“阿智，别找了，那碗……也许是被三婆拿开了，也许是被风吹倒打碎了，明天等我问三婆好吗？”

“不可能！”卓智说，“我记得前天出去的时候，还看见碗好好地放在书柜上，三婆知道我喜欢那个碗，她不会乱动我的东西。”他喃喃地说，“一定是有人来拿走了碗，一定是的，一定是这样！”

丁翘说：“那个碗是你黏起来的，也不值什么钱，别人拿走有什么用啊？”她温柔地说，“如果你喜欢那个碗，我们再去找些瓷片，再黏一个同样的便是。”

卓智摇头：“阿翘，你不知道这只碗对我的意义……其实有些事情我没告诉你。那只碗上的瓷片，不全是我捡回来的，我是在家里的抽屉里发现了半只破碗，后来才去花碗坪拾了瓷片回来修补好的，那半只破碗，听我妈说，是我爸在海底摸海胆的时候捞上来的。”

丁翘瞬间理解了他刚才的惊慌与失措，他小小年纪父亲就去世了，他千方百计学会了修补瓷器，为的是给自己留下一份对于父亲的念想啊。

“那只碗对你来说有特别的意义，但对别人并没有啊。”丁翘安慰他说，“你先不要那么紧张，明天咱们再问问三婆好吗？”

卓智摇摇头，缓缓地说：“其实，那只破碗上的瓷片，并不是普通的陶瓷，它有可能产自宋朝，如果是真的，恐怕有七八百年的历史了。”

丁翘大吃一惊：“你怎么知道？”

卓智说："我也不敢肯定，但我在网上看过图片，有一款宋朝的碗，跟那只碗很像，同样是深蓝色的勾边花，还有线条简单的鱼，跟甲骨文中的鱼差不多。"

丁翘说："但后世的仿品也大多是按以前的花样描绘的，而且……"她握着他的手，"那只碗，你是用花碗坪上的碎瓷修补好的，在那座孤零零的小岛上，怎么可能散落着七八百年前的瓷片？中国古代的粤西，基本上是蛮荒之地啊，怎么可能有花色这么精致的古瓷？"

卓智叹气："我也这样想过，但是我又想，如果只是一般的破碗，我爸怎会珍视地把它放在抽屉里，还用布块层层包好？"

丁翘说："这事你没问过你妈？"

卓智答："问过，可是她跟我一样，什么也不知道，只说是我爸在海里捞回来的。"

丁翘说："这可真奇怪。"

卓智突然像想起了什么，朝门外走去。

丁翘忙跟上去："你去哪儿？"

"我看看那块腊肠。"卓智头也不回地下楼了，丁翘跟着他也下楼了，其实她也挺好奇，那块腊肠到底有没有毒。

卓智走在前面，按亮了院子门口的灯，打开门走了出去，丁翘跟着走出去："怎么样——啊！"

丁翘倒吸了一口冷气，那块指甲般大小的香肠，依然放在那里，可是它的旁边，躺着三四只蟑螂，还有一只小老鼠。

卓智拾起小棍子朝小老鼠肚子上戳了戳，小老鼠一动也不动，显然已经死了。

夜已深，卓智与丁翘依然坐在院子里，两个人都没有说话。

没有开灯，天上的月亮不知道什么时候已被乌云遮蔽了，四周漆黑一团，如同他们此刻的心情。

丁翘率先打破了沉默："阿智，先睡吧，其他的事情明天再说。"

“我不困，你先上楼睡好吗？”卓智起身按亮了灯，“你不用等我，我不困。”

丁翘叹息了一声，正想再说几句安慰的话，但料想也没有什么用，便也不说了，默默地起身抱了一下卓智，准备上楼。

“阿翘。”卓智在背后叫她，她转身，卓智站在灯光下，满眼是愧疚和不舍，“对不起。”

“为什么说对不起？”丁翘心里一软，低声说，“我知道你心情不好……让我多陪你一会儿吧？”

卓智默默地点点头，丁翘走过来，靠在卓智的身边坐下。

“阿智，也许是我们想多了，也许事情并没有我们想象中那么坏。”丁翘说，“只不过刚好所有的事情都凑在一起了。”

卓智涩声说：“如果所有的事情没有关联，碗是三婆收拾东西的时候不小心打碎拿去扔了，狗是被村里的人下毒不成，后来被带出去打死了，可是，怎么解释三婆脑袋受伤晕倒在门口？”

丁翘想了想，说：“我们可以这样假设，有人想毒杀大包报复你，当他把有毒的腊肠扔进院子的时候，大包没有上当，反而大声地叫，狗叫声吵醒了三婆，三婆跑出来看个究竟，那人担心被三婆看见，把大包引去竹林里杀了……”

“不可能！”卓智打断了丁翘的话，“院子里的门闩比较复杂，大包开不了门，如果能让大包出去，除非有人从屋里开门。”

丁翘心里一跳：“你是说，这门是三婆开的，她……她有可能看见了对方？”

卓智点头：“这是一种可能，三婆看见了对方，双方发生了争执，那人就一不做二不休，把三婆推倒在地上导致她脑袋受伤晕倒。”

丁翘点头：“嗯，有道理。”

卓智说：“还有另一种可能，院里的门不是三婆打开的，是对方打开的。那个人想进屋里偷东西，他知道我家里有狗，所以准备了毒腊肠，但没有想到大包不但不上当，而且还追着他咬，吵醒了三婆，那人恼羞成怒，干脆把三婆推倒在地，把大包引去竹林里杀了……不过，这样好像也说不通……”

丁翘皱眉：“是说不通，如果那个人进不了屋，那他怎么能拿走了碗？”

卓智沉吟着点头：“确实是这样，难道，那个碗跟这件事没关系？真是我想多了？”

丁翘说：“只要三婆恢复了记忆，一切就都水落石出了。”

卓智苦笑：“医生都说了，她恢复记忆的机会微乎其微，她老人家现在连我都不认得了。”

丁翘拍拍他的手背，安慰他：“医生不是说了吗，凡事有例外，你看她还记得我呢。”

卓智笑了，但丁翘看得出来，他笑，只不过是为了让她没那么担心而已。

次日丁翘招呼三婆梳洗的时候，卓智已经煮好了海鲜粥，盛好了晾在院子里的石凳上。三婆像是完全忘记了过去的事，甚至连洗漱的步骤都忘记了，丁翘只好像照顾小孩一样慢慢地教她，等她们从里间出来，海鲜粥的表面都凝结了一层油脂，端起来碗底却还是温热的。

幸好天气也不算凉，这样吃着刚刚好，丁翘又像教小孩一样教三婆吃粥，生怕她不小心吞下蟹脚刺伤了咽喉。

卓智看着丁翘和三婆都端起了碗，他自己却迟迟未动，只是默默地看着三婆。三婆跟丁翘学得倒是认真，她完全仿照了丁翘吃粥的动作，连丁翘把垂在两颊的长发捋到耳边的动作都学得惟妙惟肖——而她本人是短发，看上去便很滑稽，倒把卓智看得心里发酸。

“三婆，你等等。”卓智伸手把三婆手中的碗拿过来，放在石桌上，和颜悦色地说，“三婆，书柜上的旧碗，你知道在哪里吗？”

三婆神色惊慌地摇头，低垂着眼睛，不敢看卓智。

卓智急了，拉着三婆的手说：“三婆，你看着我，看着我的眼睛。”三婆缓缓地抬起头，看了卓智一眼，却又胆怯地低下了头。

卓智提高了声调：“书柜上的那只旧碗，是你拿走的吗？”他的双眼布满了血丝，因为迫切，他的语气有点急躁。

三婆慌乱地连连摇头，喃喃地说：“我不知道，我不知道……”

卓智更急了，站起来摇晃着三婆的手大声说：“三婆，你快告诉我，到底是谁拿走了那只碗，你知道的，是不是？你都看见了，是不是？”

“阿智，你别这样！”丁翘一把拉开卓智的手，温声说，“你这样会吓坏三婆的。”她把碗放在三婆手里，温柔地说，“别怕，咱们继续吃，不用急，慢慢来。”

三婆接过碗，乖乖地一勺一勺地吃着粥，偶尔抬头看看卓智，又看看丁翘。

卓智讪讪地不说话了，他昨夜几乎没睡，整个眼圈都是灰暗色的，唯独一双眼睛，依然清亮。

丁翘劝卓智说：“你现在急也没用，三婆病了，她什么也不记得了，欲速则不达，咱们等她康复了再问，好吗？”

卓智像是满怀心事，却什么也没说，只是沉重地叹了一口气。

丁翘又说：“那个旧碗，我知道你很喜欢它，如果实在找不回来，等有空了我们就去花碗坪再找些瓷片回来黏一个。我答应你，不管多难，我们都要找齐瓷片黏成一个碗，一年不行，就两年、三年，直到黏成一个碗为止好吗？”

卓智又叹了一口气，说：“阿翘，那只碗……真的不是普通的碗。”

丁翘温柔地说：“我知道，那只碗是伯父留给你的东西，是你找来瓷片一点一点地黏好的，对你有着特别的意义。”

卓智默默地掏出手机，打开手机上的页面，画面上是一个古旧的碗——深蓝色的花纹，如甲骨文一样的鱼身，跟他家书柜上的古董碗一模一样。

“这……哪儿来的？是你以前拍的照片？”问完她又觉得似乎不可能，那碗被放在一块乳白色的绸缎上，显得格外贵重，上面写着几个字：明代青花瓷碗。

卓智却不回答她的问题，只是说：“你退出图片，看看下面的字。”

丁翘依言做了，退出图片后，页面上出现了几行字：

产品：宋朝大碗

起拍价：2000000.00元

竞拍时间：3月18日下午3点

丁翘不敢相信地把手机上的图片重新划回来，又仔仔细细地审视了一番，真的是那只碗，一模一样：“怎会这样？你怀疑……这只碗就是你修补好的那只？”

卓智摇了摇头，顿了一下，解释说：“我昨晚想了许久都想不明白，后来就把手机里储存的旧碗照片发上网，有网友告诉我，这只碗正在筹备拍卖。我的碗虽然修补得还算可以，但行家一眼就能看出破绽了，拍卖的碗一定不是那只碗，不过我相信，它们之间一定有某些联系。”

丁翘沉思着：“嗯。”

卓智说：“更让我感觉不可思议的是，拍卖的地点，竟然就在我市。”

丁翘惊讶地把网页拉到尽头，果然看到某某古董交易中心的字样，上面标示的地址，正是江台市市区，她叹了一口气：“看来，你的猜想是对的，这一切不可能只是凑巧了。”

“可是我实在不明白。”卓智说，“有人想毒杀大包，三婆失忆，还有旧碗的失踪，这三者之间到底有什么联系？”

丁翘说：“有联系啊，现在我们知道了你放在书架上的碗不是普通的碗，这一切便都很容易解释了，对方想来偷碗，担心被狗攻击，所以准备了毒腊肠，当来人偷了碗准备走的时候，被三婆发现了，他们就把她推倒在地，仓皇而逃。”

卓智迟疑了一下才说：“这样似乎也能说得通，但不知为何，我总觉得这些事，或许与小猪的死也有关联。”

丁翘想了想，摇头说：“这似乎可能性不大吧，海豚的死，是发生在海里的啊，跟这些事能有什么关系？”

卓智说：“让我想想，让我先捋一下，要找出它们之间的联系，先想想它们是否有相同之处……海豚、碗、狗、三婆……”

丁翘说：“也许我们不用想得那么复杂，如果我们把狗和三婆的事都归结于跟碗有关，那么现在我们只需理清两件事，一是海豚，二是碗，它们共同的地方——”丁翘突然兴奋地说，“它们的共同之处，就是——都来自海里！”

卓智兴奋地看着丁翘：“对！对！”但他又迅速冷静下来，“但是，它们之间有什么联系呢？”

丁翘苦笑：“也许它们之间本没有联系……哎呀，三婆！”

卓智看了旁边的三婆一眼，顿时哭笑不得——刚才，趁他们在聊天，三婆不但吃光了自己碗里的粥，还把他们碗里的粥也吃光了，就连石桌上放着的瓦煲里面的粥也被她吃得一干二净。

卓智急了，连声说：“怎么办，怎么办？吃下这么多的粥，会不会撑坏？”他问丁翘，“要不要给她吃点消食片？”

丁翘忙安慰他：“你先别急，让我问问她。”她蹲下来，仰头看着三婆温和地问，“三婆，你现在觉得怎么样？”

三婆乐呵呵地说：“饱。”

丁翘又问：“这粥好吃吗？”

三婆连连点头：“嗯！”

丁翘更加温柔了：“真乖，如果肚子不舒服，一定要告诉阿翘，好吗？”

三婆又点头："嗯！"

丁翘问道："你知道这粥是谁煮的吗？"

三婆一手掩脸，害羞地笑了，另一手却指着卓智："他！"

卓智大喜："三婆记得我了！"他也蹲下来，凝视着三婆说，"三婆，你看见有人拿走了咱家书柜上的碗吗？"

三婆点点头："嗯。"

卓智平缓了一下呼吸，极力控制着激动的情绪："那你能告诉我们，是谁拿走了咱家的碗吗？"

三婆看了丁翘一眼，又看了卓智一眼，表情突然变得神秘起来。丁翘和卓智心领神会，马上凑近她，她伏在他们耳边，低声说："是阿翘。"

丁翘和卓智面面相觑，哭笑不得，看来她真的只记得阿翘这个名字了。

卓智苦笑："短时间内，三婆是不可能清醒过来了，很难再从她嘴里问出什么。"

丁翘默默地点头，两人陷入沉思之中。三婆看看丁翘，又看看卓智，像是遇到了有趣的事，又笑了，弄得丁翘和卓智哭笑不得。

过了一会儿，卓智说："我想去竞拍现场看看那个碗。也许去了现场，我能发现些什么。"他拿出手机看了看时间，"3月18日，还有两天。"

丁翘信服地点点头："我也这么想，那个碗在这个时候被拍卖，而你的碗也恰好在这个时候被人偷走，它们之间一定是有某些关联，只不过我们不知道而已。"她突然想起一件事，"阿智，偷碗的人知道你家里有这样一个碗，恐怕跟你们很熟吧？你……完全没有怀疑的对象？"

卓智摇了摇头，解释说："我时常收购村民在海边捡到的贝壳，有时候我在楼上，三婆就直接让他们上楼找我了，那个旧碗，村里不少人见过。"

"那村里有没有人对古董特别有兴趣？"丁翘说，"比如有没有人问过你关于这个碗的来历之类的？”

卓智思考了一会儿，说：“没有，渔民在海里网鱼时，网上有一个半个破碗是常事，没有谁会对一只破碗感兴趣的。”

两人正说着话，听见外面有人在拍打院子里的门：“屋里有人吗？”

卓智连忙走去开门，门外站着的是江盛的司机，手中提着一个大水果篮。

司机恭恭敬敬地说：“阿智，我们江总让我过来问问，三婆好些没有？”

卓智忙接过水果篮，说：“还是什么都记不起来，你们江总有心了，进来坐坐吧。”

司机说：“不了不了，我得马上回去，江总说，老人家的康复可能比较慢，让你们别担心。”

“好，代我谢谢江总。”

第十六章
宋朝鱼碗

卓智和丁翘根据网上公布的地址，来到了拍卖中心。拍卖中心就在江台市最大的休闲广场的10楼，卓智与丁翘按图索骥，总算在拍卖会开始之前抵达了现场——也只是刚好没迟到而已，他们几乎是掐着点儿进来的，一进门，两边守着大门的保安人员便把门关上了。

拍卖会正式开始。

由于今天拍卖的都是价值连城的古董，来的人还挺多，除了那些欲一掷千金换来心头好的阔佬之外，也不乏前来探究市场的专业人士，更多的人则是抱着买不起看看也好的心态来看热闹。

拍卖师是一名英俊的年轻男士，干练而专业，三言两语便进入了拍卖环节。清朝的烟嘴壶、暖炉、花瓶，明朝的笔洗、香炉，竞拍者都非常踊跃，一番竞叫下来，价格节节攀升，满堂喝彩，竟无一样流拍。

当了三年的记者，丁翘也算是见多识广了，但见这些人叫起价来竟然眉都不皱一下，她却暗地里在心中盘算数字后面到底有多少个零，不由得低声对卓智感叹：“哪里来的这么多有钱人！”

卓智笑了，对她说：“钱存在银行会贬值，买了房子又怕砸在手里，买古董放着保值是不错的选择。”

礼仪小姐双手捧着一个锦盒走上台，拍卖师语气激动地说：“下面，我们来拍卖最后一件宝物，它是——宋朝鱼碗！”

礼仪小姐把锦盒放在桌上，用戴着白手套的手小心翼翼地拿出碗放在桌上。

“流畅而唯美的花纹，典雅的深蓝色，简约的鱼身图案，这是目前为止发现的第一个宋朝鱼碗，拥有它，您就拥有了唯一！起拍价是200万！”拍卖师大声说。

场下众人都轰动了，低声议论者有之，引颈细睇者有之，丁翘目不转睛地盯着桌上放着的宋朝鱼碗，越看越觉得——这根本就是在卓智家见过的那个旧碗啊，从花纹到鱼的图案都是一模一样的！

“阿智，这碗跟你家那个旧碗，几乎没有分别。”丁翘说完又补充了一句，“真像。”

卓智点头：“我也觉得很像。”

丁翘说：“可惜不能走近了看，如果真是那个碗，你拿起来就知道真假了。”

两人在下面窃窃私语，现场的拍卖却已进入疯狂的竞价阶段。

“660万……28号的朋友举牌了，680万！680万一次！68号朋友举牌，700万……”

竞拍者每举牌一次，便递增20万元，而竞拍者丝毫没有停止的趋势，场上的气氛被迅速点燃，人们忍不住频频站起来看那些豪气叫价的人。

“1980万！1980万一次……好，38号朋友举牌，2000万！2000万一次，2000万两次……”拍卖师重重地敲下一槌，“2000万成交！”

整个场子都沸腾了，38号竞拍者兴奋地站起来朝大家挥手致意。这是一个年轻人，从穿着到长相都非常平凡，他双手挥舞，似乎挺享受此刻的万众瞩目。

突然，台上一阵骚动，丁翘引颈一看，才发现卓智不知道什么时候冲到了台上，伸手拿起了碗，或许是事出突然，两旁的保安来不及反应，都愣愣地看着他。

拍卖师毕竟见多识广，他马上调整了状态，露出一副笑容："这位朋友，请小心你的手，千万要小心轻放……"

两旁的保安知道此碗贵重，对视一眼后，更加不敢上前制止了，如果激怒了这个突然出现的年轻人，他一气之下把碗摔了可不是闹着玩的，他们工作几辈子也赔不起这么贵重的碗。

丁翘的心提到了嗓子眼，阿智想干什么？他平时可不像是这么冲动的人啊。正在她担心又纳闷的时候，却见台上的卓智仔细地把碗端详了一番，然后——他脸上略显困惑，把碗放回桌上，拍卖师朝两边的保安使眼色，几乎是在同时，四个保安冲上前把卓智按倒在地。

一名安保人员如临大敌地把碗放进锦盒里，迅速送离现场。

众人哗然，纷纷拿出手机拍摄。

卓智没有挣扎，任由保安控制着，看热闹的人们凑上前去用手机拍卓智，场面几乎失控。现场一位西装模样打扮的男人附耳对身边的人说了一句什么，从外面涌进更多的保安维持秩序。

丁翘担心矛盾会进一步激化，更怕卓智会因此受到伤害，她艰难地拨开众人往前台挤，好不容易挤到前面，恭敬地递上名片给穿西装的男人，简单地介绍了自己的身份，又说明卓智是她的朋友，做出轻率之举完全是出于对古文物的热爱，没有丝毫的恶意。

那男人略做沉思，觉得卓智的举动虽然不妥，但总归是有惊无险，也没有造成不良后果，而他也不想因此得罪媒体记者，于是便给了丁翘一个面子，挥挥手让那些保安把卓智放了。

丁翘这才松了一口气，忙冲上前扶起卓智，把他拉到一边，关切地问他："你有没有伤着哪里了？"

卓智没有说话，只是苦笑着摇了摇头。

丁翘低声说："看清楚了没有？碗是不是……那个？"

卓智摇了摇头："不是，碗是完好的，没有缝。"

丁翘有点失望，说：“可是我看见你在台上的表情，好像挺意外的，还以为……”

卓智说：“那个碗，除了没有裂缝外，跟我家丢了的那个旧碗一模一样，连鱼身上的鳞片都是一样的。”

丁翘困惑地说：“这可奇怪了，难道……你家丢失的那个旧碗，竟产自宋朝？”她心念一动，“难道，花碗坪的那些陶瓷碎片，也是产自宋朝？”

卓智脸上也满是困惑的表情，两人自顾自地说着话，身边的人们如潮水般朝门口涌去，偶尔有人认得卓智就是刚才“闹事”的年轻人，悄悄拿起手机拍他，丁翘看在眼里，干脆把他拉到角落里。

正在丁翘抬手为卓智整理被扯乱的衣领时，一张熟悉的面孔从人群中一闪而过，等她抬起头欲仔细看时，那人已淹没在人流中，她不由得轻轻地“咦”了一声。

“怎么了？”卓智问她，“你看见谁了？”

丁翘摇摇头：“没有，认错人了。”

其实她确信自己没有看错，她认路的本事虽然不怎么样，但认人还是可以的，但在这个时候，她不想跟卓智说，唯恐他更尴尬。

那个人，是江盛。

从拍卖会出来，卓智因为惦记着三婆，就先回浪琴湾了。三婆现在的身体虽无大碍，但智商犹如3岁孩童，卓智临出门时托了邻居照顾她，总归还是不放心。丁翘有点担心卓智，但报社的工作是不能耽误的，只能看着卓智一个人孤独地消失在人群中。

回到报社后，丁翘马上放下心里所有的事，尽快让自己完全投入工作中。这也是赵莞比较佩服她的地方，不管在什么环境中，她都能迅速收拾心情进入工作状态，而赵莞有时候写稿却需要酝酿，所以在写稿速度方面，赵莞远不及丁翘。

几乎所有的职业，都有下班的时候，唯独记者没有，哪怕你交了稿，下班了，但是你的眼睛、你的心时时刻刻都得像触角一样搜索着新闻的源头和信息。人家警察下班回家都可以安心睡觉了，但记者还在为明天的选题发愁——没有稿子交上去，你就不是一位称职的记者——挣着卖白菜的钱，操着卖白粉的心，说的就是记者。

丁翘埋头把事情全部完成后，一看时间，已将近晚上7点，便给卓智打了个电话，问他回到家没有。电话那边的卓智是轻松的，也是温柔的："嗯，我已经回到家了。邻居把三婆照顾得很好。我没事，别担心，你下班没有？下班了就快回家吃饭，不许在外面瞎逛，要不然一会儿又迷路了。"

电话那头的卓智，略带着宠溺的语气，似乎并没有被这两天发生的事情影响心情，丁翘想着他絮絮叨叨地叮嘱自己的样子，嘴角便情不自禁地微微翘起："好了好了，我一会儿下班就和赵莞一起回去，你就别操心了。"

待她跟卓智说了拜拜，放下手机，才发现赵莞不知道什么时候站在她的桌子前，脸上是一副忧国忧民的表情。其他的同事都下班回家了，偌大的办公室，只剩下她们俩。

"怎么了？"丁翘瞪了赵莞一眼，"干吗用那样的目光看我？"

"小翘翘……"赵莞欲言又止，"你和阿智……到底是怎么回事？"

丁翘微愣，马上说："我和阿智？我和阿智能有什么事，挺好的啊。"

"可是……"赵莞说，"那网上的照片，到底是怎么回事？"

"网上的照片？"丁翘愣了一下，马上想到了下午在拍卖会上发生的事情，她早该想到事情会被发到网上去的，只是她急着赶稿，倒把这事忽略了，"网上，怎么说？"

赵莞默默地指了指她的电脑，丁翘冲过去，赵莞的电脑屏幕上，赫然是卓智的特写，再翻下去，几乎全是卓智在拍卖会上的照片：卓智拿着碗仔细观察，卓智把碗放在桌上，卓智被保安按倒在地，保安把卓智双手反剪，丁翘扶起卓智，丁翘与卓智挤在角落里说话……

网络时代，就是全民记者时代，天底下再无新鲜事。丁翘轻轻叹了一口气，一时倒不知道说什么了。

赵莞看她的表情，更加疑惑了：“阿智……到底是怎么回事？”

“其实嘛，也不是什么大事。”丁翘想要解释，却不知道从何说起，这么多的事情，一件接着一件，它们之间似乎没有联系，可是又好像有着千丝万缕的关系，从哪里说起都觉得混乱，于是干脆不解释了，轻描淡写地说，“没啥，是阿智觉得那碗好看，就忍不住走去拿起碗来看一眼罢了。”

赵莞被她的话惊住了：“可是那碗……是两千万的啊，这好端端的，阿智怎么会想拿人家的碗看？他……他不是有这方面的毛病吧？”她拍拍丁翘的头，末了又添上一句，“正常人可干不出这事啊，我的小翘翘。”

丁翘心里有点不悦，但她也知道赵莞完全是出于对自己的关心。这些年来她跟赵莞可说是相依为命，除了家人，赵莞就是她最亲密的人了，但是，她也不能容忍任何人说卓智——哪怕是最亲密的赵莞也不行，哪怕是在背后说也不行。

丁翘把网上关于此事的新闻一一看下来，幸亏评价并不全是负面，还有很多诸如“价值两千万的青花瓷鱼碗，他想看看”“看看你的碗咋了”“我不是抢劫犯，我只是想抢你的饭碗”之类的评论。

因为阿智的行为没有造成严重后果，网民并没有对此表现出太大的反感，有的反而在评价中透着几分调侃甚至佩服的味道：“兄弟，你做了我一直不敢做的事！好样的，你好歹是端过两千万元饭碗的人了！”

在这个娱乐至上的时代，网民的幽默感也在与时俱进地提升，丁翘不禁莞尔，这样的评论就算阿智看了也不会有压力，她松了一口气，把赵莞的电脑关了：“走吧！”

赵莞一愣：“去哪儿？”

丁翘笑了：“下班回家啊，我的大小姐。”

晚饭是在家里吃的，赵莞仅用半小时就做好了一饭两菜的晚饭，饭是白米饭，两道菜一道是蒸鱼，一道是炒菜心，典型的广东菜。

赵莞在蒸鱼时，除了用传统的蒸法外，还借鉴了卓智处理海鲜的做法：鱼是直接光身放在盘子里蒸熟的，然后用蒜茸起油盐锅，把烧滚的油盐淋在鱼身上，滚烫的油盐与鱼身接触，立即溅起一阵阵欢乐的烟雾，响起一片“喳喳喳”之声。

单听那油的声音，你就知道鱼的味道不会差，那是油盐对鱼的入侵，它能炸开鱼的鲜香，就像伯牙和钟子期的相遇，他们能谱一曲《高山流水》，就像乡村重金属音乐与城市大妈的联手，歌舞升平，惊天动地。

这一顿饭，丁翘吃得心满意足。放下饭碗，她揉着肚子，赞许地说：“赵莞啊，你是一个被新闻事业耽误了的五星级大厨啊，只给我一个人做饭，是委屈你了。”

赵莞颇有成就感地看着丁翘：“真的吗？”

“当然！这三年来你的厨艺突飞猛进，已到了随时可请人来家里做客的程度了。”

“好呀。”赵莞脱口而出，“啥时候请江盛来家里吃饭吧。”估计她自己也意识到自己的表现太过急切了，缓了缓，才不好意思地说，“咱们……很久没有聚过了。”

丁翘看在眼中，也不说穿她，只是轻描淡写地说：“好啊，等他什么时候有空了，就请他来吃饭，只是他现在整天在浪琴湾，说不定什么时候才有空呢。”

自从上次对江盛旁敲侧击后，丁翘知道，江盛的心中，根本没有赵莞的位置，可是赵莞心心念念的，还是江盛，尽管江盛对她并没有特别的表现，可是他也没有别的女朋友啊，估计赵莞就是这样安慰自己的。丁翘心里有点为赵莞感到难过，不知道该不该劝她放下。

丁翘收拾好一切上床，已是晚上10点多，就像心有灵犀一样，卓智的电话就跟着来了。

“阿翘，我有个发现。”电话那边的卓智，有点迫不及待，还略带着一点兴奋，“我家丢失的那只破碗，真的很有可能产自宋朝！”

丁翘惊讶：“真的？你怎么知道？”

卓智说：“有资料说，在唐代，我国东南沿海有一条叫广州通海夷道的海上航路，中国商人通过它从广州运送瓷器和丝绸，由马六甲经苏门答腊到印度，再采购香料、染料运回中国。这条海上通道在隋唐时运送的主要大宗货物是丝绸，所以后世把这条连接东西方的海道叫作海上丝绸之路。到了宋元时期，中国瓷器渐渐成为主要出口货物，因此它又被称作海上陶瓷之路……”

丁翘忍不住打断他：“可是这跟你家丢失的那个碗有什么关系？”

“有。”卓智笃定地说，“浪琴湾位于广州海域的西南方，水面距离也不过150海里，通往他国的船只，极有可能途经此地，我怀疑我家那只破碗，还有浪琴湾那些陶瓷碎片，就是那个年代的产物。”

丁翘沉默了一会儿才缓缓地说：“阿智，你这样说有一定的道理，可这终究只是你的猜测，你不要忘记了，宋朝之后，还有元、明、清，再到中华人民共和国成立，其间经历了多少个朝代？在这将近1000年里，中国一直在变化，但中国人骨子里对古董的迷恋是根深蒂固的，全国乃至全世界的假冒伪劣古董层出不穷，不要说你家丢失的那个碗，就是今天拍卖会上的那个，我都怀疑它不一定是真的。”

长期的记者生涯，令丁翘养成了遇事冷静思考的习惯，卓智似乎被她的说法“镇”住了，过了一会儿才说：“如果是这样，那对方为什么会费尽周折来我家偷碗？”

丁翘一下子被他问倒了，是啊，卓家那个碗如果是假的，为何会有人大费周折来偷，除非，对方认定那碗是真的古董。

“阿智，你再把那个碗的来历，好好跟我说一次。”丁翘郑重地说。

“嗯，我爸去世两三年后吧，我在家里抽屉的角落里发现了一个缺了一个角的破碗，当时我觉得很奇怪，就去问我妈为啥家里会放着一只破碗，我妈说她也不清楚，可能是我爸以前下海捞海胆时捞上来的。我不舍得扔，就一直把碗留着。上了大学后，因为惦记着这只破碗，我学会了修补陶瓷，大二那年暑假，我在花碗坪找到了差不多的碎片，就把它修补好了。”

“当时你怀疑过那只破碗的制造年代吗？”丁翘心里一动，想起了刚认识卓智的时候，两人曾经就古瓷的修补技术进行探讨，当时她还觉得纳闷，卓智为什么会对这么生僻的知识感兴趣。

“其实我也怀疑过的。”卓智老老实实地说，“不过我当时觉得，那只破碗最大可能也不过是产自清朝的罢了。我刚修补好的时候，也曾把它发上网问人，但有人说清朝的陶瓷器皿注重雍容华贵，不可能有这种粗劣的鱼身，我想着这碗可能是来自乡野民间的饭碗而已，就算是清朝的也没有太大的价值，于是便没有再理会了。”

“那你还记得有人对那只破碗显得特别有兴趣的样子吗？”丁翘说，“也许早就有识货的人看出破碗价值不菲了。”

“有。”

“谁？”

“你。”卓智说，“见过那碗的人中，就你对碗最感兴趣。”

“哎呀，人家是说认真的，你还开玩笑……最近有什么人到家里来吗？”

卓智想了一下，说：“江盛算吗？”

“江盛？”丁翘脱口而出，“他到你家里做什么？”

卓智原本不过是开玩笑，见她这样问便笑了：“我的大小姐，前几天不是你安排他送我回家的吗？”

丁翘想起来，今天在拍卖会现场，她见过江盛，虽然只是一闪而过，但她不会认错。难道，这不是巧合？

“阿翘，你怎么了？怎么不说话？”见她迟迟没有说话，电话那端的卓智以为她发生了什么事，连声问道。

“阿智，我没事。”丁翘说，“你看到网上那些照片没有？网民的议论还挺多的。”

“看过了。”卓智说，“没想到把我拍得还挺帅的。”说这句话的时候，他的嘴角应该是微翘的，还带着一丝笑意吧？

于是丁翘的心情也被他带得轻快起来：“确实是挺帅的，要不我给你炒作一下，人家微博上的发际线男孩小吴在网络上都能火起来，你的条件可不比他差。”

“不不，我的理想不在娱乐圈。”卓智认真地说，“你知道除了拯救人类和地球，我对其他的小事都不感兴趣。”

丁翘被他一本正经地胡说八道的语气逗笑了，“不进娱乐圈”也是发际线男孩小吴的梗。

两人对着电话笑了一会儿，卓智说：“阿翘，你能帮我一件事吗？”

听他说得郑重，丁翘的语气便也变得认真起来：“什么事？”

“你能不能找人查一下，那只宋朝的鱼碗到底是什么来历？今天竞拍获得碗的究竟是什么人？”

丁翘心里一动，其实她也挺好奇，如果能查清楚宋朝鱼碗的来历，也许就能揭开宋朝的鱼碗跟卓家的旧碗之间的联系，也许，卓家旧碗的下落也就顺便被摸出来了。

“好的，我找人问问。”

“这事难办吗？”卓智小心翼翼地问，“如果难办就算了。”他爱她，唯恐自己的要求令她难做，但目前，能帮得上忙的也只有她了。

丁翘轻描淡写地说：“不难的，如果对方愿意帮忙，就是小事。”这是实话，当记者最大的好处，就是积累了人脉，办事的时候比一般的小老百姓方便些。

“谢谢你，阿翘。”

她开玩笑：“用什么谢？”

他微微愣了一下，才认真地说：“你想我怎样谢？”

她脱口而出：“情债肉偿啊。”说完她便笑了。

想不到他竟然认真地说："阿翘，我不许你这样说，你怎么能说出这样的话？"糟糕，这个老实人，竟然给她上线上纲了。

她羞赧地说："人家就是开玩笑。"

他更认真了："开玩笑也不能！这是原则问题，我不许你开这样的玩笑。"

她大赧，彻底投降了："好吧，我以后不说了。"

他赞许地说："嗯，真乖。"他接下来的话令她哭笑不得，"这样的话当然不能让你说出来，我的一切都是你的，至于我这个人，你想怎样用就怎么用，想几时用就几时用，怎么能等到有债才偿？"

他的语气是认真的，每句话、每个字也都是简单的，可是合并在一起，却有着别样的意味，只把她撩拨得心如小鹿乱撞，脸烧得更厉害了。

"阿翘？"他在那边温柔地唤她。

"嗯。"她的声音也跟着温柔起来。

"好吗？"他的声音温柔得像春天的微风，掠过时似乎带着湿润的水汽。

"好。"她轻轻地说。

"嗯。"他似乎对她的回答颇为满意，"阿翘，我爱你。"

"我也是。"

"你也是什么？"

她嘴角绽开一丝调皮的笑："我也是爱……用你的，想用的时候，我会告诉你。"

她在心里哀叹，想我丁翘，也曾是一个云淡风轻的女文青啊，只因为跟一个理科男谈了一场恋爱，便生生变成了一个色女，所谓近朱者赤，近墨者黑，古人诚不我欺也！

次日上班，丁翘特意去找了陈俊峰，她担心在电话里说不清楚。

一进陈俊峰的办公室，陈俊峰便冲她笑，公安系统的内部网，早有人把拍卖会上卓智和丁翘的照片发上来了，以便各级领导掌握情况。丁翘常年跑线，自然知道这事瞒不过陈俊峰，于是也不隐瞒，便把前因后果细细地说了一遍。

求他这样的老公安帮忙办事，必须把前因后果说清楚，到最后，就算你不求他，他也会主动帮你，因为他也好奇啊，他也想找出疑案背后的前因后果，老公安都有这毛病。

果然，丁翘一说完，陈俊峰的好奇心便被吊起来，不等她说明来意，他便打电话叫人进来吩咐了几句，下面的人得令，马上便出去办事了。

桌上的工夫茶才泡过两次，下面的人便进来汇报了。那是一个精明干练的小伙子，他说："陈队，宋朝陶瓷鱼碗的卖主是一家在中国香港注册的公司，海关的手续也齐全，不像是洗黑钱的。"

陈俊峰点点头："那家公司叫什么名字？"

小伙子一字一句地说："Wing。"

陈俊峰皱眉："怎么这家公司的名字这么奇怪？"

丁翘说："他们习惯中英文夹着用，这个Wing，作为英文单词来讲，是翅膀、翼的意思。"

那小伙子忙不迭地点头："对对，很有可能是这样。"

陈俊峰不满地说："假洋鬼子，这都什么跟什么呀，这么多的汉字不够他用，还非得用英文！"他话题一转，"这个翼公司，有可疑的地方吗？"他不说Wing，故意说翼，丁翘听得暗自发笑，看不出这个老公安，还有着自己的一份执着的坚持呢，真是太可爱了！

"没有。"那小伙子说，"查过了，这家公司成立于10多年前，是一家专做名贵珠宝和文物买卖的公司，表面看来没有任何可疑之处。"

丁翘迫不及待地问："这家公司跟江氏集团有没有业务来往？"

"没有。"小伙子肯定地说。因为刚才陈俊峰让他查宋朝鱼碗的卖主与江氏是否有关，他特意让经济犯罪科的同事查了，证实两者之间并无关联。

“那，买主呢？”丁翘又问。

小伙子犹豫了一下，说了一个名字，那是一个最近红起来的女星，拍了几部戏，但没有一部能看的，网友戏称她“演戏基本靠瞪眼和挤眉弄眼，演技，不存在的”，但不知道为什么，人家就是红透了半边天，被各种广告金主和制片人追捧。

丁翘惊讶地说：“是她？那拍卖会上出现的人是她什么人？”

小伙子说：“是她新请的小助理，因为没人认识他，正好让他出面。”

陈俊峰皱眉：“她一个没知识没文化的人，连戏都演不好，买来做什么？”

丁翘被陈俊峰的话逗笑了，那小伙子虽然不笑，但显然憋得好辛苦，陈俊峰估计也意识到自己的话有点傻了，便自我解嘲地说：“混娱乐圈的果然都是人精。好了，没什么事了，你出去吧。”

小伙子有礼貌地朝丁翘点点头，走了出去。

事情又陷入了僵局，丁翘和陈俊峰都没有作声。过了好一会儿，丁翘才勉强笑着说：“也许，事情并没有我想象得这么复杂，卓家的碗跟宋朝陶瓷鱼碗只是碰巧一样？卓家的破碗其实并没有丢失，它是被三婆不小心打碎拿去扔了？三婆突然发病、狗的死亡都只是碰巧凑在一起了？”

“不，当所有的事情都只能用巧合来解释的时候，那么它一定不是巧合。”陈俊峰语气肯定地说，他的目光也变得冷峻。

丁翘默默地点头。

“有些疑点，我们不应该轻易地打消怀疑。”陈俊峰说，“哪怕从表面来看，它们之间并无联系。”

丁翘心里一动：“你是说……江盛？”

那天在拍卖会上见到江盛的事，其实一直在她心头盘绕，她曾怀疑江盛跟那个宋朝陶瓷鱼碗之间有什么联系，但刚才小公安说两者之间并无可疑联系，因此她放弃了怀疑。

陈俊峰没有直接回答她的问题，只是淡淡地说：“给点耐心吧，事情总会水落石出的。”

丁翘兴奋地说：“您的意思是说，您会继续跟进这件事？”

“当然啊。”陈俊峰的脸上浮起笑意，“你不觉得这事情越来越奇怪了吗？它已经勾起了我的兴趣。”

丁翘高兴得连连点头，只要陈俊峰主动参与调查此事，他有的是办法和人脉，可比她和卓智瞎猜有用得多了。

从公安局回来后，丁翘把在陈俊峰处获得的消息告诉了卓智，卓智得知卖主竟来自中国香港，似乎有点失望。丁翘刻意没提江盛的事，毕竟现在没有证据证明这件事与江盛有关，她没有必要跟卓智说，免得他乱想。

谁知道她不提江盛，江盛却主动找她了。过了几天，傍晚临下班的时候，江盛突然给她打电话，说想请她吃饭。

接完电话，丁翘没有跟赵莞说是江盛约了自己，只说是跑线单位临时有事，便让赵莞先走了。

跟江盛也算是熟悉的朋友了，一上车，丁翘便毫不客气地表示自己今晚不想吃豪华盛宴，只想吃属于老百姓的乡土风味——煲仔腊味饭。江盛温和地笑着，说：“可以啊，你带路吧。”

丁翘便尴尬地笑了：“其实我也不认得路，不过咱们可以导航去。”那家煲仔饭，她跟赵莞和卓智去过无数次，但每次都是打车去，怎样走，她自然是不记得的。

幸亏店名她还是记得的，她掏出手机正要操作，却听见江盛说：“不用了，让我查吧，那家店叫什么名字？”

丁翘便说了那家店的名字，驾驶台上的电视显示屏突然亮了一下，大约一秒钟的静默后，一个清晰的女声突然在车内响起：“目的地，潮记煲仔饭，全程两公里，现在请往左转，前方有红绿灯，有违章拍照……”

丁翘知道这是车载智能系统的服务，也不在意，不料听见江盛淡淡地说："知道了，你没发现我车上有一位漂亮的小姐吗，我今晚是不会违章的。"

那车载智能系统竟然说："是女朋友吗？"

江盛侧过头看了丁翘一眼，丁翘略尴尬，他说："不是，是女性朋友。"

那女声静默了一会儿，说："如果能把那个'性'字去掉就好了，主人会更高兴。"

丁翘大窘，一时倒说不出话来，江盛嘴角绽开一丝坏笑："你乱说话，把我的朋友得罪了，我可饶不了你。"

不料那车载智能系统竟然说："你别不承认，我知道你怎么想的。"

这下连丁翘都忍不住了，哈哈大笑起来："你从哪里弄来这么逗的东西？"

那女声不服气地说："叫人家东西是不礼貌的，我的名字叫安妮。"

丁翘忙说："对不起，安妮。"

江盛微笑着问丁翘："喜欢吗？国外的新产品，朋友送的，有车载的，也有放在桌面上的，如果你喜欢，我送一个给你。"

"不用不用。"丁翘忙拒绝。看着江盛俊脸上的笑意，那么真诚，那么纯洁，这么好的人，她竟然怀疑他？一瞬间她有一种负罪感。

"女人都是口是心非的生物，当她们说不要的时候，恰恰正是她们想要的时候。"安妮又在主动搭讪了，这下子连江盛都忍不住笑出声来。

两人一路说说笑笑，很快就到了饭店，江盛一直没提他想跟丁翘说的事，丁翘也没问，反正他迟早会说的。

到了饭店，两人分别点了煲仔饭，丁翘原先还有点担心江盛不习惯这种"亲民"的饭店，但看江盛一副充满期待的样子，便放下心来，又点了几样风味小食。

服务员写好菜单，又端来了茶水，丁翘端起面前的茶正准备喝，江盛说：“那天在拍卖会，我看见你和卓智了。”

丁翘本来已将杯子端至嘴边，也不知道是茶太烫还是江盛的话题太突然，她竟然失手一滑，将手中的杯子摔在桌上，杯子在桌上滴溜溜地转了几下，倒没有碎，只是茶水把桌布和她的衣服都弄湿了一片，她显得有点狼狈。

江盛忙不迭地拿桌上的餐巾纸给丁翘抹水，幸亏天气还不冷，丁翘的衣服也不算厚，估计一会儿就干了。

江盛还体贴地问：“要去买件衣服换了再吃饭吗？我可以代劳，附近就有商场。”不管什么时候，他都是有风度的。

丁翘连连摆手：“不用不用，这点水痕，影响不了我吃饭。”

江盛看了一眼她的衣服，她的衣服湿得不算多，是麻纱的料子，倒也无大碍，于是便也没坚持，唤来服务员给丁翘换上了新的杯子，又为她倒上一杯茶。

丁翘端起茶杯喝了一口，才若无其事地说：“那天你也去拍卖会了？为什么我没看见你？”

江盛缓了缓才说：“那天我看见你们了，但是很抱歉，我当时并没有出手相助，这几天我一直为此事自责。”

丁翘注视着江盛的眼睛，他的眼睛是深邃的，闪着亮光，她相信他的话是真诚的，可也不至于到道歉的程度呀。

江盛突然叹了一口气，说：“也许是因为家庭的关系，在公共场所我一直有压力，担心自己举止不当给父亲和企业带来负面影响，所以那天，我第一个反应就是装作不认识你们匆匆离去。你和阿智都是我的好朋友，我这样做实在不够义气。”

他的声音是低沉的，丁翘从未见过他如此自责的表情，不由得安慰他：“没关系啊，那些安保人员也知道卓智并无恶意，后来就放我们走了。”

江盛摇头：“你们不介意，但我问心有愧。”

丁翘笑了："别担心，阿智不知道这事，我也不会告诉他。"

江盛低沉地说："我愧对朋友，就算你不跟阿智说，我也会当面向阿智道歉的。"

丁翘忙说："江盛，其实你真不必如此，这件事，其实并没有这么严重，连道德瑕疵都算不上。"

江盛静了一下，说："我自责了几天，谢谢你这么说。"

丁翘调皮一笑："如果真想谢我，那今晚就不要跟我抢着买单，给我一个请你吃饭的机会。"不等江盛回答，她便话题一转，"对了，那天你为什么会去拍卖会？难道你也对古董感兴趣？"

"其实我对古董并没有太大的兴趣，相比之下，我更喜欢创新的作品，比如智能机器人之类的。"江盛笑了一下，"但是我爸说，一个成功的企业家，不应该局限于个人的狭隘爱好，一个成熟的企业家，他的爱好应该只与赚不赚钱有关。"

丁翘笑了："令尊说得没错，那你呢，是怎么想的？"

"所以，我就去试试，看我的兴趣能否培养得起来。"

"结果呢？"

江盛摊摊手："结果你不是知道了吗？那天我连一次牌都没有举过。"他的唇边有淡淡的笑意，"我总觉得台上那些价值连城的古董，不像是真的。"

丁翘笑了："英雄所见略同。"

"那卓智呢，他也这样认为吗？当时他走上台去，真的只是像网上说的那样只是想摸一摸那碗？"

丁翘心念一动，认真地说："不是的，他说谎了。"

"哦？"江盛惊讶地看着她，目光中既有期待又有好奇。

丁翘垂下头，像是一个犯了错误的孩子："阿智是因为我才说的谎，因为我说我没摸过那么贵重的古董碗，阿智就说他可以代我上去摸一下，后来，他就上去了。"

这个谎，她曾在赵莞面前说过，现在信手拈来，倒也顺理成章。不知道为什么，她就是不想告诉江盛关于卓家鱼碗的事，潜意识中，她觉得自己是在保护卓智。也许，这是女人的直觉。

女人的直觉，有时候是很准的。

江盛含笑不语，丁翘说："你不相信？"

"我信。"江盛微笑着说，"如果我是他，也会这样做，可惜，你没有给我这样的机会。"

这算是暧昧吗？似乎不算，可是丁翘的脸没来由地红了一下。自从她告诉江盛，她跟卓智在谈恋爱后，江盛一直保持着君子之风，可是偶尔，他会露出自己的小心思，也不知道是故意，还是无意。

这顿饭，一直吃到10点才结束。除了煲仔饭和风味小食外，江盛食而知味，又吩咐店家把其他的小菜每样都做了一道端上来，他想都尝一遍。店家知道遇上了大主顾，自然是欢天喜地地张罗去了。

待各种小菜悉数端上来，丁翘早就饱得直不起腰了，只能看着江盛一样一样地品尝："人家是春风得意马蹄疾，一日看尽长安花，你是一餐尝尽潮记菜。"

江盛似有顿悟："你是不是觉得我太奢侈了？"

丁翘不说话，只是点头笑。

江盛微微一笑，也不反驳，一样样地吃着菜，动作轻柔而斯文，他知道丁翘已吃饱，也不多做谦让。

丁翘看着满桌子的菜，终于还是忍不住说："如果你喜欢这里的风味，下次来再试几样岂不更好？"

江盛看了丁翘一眼，那目光是幽深的，可是他的语气又是淡淡的："为什么要等下次？最好的时机，永远是现在。"

这就是有钱人的做派吧，丁翘表示理解。结果，自然是满桌的菜剩了大半，丁翘看着可惜，干脆令店家都打包了，带回家给赵莞吃。

江盛把丁翘送回小区的时候，赵莞正坐在沙发上啃饼干。赵莞喜欢做饭，却不喜欢做自己一个人的饭，丁翘不在家里吃，她都是草草应付。吃了饼干觉得口干她便到厨房倒水喝，透过厨房的窗，恰巧看到了江盛的车停在小区的过道里。

江盛从驾驶室里走出来，赵莞居高临下地看着他的身影，心里怦怦直跳，很快，她便看见江盛绕到车头的另一边拉开车门，丁翘从车上走了下来，原来今晚约了丁翘的人，是江盛。丁翘竟然瞒着她。

这么久以来，她一直把丁翘当成知己，暗恋江盛的事，也从来没有在丁翘面前掩饰过，数天之前，丁翘还答应找个机会再撮合她和江盛，谁知道这边掉过头，她却瞒着自己跟他私下里约会。赵莞只觉得一颗心沉了一下，心里酸酸的，还带点疼。

她在江盛面前是怎样提起我的呢？我会不会已成为他们口中的笑话？赵莞只觉得心里千回百转，有说不出的难过和酸楚，连水也没有喝，就跑回房间去了。

5分钟后，丁翘在外面叫门，她手中提着大袋小袋的食物，腾不出手拿钥匙，赵莞走去开门，丁翘风风火火地说："快，老赵，你快看看我给你带了什么好吃的，可丰富了！"

赵莞神色如常："我已经吃过了。"

丁翘热切地说："吃过了再吃一次嘛，潮记的菜，味道都是你喜欢的。"

赵莞接过她手中的大袋小袋，淡淡地说："我饱了，吃不下，放进冰箱里，明天也可以吃啊。"她突然像想起了什么，"对了，卓智给我打过电话，说找不到你，后来我打了你的电话，你也没接。"

丁翘忙把手机拿出来看，显示有几个未接电话，其中就有卓智和赵莞打来的："哎呀，我把手机调静音了！"丁翘抱歉地说。

赵莞淡淡地说："你给卓智回个电话吧，他找你好像有急事。"

赵莞打开冰箱，把丁翘带回来的食物一样样地归置好，生气难过又能怎样呢，她住的是人家的房子，连发脾气都不敢，连质问丁翘为什么要骗自己的勇气都没有，只能装作什么也不知道的样子，把自己的委屈和难过严密地收藏起来。

丁翘觉得赵莞今天的举止有点奇怪，她平时见了喜欢吃的东西不是高兴地哇哇大叫吗，今晚竟然说吃饱了，吃不下了？

她们以前一本正经地研究过，吃货的肚子，应该是分成很多格子的，饭有饭的格子，菜有菜的格子，水果有水果的格子，而且不同的菜式之间也分不同的格子，所以才能在吃饱之后依然吃下很多东西。

今天赵莞是怎么回事？可是赵莞什么也没有跟她说，跟她说了一声晚安，便回房间了。

第十七章

我们分手吧

丁翘回到房间，打开手机看卓智发过来的信息——

“宝宝吃饭了吗？”

“怎么不接我电话？有事找你。”

“三婆晕倒了，镇上的医生说他们无法确诊，现在叫救护车把她送去市里的医院。”

…………

丁翘忙把电话回拨过去，卓智却没有接电话，再拨，依然如此。丁翘急了，翻看卓智发信息的时间，已经是两个小时之前的事，如果他们是从镇上的卫生院转到市区的，这会儿恐怕早就到了。

丁翘有点自责，整晚只顾着跟江盛吃饭聊天，也没顾得上看一眼手机，卓智需要她帮忙的时候，她却连个信息也没回……正在她懊丧得不知道怎么办的时候，卓智的电话来了。

丁翘忙不迭地接听：“你们在哪儿？三婆怎么样？对不起，我的手机调了静音……”

卓智在那边笑了：“我们已经在医院了，三婆很好，医生说有康复的可能。”

丁翘心里一松，高兴地说：“那可太好了！我马上过去，你们在哪家医院？”

卓智说：“别，你今晚不是有饭局吗，刚回到家吧？应付外面那些人，可不比上班轻松。”

丁翘一愣：“你知道我有饭局？”

卓智说：“赵莞说的啊，她说你跟采访单位去吃饭了。”

“嗯。”丁翘跟江盛吃饭，是瞒着赵莞的，她本想告诉卓智，可一想着这也不是什么大事，便含糊其词地应付了过去，让卓智把医院的定位发给她，她要过去看看。

卓智知道劝不住她，只好悉听尊便。丁翘叫了一辆网约车，很快便赶到了医院。

三婆住在留院部，已经醒过来了，但还不能起床，也不能说话，只是一动也不动地躺在那里，丁翘一进来，她的目光便落在丁翘身上。

丁翘摸了摸她的脸，她眼里露出欢喜的表情，竭力想表达什么，却无法控制，嘴巴不断地抽搐着，急得额头上沁出了汗水。

卓智不断地安抚她：“三婆，你别急，慢慢来。”

丁翘问卓智：“三婆这是怎么了？医生怎么说？”

卓智说：“医生说她脑中压迫着神经的血块不见了，恢复的可能性有九成，不过需要时间慢慢恢复，所以暂时还不能说话，行动方面也受限制。”

丁翘这才放下心来，便摸摸三婆的手，安慰她说：“没事的，慢慢会好的，别担心好吗？”

谁料三婆不但没有变得平静，反而更加焦急了，张着嘴努力地想说什么，但只能徒劳地发出“啊啊啊”的叫声，表情也越来越激动，卓智慌了，忙不迭地出去叫医生。

很快，医生来了，观察了一下，说：“病人没事，就是情绪有点激动，最好是让她休息平复一下，别刺激她，这样有利于她的康复。”

待医生出去后，卓智便像哄小孩一样柔声安抚三婆，轻轻地拍打她的肩膀，只一会儿，三婆便闭上眼睛睡着了。

丁翘这才有空打量病房，屋里一共有两张病床，三婆住在离门口最近的地方，最里面的床上放着衣服，床前的柜子上还放着一些水杯和水果之类的杂物。

见丁翘打量着病床，卓智说："最里面住的是一位阿姨，跟女儿出去散步了。"

正说着，病房的门被人推开了，一个年轻的姑娘推着轮椅走进来，轮椅上坐着的是一位中年妇女，两人五官长得极像，一看便知是母女俩，原来中年妇女就是最里面那张病床的主人。

中年妇女长得极胖，女儿想把她搬上床却束手无策。不等她们开口求助，丁翘和卓智便主动走过去帮忙，好不容易才把中年妇女安置到床上，母女俩连声向他们道谢。

两人走到三婆这边刚坐下，卓智便说："我要叫外卖，你想吃什么？"

丁翘这才知道他还未吃饭，忙说自己不需要，那对母女刚才得到他们的帮助，正巴不得报答他们，极力撺掇他们出去吃饭。

"没事的，病人睡着了，你们出去吃饭吧，有什么事我们会看着的。"那女儿很是热情地说，"反正我们哪里也不去，你们出去吃饭正好透透气。"

盛情难却，再说医生都说了，三婆现在需要休息，守在这里意义不大，于是丁翘和卓智接受了那对母女的好意，给她们留下了电话号码后，两人手牵着手走出了医院。

按卓智的意思，本来是打算在医院附近找家小食店随便应付一下的，可是丁翘心里有愧，一查地图，发现潮记离医院也不远，步行仅需10分钟左右，两人便决定走路过去。

潮记是晚餐连着消夜一起做的，见丁翘又来光顾，服务员热情地把两人带进了一个雅座。丁翘今晚已经吃撑了，便只为卓智点了一个腊味煲仔饭，另外多点了一份上汤蔬菜。

服务员把菜端上来后，老板又亲自送了一壶菊花茶过来，这倒令丁翘有点不好意思了，她常来吃饭，鲜见老板亲自迎来送往的。老板为他们倒上茶后，依然站在那里客气地问："这个煲仔饭，火候够吗？"

卓智赞许地说："挺好的。"

老板便笑了："那倒也是，不然这位美女也不会一天来两次。"

卓智侧头对丁翘笑："原来你今晚也是在这里吃饭。"

丁翘点头微笑，只恨不得让老板快点消失，跟江盛吃饭虽然不是什么见不得光的事，但之前对赵莞隐瞒了，后来将错就错也瞒过了卓智，现在更加不能说了。

谁料怕啥来啥，老板看着丁翘，客气地说："这位美女，今晚跟你在一起吃饭的先生，是姓江吗？"

丁翘暗暗叫苦，却依然是一脸笑容："你开饭店，还管客人姓什么啊？"语气间已有一点不客气，不想让老板再扯下去了，谁知那老板是个不识趣的，反而更加认真地说："哈哈，我没说错吧？那位江先生，就是江氏集团的小老板，是不是？"

丁翘偷看卓智，卓智正在认真地对付着他的饭菜，似乎并没有刻意听他们说话，她便微笑着不置可否，那老板似乎也察觉到自己的唐突，说："其实认得江氏小老板的不是我，是我儿子。"说罢也不等丁翘反应，便唤了他的儿子来。

原来他的儿子大学毕业后就来潮记帮忙，一心继承父业，并在传统饭菜的基础上改革，想开发一些健康又时尚的新菜式。

"江氏开发的速食海藻在网上的评价很高，可惜他们不做生鲜，我们想从江氏进货，但一直遭到拒绝，今天看见江先生来我家吃饭，我当时就想走过去跟江先生聊聊这事，但我爸不让我去，说客人跟女朋友吃饭不能打扰。你们离开后，我后悔了很久，觉得自己错过了时机，幸亏你又来了，你是江先生的女朋友吗，能帮我们问问吗？"

那年轻人一口气把话说完了，静静地看着丁翘，丁翘只觉得尴尬无比，顿了一下才说：“你误会了，我不是江先生的女朋友，我们只是一般的朋友。”

那年轻人迫切地说：“那你可以帮我问问江先生吗？”

丁翘点头：“你拿张名片给我，我会代你转给江先生。”

年轻人似乎早有准备，马上掏出名片，恭恭敬敬地交给丁翘，丁翘接过名片，顺手放进手袋中。

待那对父子走了，丁翘有点不安地看了卓智一眼，卓智依然不紧不慢地吃着饭，似乎并不关心他们之前的话题。

倒是丁翘，有点心虚，期期艾艾地说：“我今晚是跟江盛一起吃的饭。”

“哦。”

“不好意思。”

卓智抬头看她：“为什么说不好意思？”

“我……我不应该瞒着你，江盛约我吃饭，是因为那天他也参加了拍卖会，他看见我们了，他因为没有帮我们解围，心里不安，所以向我道歉，还说也要找机会向你道歉。”

卓智笑了：“没关系，我不需要他解围，他也不用道歉。”

“你不生我的气？”

卓智正想说话，放在桌上的手机突然响了起来，他便拿起电话接听。

丁翘看他的神色，便知道电话里说的不是什么好事，只见他的脸色突然变得慌张，而后他马上站起来朝外面走。

电话是医院同一病房的那对母女打来的，三婆出事了。

当他们赶到医院的时候，看到住院部大楼前围了很多人，卓智拨开人群走进去，一块白色的床单盖在地上，勾勒出一个人形，褐黑色的血从床单下面渗出来，悄悄地向四周漫延。

卓智跪倒在床单前，极度的悲痛令他欲哭无泪，他双手颤抖着却迟迟不敢去揭开那张白色的床单，丁翘看着不忍，蹲下来帮他揭开了。

是三婆。

在警察的询问下，那对母女说了事发的经过。丁翘和卓智离开房间后不久，那对母女也累了，便相继睡着了。待她们被楼下的喧闹声吵醒过来的时候，发现房间的灯不知道什么时候熄了，后来她们才知道，同病房的老太太从楼上摔下去了。

卓智喃喃地说：“不可能的，三婆才刚刚醒过来，她连起床都乏力，怎么可能爬上窗台跳下去？”

警察问那对母女：“在事发前死者有什么特别的表现吗？”

“没有。”那女儿说，“她的亲人离开后，她一直睡在床上，之后我们也睡着了，后来又发生了什么事，我们都不知道。”

“当时你睡在哪里？”

那女儿指了指母亲的床：“我是坐在床边的小板凳上，趴在床边睡着的。”

丁翘心里一动，说：“会不会是有人从外面进来，关了灯，然后……”

办案的民警打断了她的话：“没有这么复杂，我们查验过了，事发时住院部的保险丝烧了，电工在5分钟后排查出故障，恢复了供电。”

卓智抬起头，红着眼睛说：“怎么这么巧？你们查过监控了吗？会不会是有人从外面进来……”

民警说：“你怀疑是有人谋杀了死者？最近她得罪了什么人吗？”

卓智微怔了一下，摇头：“我也不知道，我只是怀疑，三婆没有可能会跳楼的，医生说她快康复了，她是那么迫切地想跟我们分享她的心事。”

丁翘也证实：“是的，她之前一直想跟我们说话，看上去心情也不错。”

卓智问：“能不能查一下监控，事发时有没有人从电梯里出来？”

民警摇头：“那时候停电了，电梯已不能用。”

丁翘说：“会不会有人从楼梯上来？”

民警笑了：“这里是12楼，就算有人能从外面进来，但5分钟后就恢复了供电，短短5分钟，对方不可能撤走。”

卓智难过地低下了头，丁翘知道，他不愿意接受三婆跳楼自杀的事实。

民警又说："我们请教过医生了，脑部神经受伤的患者情绪容易波动，综合种种情况，我们初步判断为自杀。"

很快，警方又找到了更加有力的证据——医院当晚的监控，事发前后的10分钟，并没有可疑人物在电梯和楼梯上出现过。

没有可疑人物进入病房，那对母女，就是三婆生前最后见过的人，可是她们沉浸在梦乡中，对身边发生的一切全然不知。

公安机关最终把三婆的死定性为自杀。

三婆的丧事办得很简单，尸体火化后，卓智把骨灰带回浪琴湾，在一个清冷的早晨，把骨灰撒向了大海。

丁翘默默地陪着卓智在海边的岩石上坐了许久，直到海上飘起了小雨，丁翘才把卓智拉回家。回到家中，卓智饭也没吃，倒头便睡，这一睡便是一天一夜。丁翘不忍心叫醒他，只是默默地守在他身边，看看书，刷刷手机，时间也就这样过去了。

直到两天以后，丁翘要回去上班了，卓智把她送到码头上，两个人都没有说话，但是丁翘知道，他在自责。如果那天晚上，他没有出去吃饭，那么三婆就不会自杀，这样的负罪感，足以压得他喘不过气来。

丁翘上了船，看着卓智垂头丧气的样子，又忍不住跳下船，把他抱在怀里，哀求他："你别这样呀，真的不关你的事。"

"我没事，船要走了，你快上去吧。"

丁翘上了船，在船上朝卓智挥手，她明明看见他看着自己的方向，但她的目光搜寻不到他的视线，无法与他对视。

他的目光，是没有焦点的。

丁翘想，他一定很心痛吧，小小年纪就没了父亲，也没了母亲，小猪和大包相继离开了他，现在连唯一见证他成长的三婆，也离开了他。

这几天，她没有见过他流泪，但她知道，他的心，一定痛得破碎了。

她心疼他。

丁翘请了几天假，临近月底，怕本月的任务完成得不是那么好看，因此便发狠地拼了几天活，选题、采访、写稿，忙得昏天黑地。在工作的间隙，她打过几次电话给卓智，每次他都淡淡地告诉她，他很好，没事，让她放心。

但是，他没有主动打过电话给她。

一次也没有。

这是从未有过的事。自从他们在一起后，他一直非常主动，每天嘘寒问暖，午饭吃了什么，采访了什么题材，晚上几点回家……两人虽然不在一起，但她时时感觉他就在身边，而现在，他就像从她的生活中消失了，只要她不找他，他便像完全消失了一样。

还有，他好像很忙的样子，有时候发信息给他，他很久才回过来，打电话过去，他也是寥寥数语，匆匆收线，好像很忙碌的样子。

“阿智，你怎么了？你好像很忙？”有天晚上她忍不住问他。

他却淡淡地说：“没有啊，我就是累了。”

她体贴地说：“那你就好好休息，早点睡。”

“嗯。”然后他就顺理成章地说，“晚安。”好像他已经困得不行，只等她说这句话，他便可趁机撤去，跟过去的体贴与甜腻判若两人。

如果他不曾对她那样好过，她是不会失落的，可是一想到他现在正是情绪最低落的时候，便释然了。

半个月后，便是卓智的生日，恰巧又是周六，丁翘邀请他来市区一起庆祝，他在电话里静默了一下，说：“还是算了吧。”

丁翘知道他还在为三婆的事难过，于是便善解人意地说：“那我去陪陪你？”

“好吧。”他似乎犹豫了一下，“但是，我不一定有时间陪你。”

丁翘忙说：“你没时间陪我，我可以陪着你啊。”这样的事他以前不是没有试过，以前他在花碗坪那个岛上“搞科研”的时候，她就静静地陪着他，默默地看着落日给他的脸镀上金光，哪怕一句话都不说，心里也是欢喜的。

一大早，丁翘便去超市采购了大袋小袋的东西，虽然浪琴湾什么都有，但她更喜欢自己置办的感觉。

当她提着大袋小袋从船上走下来的时候，没有看见卓智的身影，他并没有像往常那样来接她。这让她有点不适应，但她很快便安慰自己：现在是非常时期，要包容他。

她提着东西，一步步地走向卓智家，塑料袋的提手把她的手指勒得生疼，她咬着牙硬挺着。到了卓智家，院门紧闭着，她叫了两声卓智的名字，无人应答。

他不在家？她纳闷起来，把东西放在地上，拿出手机打电话给卓智。过了好一会儿，卓智才接听她的电话，又过了好一会儿，楼上传来了响声，他趿着一双拖鞋走下来开门。

他看上去挺憔悴，脸上的胡子好几天没刮了吧，眼睛里带着血丝，全然不是平时那样干净爽利的样子。

他朝她点点头，便拿起地上的东西进了屋，也没有问她带这么多东西来累不累，她有点委屈。待她跟着他上了楼，心里更加委屈了——他看也没看她，立即坐在桌子前进入了状态。

他在打游戏。

怪不得刚才他听不见她在楼下叫他，因为他戴着耳机。现在，他已进入了战斗状态，厮杀得不可开交，“嗒嗒嗒”“砰砰砰”，他的表情随着电脑画面的变化而变化，那么认真，那么投入，就好像他真的处于那个战场中。

丁翘的心凉了半截。

他以前也偶尔玩游戏，据说技术还挺好，是某个游戏中的大咖，但因为他从不沉迷，还给他添了几份神秘的色彩，时而有小白主动找他，他从不回应，对他来说，那单纯就是消遣。

丁翘默默地看着他，他一直不顾不管地敲击着键盘，双眼一动也不动地盯着屏幕，她虽然就站在他面前，却进入不了他的世界。

过了一会儿，或许是察觉到她的失望，在游戏的间隙，他回过头来，说："对不起，我忙着，你饿不？桌上有东西吃。"说罢，也不等她回答，他便回过头去，瞬间进入了那个虚拟的战场。

她瞟向他说的桌子上的东西，发现那是半箱即食面，还有几瓶全能量饮料，地上还放着好些空瓶子，看来这些天他都是靠这些度日的。她叹了一口气，想起以前每次她来的时候，他会给她做海鲜粥，烤各种各样的贝类，烤得差不多的时候，把蒜茸、花生油和辣椒丝浇进去，空气中都是香辣的味道。

她默默地把那些空瓶子都收进一个纸箱里，再把即食面的空袋子收拾好，然后便去了楼下的厨房。厨房里什么也没有，幸亏她早有准备，蔬菜和肉类都买来了，原打算买个生日蛋糕的，但想到一路舟车劳顿，怕蛋糕在半路融化，便买了面粉和鸡蛋来，想着跟他一起做蛋糕。

她向来不擅长厨艺，平时在家里是赵莞做饭，跟卓智在一起时是卓智做，现在只能勉为其难地上阵了。靠着手机上的软件，她成功地做了一个鸡蛋炒番茄，又做了半煲腊味饭，还就地取材，用电饭煲做了蛋糕。

也许是因为蛋白没有打发好，做出来的蛋糕并没有像网上展示的那样蓬松绵软，但也能勉强看出是一个蛋糕的样子，而且奶味十足，香气扑鼻，还是不错的。她自我安慰着，把蛋糕倒扣在一个圆形的浅碟子里，把买来的圣女果切成两片，一片片地摆放在蛋糕边，看上去倒也清新可人。

她把饭菜和蛋糕一样样地端上楼，直到她摆好了碗筷，装好了饭，卓智都没有抬起头来看她一眼，似乎完全忘记了有她这个人存在。她走过去，把手放在他的肩上，说："吃了饭再打，好吗？"

卓智依然全神贯注地盯着电脑屏幕，头也没抬："等我一会儿。"

她就默默地站在他身后等，这一会儿，便是将近半小时。

他赢了，在游戏中，别人都被他打死了。

他终于把目光从电脑上移到她的脸上，摘下耳机，看着她："你刚才说什么？"

她淡淡地说："吃饭了。"

"哦。"他应了一声，跟着她走到桌前坐下，端起碗吃饭。

两个人默默地吃着，他没有说好吃，也没有说不好吃，只是埋头用筷子不断地把饭扒进嘴里，似乎那是一个非常艰巨的任务，而不是享受。这是她第一次为他做饭啊，她有点委屈，又有点不满，但一看见他那双布满了血丝的眼睛，便不忍心苛责他。

因为他心情不好啊，他以前是不会这样对待她的，是不是？

他吃完了一碗饭，她伸手接过他的碗，又为他盛了一碗，他也没有客气，接过碗，很认真地吃起来，认真得没有闲暇看她一眼。

"吃点菜吧。"她用勺子舀了一大勺西红柿炒蛋给他，他默默地把碗伸过来接了，然后又埋头吃起来。

她怔怔地看着他，再也吃不下那半碗饭。渐渐地，她的眼睛便红了。她没有怪他，她只是难过。

他吃完了那碗饭，才抬起头看她："你怎么吃得这样慢？我都吃完两碗饭了，你半碗都没吃完。"

她立即高兴起来："咱们吃蛋糕好吗？我做的蛋糕。"

他略显惊讶地说："蛋糕？"原来他一直只顾着埋头吃饭，连放在桌上另一边的蛋糕都没有看见，"你做的？一定很好吃。"

她笑了："嗯，快试试。"

他用小刀划开了蛋糕，切了一块给她，自己也拿了一块，两人慢慢地品尝起来。她有点不好意思："对不起，你的生日……我给你做了这样的蛋糕。"

他看着她说："蛋糕是有点硬，但很香，如果不用传统的蛋糕标准来要求它，还是很好吃的。"

说完，两个人都笑了。她的心情随之变得轻快起来，他似乎恢复了平时风趣的样子。

“谢谢你来陪我过生日。”他有点愧疚地看着她，“吃了蛋糕，你就回去好吗？”

她脸上的笑容渐渐凝固：“为什么？”

他摸摸她的脸：“因为……我没空陪你。”

她不解地看着他：“为什么？”

他说：“我要做任务，急。”

她明白了，他还是惦记着网上的游戏，她巴巴地跑来给他过生日，巴巴地给他做饭做蛋糕，在他眼中，却连网络游戏都不如。

她咬着唇，好不容易才控制好自己的情绪，若无其事地点头，说：“好。”

他满意地笑了，又摸了摸她的脸，说：“乖。”

然后，他把手中的最后一点蛋糕塞进嘴里，说：“麻烦你把碗收拾一下，出去的时候记得关上门，我就不送你去码头了。”

她依然是默默地点头，一句话也不敢说，唯恐一开口，便委屈得哭出声来。她很想拂袖而去，永远不在他的面前出现，可是又不甘心。

凭什么？他凭什么这样对她？

她把碗筷洗刷好后，并没有像他说的那样，关上门，去码头，坐船回市区。

她坐在院子里发呆。

阳光透过百香果叶子之间的缝隙射下来，把地面点缀得斑斑驳驳，院子也不是往常那样干净整洁的样子，地上有好些落叶，她不由得叹了一口气，想找工具打扫一下落叶，却不知道去哪里找。

她环视四周，目光落在院子门边挂着的一串钥匙上。她认得那钥匙，那是卓智家小船的钥匙，他习惯把钥匙挂在门边，便于出入时拿。

她心里一动，想起了花碗坪上的那些碎瓷片，还有它们在阳光下发出的闪闪光芒。她的心里突然就变得灿烂起来，已经是晚春了，不知道孤岛上的那些桃薇花，是否还在开？

她取下了挂在门边的钥匙，朝码头走去。

正是晌午，码头上没什么人，船也不多，她很快就找到了卓智家的小船。她上了船，很淡定地把钥匙插进去锁孔，启动了小船。此前她从未开过这船，但见卓智开得多了，感觉似乎并不难。

当船体在发动机的作用下颠动起来时，她有点惊慌失措，真的要开船去花碗坪吗？会不会迷路？但很快她便安慰自己，海上不比城市的道路错综复杂，只要方向是对的，就不会迷路，更何况，她手中不是还有手机吗，如果迷了路，也可以第一时间求助。

这样想着，她的心里便安定了，慢慢地驾驶着小船向前奔去。她不敢开得太快，一直保持着匀速前进，看着海里的水波被小船从中划开，在两边翻起波浪，心情便也变得晴朗起来。

竟然真的没有迷路，小船在海上行驶了一个多小时后，终于抵达花碗坪附近，当她看见孤岛上那些熟悉的黑石头时，心里涌出了一丝探险成功的得意劲。她把船停在水边，然后提着鞋子一步步地走向孤岛。

她没有想到，在这里，她又遇上了那些稀奇古怪的事情。

她在花碗坪捡了好些瓷片，放进带来的袋子里。那些瓷片都很漂亮，但是太小了，就像卓智说的，要把它们拼成一个碗或盆的样子，还真不容易。每块陶瓷碎片，都来自一个完整的碗或盆，可是当它们碎裂后散落在这片海滩上，要重新聚集在一起，就跟大海捞针差不多。

就像一对男女，上天要让他们失散，在人海中寻找彼此，有时候他们一下子就找到了，有时候兜兜转转却一直迷路，要历尽沧桑才能找到，而有的人，一辈子都找不到，只好孤独地过一生。

他（她）也不是没有人爱，只是找不到他（她）想要、想爱的那个人而已。丁翘有点感叹。

她慢慢地朝山上走去。说是山上，其实就是孤岛的顶端，因为山石丛生，植物长得也不算茂密，走起来并不艰难，只是偶尔需要手脚并用地攀爬。一个小时后，前面豁然开朗，山石少了，植物也渐渐变得茂密起来。

登上顶处，眼前豁然出现了一片花海，有那么一刹那，她以为自己是在做梦，那么大的一片花海，那么艳丽、那么欢天喜地地开着，蓝蓝的天际飘散着白云，周围是蓝色的大海，她情不自禁地欢呼着冲向那片花海。

桃薇花，她第一次见到活生生地长在树上的桃薇花！

卓智曾经摘过桃薇花给她吃，可那是在夜里，后来她也曾跟卓智上岛，但不是时间不够无法上山，便是因为时机不巧错过了桃薇花的花季，每每抱憾而归。

灿烂盛放的花，她见得多了，但她从没有见过开得这么肆无忌惮的花。它们就那样密密匝匝地开着，枝条重叠着枝条，花朵挤压着花朵，可是每一枝都有自己的位置，每一朵都有自己的空间，那么自由，又那么奔放。

空气中，飘荡着一股香甜的味道，她忍不住闭上眼睛，深深地呼吸。如果能有一种机器，把空气中的气味保存下来就好了。她略带点惆怅地想，既然气味无法保存，那就做点实际的事吧，她掏出手机，开始拍摄起来。

不管哪个角度，不管哪个方向，都是一幅现成的美图。她有点小得意，很自然地便想把照片发上朋友圈，转念一想，还是算了，一旦她把桃薇花的照片发出去，这里很快便会成为朋友圈的网红打卡点，这片自由自在盛放的桃薇花，又怎能经受得住人类的再三造访？

还是算了。

丁翘记得卓智说过，小时候，他的妈妈经常上山采摘桃薇花，有时候用来泡茶，有时候用来做点心。

那时候他的妈妈，心里是快乐的吧，丈夫在海上捞海胆，年幼的儿子正在一旁嬉戏，她一边摘花一边唱着“桃薇花儿开”，想一下都让人心驰神往。

丁翘伸手摘了一朵桃薇花，指间却觉得一阵刺痛，原来这桃薇花也像玫瑰一样，是有刺的，再细看那花朵，长得也跟玫瑰花差不多，只是花朵没有玫瑰花那么大，但花瓣倒是丝毫不输给玫瑰花，层层叠叠，像是隐藏着无限心事。

桃薇桃薇，会不会跟蔷薇一样，跟玫瑰一样，都是属于蔷薇科的呢？

丁翘咬下一片花瓣，细细地咀嚼起来，一股微甘而清新的感觉瞬间在她的口腔绽开，这让她想起那个台风之夜，卓智也摘过桃薇花给她吃。她有点后悔，早知道桃薇花开得这样好，她就不应该负气一个人出海登上孤岛，应该拉着卓智一起来看的。

也许，看了这片绽放的桃薇花，他会高兴一些呢。

因为这片花海，她的心情变得明媚。她找到一个平坦处坐下来，双手托腮，在海风的吹拂下，微闭上眼睛。也不知道怎的，一下子就睡着了，连梦中都是桃薇花那清新而甘洌的香味，好像连梦境都是粉红色的。

当她睁开眼睛的时候，却发现天上已经涌起了乌云，似乎要下雨了。

她大吃一惊，慌忙往山下跑。

可是已经来不及了，才跑了几步，雨水已如豆子般砸下来，她咬着牙继续奔跑着，只一会儿，她的头发和衣服便湿透了，而雨丝毫没有停止的意思，反而越下越大。

下山的路因为被雨水浇透了变得有点湿滑，她跑得举步维艰，但再艰难也要奋力向前跑，恐怕一会儿还有雷暴呢，自小的安全教育告诉她，雷雨天气千万别暴露在野外，尤其是在山上，她必须想办法快点上船，然后离开这里。

终于，她跑到了山脚下，来到了那片岩石边，只要穿过这片黑黢黢的岩石，再走几步，就可以看见那艘小船了。

突然，她的眼前亮起一道闪电。

她的心里一沉，想起了一年前在这里发生的事。她记得那天夜里，也是这样下着雨，响着雷，后来她看见了那恐怖的一幕……

她紧紧地握着手机，似乎这样能从中得到力量，她全身上下都湿透了，幸亏江盛送的这个手机是防水的，她不怕手机因为被雨浇湿而死机，这让她有一股底气，不管发生什么事，她都能用这个手机向外界求助。

山石在她面前变得影影绰绰，她慢慢地摸索着前进，一个巨大的响雷突然在天边炸开，天幕犹如被撕裂了般，四下漆黑一片。

紧接着，她眼前突然又变得白亮起来，但这白，又跟白天不一样，而是带着一股朦胧的感觉，像是月色清明的夜晚，似乎还带着淡淡的柔光。

就在这个时候，她惊讶地发现，前面不远处出现了两个人，虽然五官和衣着看不清楚，但让她觉得似曾相识，这样的场景，这样的场景……她几乎要惊叫起来了——这正是一年前她在这里见过的一幕！

一个男人在前面走着，后面的男人突然从地上搬起一块石头砸在前面男人的后脑勺上！

前面的男人应声倒地，记忆中，后面的男人应该是略做停顿，然后拖起前者的双脚走向大海……

她颤抖着双手打开手机，要把眼前的一幕拍下来，可是就在她按下手机的拍摄键的时候，眼前的场景突然消失了，那个男人还未把倒在地上的男人拖下大海，就凭空消失了，她眼前什么也没有了。

只剩下黑黢黢的山石，似乎刚才那一切，都只是她的幻觉。

天地间，又恢复了刚才阴暗的样子。

可是她知道，刚才那一幕绝对不是幻觉，她急切地打开手机，看手机上到底拍下了什么。照片很暗，乍一看只是灰蒙蒙的画面，但是仔细看，还是能勉强看见两个人影，一个倒在地上，一个跟在后面正弓着身子，看样子是正在弯腰搬石头。

拍到了！她情不自禁地在心里欢呼一声，以前她几次跟陈俊峰提过这事，但陈俊峰都不相信，现在有图有真相，他总该相信了吧！

她跌跌撞撞地朝海边奔去，直到看见小船，才放心地松了一口气。

丁翘回到村子里的时候，已是暮色时分，家家户户都亮起了灯火，当她走近卓智家，却发现卓家黑灯瞎火，她知道卓智没有出去，门依然保持着她离开时的样子，木门闩处于半关状态，外面和里面的人都可以打开门闩进屋。

丁翘在楼下大叫：“阿智！”

或许是太激动了，她急于把这个消息跟卓智分享，正担心他在楼上打游戏戴了耳机听不见下面的动静时，门突然开了。

丁翘几乎是扑进卓智的怀里：“阿智！”

卓智对她的出现似乎挺意外：“你怎么还在？不是回去了吗？”

丁翘并不介意卓智语气中的冷淡，她热切地说：“阿智，我有话跟你说……”

卓智用力地把她推开：“我问你怎么还在？你不是说回去了吗？”

丁翘惊讶地看着卓智，她被他眼神中的疏远和质问吓住了，她不敢相信，他会用这样的眼神看她。

她顿了一下，才小心翼翼地说：“阿智，你怎么了？”

卓智说：“我没怎么，我倒是想问，你想怎么样？”

丁翘结结巴巴地说：“我没怎么样啊……我就是想陪着你，你知道我刚才去哪儿了吗？”

卓智不客气地说：“我对你去哪里了一点都不关心，但是，我对你喜欢撒谎的行为很反感！”

丁翘张口结舌地看着卓智：“我什么时候撒谎了？”

卓智冷笑了一声：“你说呢？”

丁翘说：“我就是不知道，所以才问你。”

卓智淡淡地说：“可能你早就忘记了，那我提醒一下你，上星期，你约了江盛吃饭，却骗赵莞和我，说是参加采访对象的饭局，这事你忘记了吗？如果不是被潮记的老板拆穿这件事，恐怕你不会承认吧？”

丁翘怒极反笑：“这又不是什么大不了的事，我为什么要说谎？我跟江盛去吃饭怎么了？我跟他是朋友，你又不是不知道！”

卓智又冷笑了：“如果只是普通朋友，你有必要撒谎吗？”

丁翘怒视着卓智：“你知道你在说什么吗？我明白你现在心情不好，三婆去世，我也很难过，可是你不能向我发泄！你没权利这样做，我也没有义务消化你的负面情绪！”

卓智默默地看了她一眼，像是做出了某项重要的决定：“不错，我没权利，你也没有义务……我们分手吧！”

丁翘气得几乎发抖，过了好一会儿才说出一句话：“你就为了这个……跟我分手？你看着我，看着我的眼睛再说一遍！”

卓智却不看她，转身朝屋里走去，只听见他的声音冷冷地抛过来：“是。”

她推开他，冲进屋里，拿起了自己的小背包，提着直接走了。

卓智站在楼上的阳台上，看着丁翘背着小背包大步朝外面走去，脸上的表情隐匿在夜色中，无人知道他是哭还是笑，是喜还是忧。

第十八章
奇怪的发现

码头上的船已经停止营运了，丁翘只好向江盛求助。江盛今晚本来是打算在浪琴湾过夜的，一听说她急着回市区，马上答应送她回去，这令丁翘既感激又不好意思，但现在能求助的也只有他了。

两人下船后，上了江盛的车。江盛把车开往市区的路上，丁翘一直低垂着头，不想说话，唯恐一开口，会忍不住掉泪。

卓智说，我们分手吧！

他说分手，他不要她了，他怎么能这样？不是说好两个人要永远在一起的吗？他怎么能说分手就分手，就因为她跟江盛吃了一顿饭？

她又委屈又难过，觉得自己像做了一场梦，自己巴巴地买了东西来给他庆祝生日，他却向她提出了分手。现在回想起来，自从那夜在潮记吃饭后，他的表现已跟平时大相径庭，她早该想到的，他一直怠慢她，不打电话也不发信息，她主动找他时，他也是冷淡应对，其实一切早有征兆，是她太迟钝了！

江盛察觉到她异于寻常的安静，问她："你怎么了？这么晚还要走，跟卓智吵架了？"

丁翘不想这事被江盛知道，免得他有负罪感，于是摇头说：“没有没有，明天有个采访，临时通知的，今晚必须赶回去。”

江盛笑了：“原来是这样。以后如果他欺负你，你告诉我，我帮你教训他。”

“扑哧。”车上出来一个女人笑的声音，“你自己都没有女朋友，有什么资格教训人家。”

这突如其来的笑声把丁翘吓了一跳，但她马上想起了这是江盛车上的车载智能系统，于是说：“安妮，你怎能这样说你的主人呢，你不乖。”

江盛笑了：“让它说吧，它是个话痨，不让它说，会憋坏的。”

安妮便大言不惭地说：“还是主人了解我，谢谢主人！”

丁翘说：“你怎么不帮你主人找一个女朋友呀？”

安妮竟然叹了一口气，说：“他也不是没有喜欢的人，只是他喜欢的人不喜欢他。”

这个回答出乎丁翘的意料，连车载智能系统都这么聪明了？丁翘忍不住侧头看向江盛，江盛倒没看她，只是微笑着说：“你可别自作聪明。”

安妮说：“我才没有自作聪明，自从这位漂亮的小姐一上车，你的心一直怦怦直跳，车内温度是你最习惯的24摄氏度，你今天手指与方向盘接触的温度是35.5度，比平时高了半度，你的手指在微微渗汗。”

这下子便有点尴尬了，江盛静默了一会儿，说：“你乱说，信不信……”

安妮像人一样叹了一口气：“唉，忠言逆耳，我不说话就是。”

安妮果然说到做到，再也不说话了。车里很静，静得丁翘能听到江盛的呼吸声。

好半天，江盛才自嘲地说：“这个智能系统，特别喜欢开玩笑，你别当真。”

丁翘便理解地点点头：“外国人设计的电子产品嘛，自然是注重幽默和有趣的。”

说完这句话，丁翘便闭上眼睛假寐，直到江盛把她送到小区门口，她才装作突然醒来。

或许是因为白天被雨浇湿了全身，夜里，丁翘发烧了，睡梦中，她听见自己在说着胡话，很伤心地哭。

“阿智，我不想分手。

“阿智，你真的不要我了吗？

“阿智，我很爱你的，你不要不理我。”

她听到自己一句句地求他，一声声地哭，这些话，都是她在心里要跟卓智说的，可是当卓智向她提出分手的时候，她却一句话也没有说。

因为爱得深，所以不愿意卑躬屈膝，唯恐被对方看轻，一个人的时候，才敢扒开伤口看，原来自己伤得那样重。

她的神志游离于体外，冷静地看着自己的躯壳在哭。也许哭声太大了，竟然把另一个房间的赵莞都惊醒了。赵莞打开门走进来，发现她满脸通红，体温高得惊人，还在悲切地哭。

赵莞把她扶起来：“阿翘，我送你去医院。”

“不，我不去。”她睁开眼看见面前的赵莞，神志清醒了些，像蛇一样滑下来，依旧躺在床上，喃喃地说，“我不去，我没事。”

赵莞急了：“你烧成这样了还说没事？快起来，我送你去医院！”

她朝赵莞挥挥手：“别吵别吵，让我睡觉，我累。”

赵莞无可奈何地看着她，一大早见她兴冲冲地说要去浪琴湾给卓智庆祝生日，晚上突然回来了，话也不多说一句便进了房间，这半夜三更的，突然发起高烧来，还又哭又闹，不用想也知道是跟卓智吵架了。

“你别闹，我睡醒了就好了。”像是担心赵莞又把自己拉起来，丁翘竭力睁开眼睛，又对赵莞说，“你帮我关上灯，我要睡了。”

说完不等赵莞回应，便又一头倒在床上，闭上眼睛睡着了。

赵莞无奈地摇摇头，关灯走了出去。

第二天一早，赵莞起床的时候，丁翘已经神清气爽地在天台上晒桃薇花了，她看上去神色如常，脸色如同今天的天气一般晴朗，昨天还倾盆大雨呢，今天便艳阳高照。

赵莞凑过去看："咦，这是什么？月季花？"

"桃薇花。"丁翘拈起一朵花给赵莞看，"仔细看看，跟月季花是不一样的。"

赵莞便也接过花来看："真好看，哪里来的？"

"浪琴湾摘的，可以泡茶喝。"

"这样啊……"赵莞深深地看了丁翘一眼，"你这次去浪琴湾，怎么这么快回来了？"

丁翘若无其事地说："临时有个采访要做，一会儿我要出去。"

不知道为什么，她不愿意把卓智向她提出分手的事告诉赵莞，因为她在潜意识中觉得，她跟卓智不会就这样分手的，他最近的行为举止太古怪了，他一定是有什么事瞒着她！

因为是周末，到处都是人，丁翘约了陈俊峰在家附近的一家西餐厅见面。

刚点了一壶水果花茶，陈俊峰便到了，于是她便又让服务员添了咖啡，点了一份炒饭和牛扒，一份西蓝花，早餐跟午饭凑在一起吃。

陈俊峰昨天才出差回来，本来想睡个懒觉，但一接到丁翘的电话便急匆匆地赶来了，因为丁翘在电话中说："我拍到浪琴湾那两个人的照片了！"

此前，丁翘几次跟他提起这事，他都是半信半疑的，但抱着对群众负责的态度，他让人查遍了近几年所有的案宗和失踪人口，都没有找到吻合的受害者，他甚至怀疑那不过是丁翘的幻觉。

但凭他对丁翘的了解，又觉得事有蹊跷，因此他一接到她的电话，便火速赶来了。

“快，把照片给我看看。”服务员一走开，他就迫不及待地对丁翘说。

丁翘掏出手机，找到那张照片，递给陈俊峰。

陈俊峰皱眉：“这么朦胧，怎么看？”

丁翘指着照片上的人影：“你看，这里躺着一个人，另一个人站在这里……”

陈俊峰眯着眼看了好一会儿，点点头：“是有两个人，怎么不多拍几张？”

丁翘说：“我刚拍了一张，那两个人就消失了，非常快……就好像银幕上的人像突然消失了一样。”

陈俊峰想了一下，说：“别急，你先把那天的事再详细说一次。”

于是丁翘便把那天在孤岛上的所见所闻又详细地说了一次，陈俊峰专注地听完，问她：“你第一次见到那两个人，也是雷暴天气？”

丁翘点点头：“对，也是差不多的天气，上次是盛夏，这次是初夏。”

陈俊峰的眉皱得更深了，有点惋惜地说：“这照片要是拍得更清晰一点就好了。”

丁翘说：“时间太快，来不及对焦，我也有点急……”她的目光突然落在照片的下方，指着角落里的一个阴影问，“这里好像有个东西！”

陈俊峰接过手机凝神细看：“不像是石头，有点方方正正的样子。”

丁翘定睛细看，那小小的一团，果然是方方正正的，卧在地上，她两次见场景重现都没有留意地上有这个东西。

丁翘困惑地说：“这么小，到底是什么东西呢？会不会是火柴盒？”

陈俊峰看了看，点头：“是有八分像。”他的兴致来了，“如果是火柴盒，那么极有可能是其中一个人随身带着的，这个人极有可能是烟民！”

丁翘苦笑：“我们连这两个人的身份都不知道，是不是烟民又有什么关系？再说，我怀疑这两个人，不是现代人。”

陈俊峰惊讶地看着她：“为什么？”

于是丁翘便把卓智小时候也在孤岛上看见过人像的事说了出来，陈俊峰更加诧异了：“你怀疑这两个人是古代人留下的影像？”

丁翘点头：“不错，我以前跟卓智讨论的时候，他也有同感，我们怀疑浪琴湾的孤岛上有某种神奇的磁场，无意中把某些场景录了下来，在某种特定的物理条件下，这些影像便会重现。”

陈俊峰点头：“有这个可能。”他又细细审视着照片中那火柴盒大小的黑影，突然有点惊喜地说，“你看这里！”

丁翘顺着他手指所指之处看过去，果然有新发现：盒子的顶端，有一点似乎是发白的，颜色显然比别处的颜色要浅一些，乍一看，像是发光的样子。

丁翘兴奋地说：“这个东西，会发光。”

陈俊峰点点头：“我也有同感！走！”

“去哪儿？”

陈俊峰说：“回我们单位，我让技术部门把照片处理一下，看这个到底是什么东西。”

丁翘疑惑地说：“这样……行吗？”

陈俊峰瞪了丁翘一眼：“不相信警察叔叔还是咋的？”

丁翘便笑了：“走！”

两个人刚起身，便见服务员用托盘端着吃的喝的走过来了，丁翘手一挥：“给我们打包！”

丁翘坐在陈俊峰的办公室里，两个人刚把从西餐厅打包的东西吃完，技术员小赵便敲门进来了：“陈队，弄好了。”

陈俊峰兴奋地说：“快，放进我电脑！”

小赵把U盘插进陈俊峰的电脑，丁翘忙凑过去看，经过处理的照片果然清晰多了，他们的判断没错，那个小小的黑盒子上端，果然像是发光的样子。

丁翘仔细地端详着："这个小盒子，后面好像……有个扣子？"

小赵说："对对，像是某种特殊的装置。"

陈俊峰认真地看了一下，突然笑了："那不是扣子，那是一个夹子！"

丁翘与小赵异口同声地问："什么夹子？"

陈俊峰笑得更开心了："这个是BB机！"

丁翘和小赵几乎又是异口同声："什么叫BB机？"

陈俊峰打开电脑上的搜索引擎，搜索"BB机"，很快，结果便出来了：BB机，又名BP机、寻呼机、CALL机，无线寻呼系统中的被叫作用户接收机。BP机有人工汇接和自动汇接两种方式，对应的寻呼台被称为人工寻呼台和自动寻呼台。寻呼机分为两类：数字寻呼机和中文寻呼机。数字寻呼机小巧，价格低，实用；中文寻呼机直接显示汉字，信息容易识别。

看着丁翘和小赵一愣一愣的样子，陈俊峰又忍不住笑了："没见过吧？当年，拥有一个BB机可是一件了不起的事情。"

丁翘说："我很小的时候好像也见过我妈用过这个，只是那时候太小，没留下什么印象。从网上的介绍来看，这个是数字寻呼机？"

陈俊峰点头："不错，中文寻呼机的价格更高，而且体积也更大。从这个数字寻呼机上，我们基本上可以得出两条线索，一是这个寻呼机的主人的经济条件不怎么样，二是这件事发生的时间，应该是在1993年至2003年这10年间。"

丁翘好奇地问："为什么？"

陈俊峰说："在1993年以前，BB机算是奢侈品，一般的人消费不起；2003年后，随着手机的普及，BB机日渐式微，逐渐退出市场了。"

小赵佩服地看着陈俊峰："对对，网上也是这样说的！"

丁翘眼前一亮："那么，只要查清楚浪琴湾在1993年至2003年之间的失踪或意外死亡事件，便有可能查出这两个人是谁了？"

陈俊峰摇头："那倒不一定，我们并没有确切的证据，证明地上的那个人已经死亡了。"

丁翘有点沮丧："这倒也是。"

陈俊峰又说："别丧气，看到BB机上这个发光的点没有？BB机上的信号灯在闪，说明案发时，刚好有人通过总台在寻呼机主。"

丁翘说："但现在我们连这台BB机的机主是谁都不知道啊。"

陈俊峰笃定地说："这些信息看似零碎无用，但我相信，在某个时刻，它会成为突破问题的关键。"

听他这样一说，丁翘又兴奋起来："那你会继续查下去吧？"

陈俊峰笑了："当然，打铁要趁热。下午有事吗？一起去浪琴湾？我有个哥们儿在那边的派出所，老叫我下去吃海鲜，这次正好公私兼顾。"

丁翘马上说："行啊，我去。"

小赵羡慕地说："要不是我今天值班，真想跟陈队去学习。"

陈俊峰拍拍他的肩："如果这案子破了，你可是大功臣！"

陈俊峰的哥们儿，是镇上派出所的所长，一听说陈俊峰来了，早早就开车在高速出口处等着，一见面，两个人便嘻嘻哈哈地抱在一起，倒把丁翘晾在一边了。

陈俊峰朝丁翘招招手："来，我介绍一下，这位是……"

所长笑了："丁记者吧？我认得她。"

丁翘有点汗颜，去年她深夜暗访吕仁出海时，失踪后又获救，所长自然认得她，陈俊峰一听便知当中渊源，怕丁翘尴尬，便打着哈哈过去了。

按所长的安排，他先带他们去海边冲浪，晚饭时来一顿丰富的海鲜，陈俊峰一听便摆手："冲浪是以后的事，今天来，要麻烦你加个班。"

所长愣住了："加什么班？"

陈俊峰便把来龙去脉说了一下，所长一听也觉得奇怪，于是便把他们带回派出所，吩咐管理档案的人把1993年至2003年的卷宗和值班日志都调了出来。丁翘和陈俊峰便一头扑进档案中翻阅起来。

这一看，几个小时就过去了，当他们把所有的资料全部看完，外面已经暮色四合，但因为一无所获，两个人的脸色都有点沮丧。

所长一直陪着他们加班，见状便说："咱们去找家饭店坐下来边吃边聊，也许能聊出点什么。"

陈俊峰摆手："算了，吃饭只是小事，还是正经事要紧。"

所长笑了："你还怕我犯错误不成？放心好了，我私人掏腰包请的，不是公款吃喝。"

陈俊峰打了所长一拳："你请我吃饭当然得自己掏腰包，如果你敢公款吃喝，我非举报你不可。"

两个人哈哈大笑起来，丁翘在一旁看着两个大男人"打情骂俏"，不禁莞尔。

最后，在陈俊峰的强烈要求下，所长只好打电话叫了快餐，三个人坐在办公室里边吃边聊。

所长说："在我们辖区的这么多渔村中，浪琴湾因为交通不便，民风淳朴，治安事件都不多见，其实你们说要查资料之前，我就知道你们不会有收获，但不让你们查，你们肯定不死心。"

丁翘与陈俊峰对视了一眼。丁翘问："所长，你在这个派出所工作多久了？"

所长说："算起来有27年了，我是21岁到这个派出所的，今年我48岁了。"

丁翘算了一下，所长在派出所工作了27年，恰好覆盖了1993年至2003年这个时间范围，如果这10年间浪琴湾发生了什么特别的事，所长不会不知道呀，她不禁怀疑，会不会是调查方向错了？

陈俊峰也想到了这个问题，他问所长："在1993年至2003年间，浪琴湾有没有发生什么特别的事？”

所长想了一下，说：“我是1993年进所的，那时候我还是一个新丁，如果浪琴湾有什么特别的事情发生，我不会不记得……”他沉吟了一下，摇头，“没有。”

丁翘不甘心地说：“不一定是治安事件，其他的事件也可以。”

所长眼前一亮，说：“有！哎呀，我怎么把那个事忘记了！”

陈俊峰和丁翘激动地注视着所长，说：“什么事？”

所长说：“‘98.6’洪灾。”

丁翘不解地问：“‘98.6’洪灾？什么意思？”

陈俊峰说：“这个我有印象，1998年6月，全国多个地方连日大暴雨，各地出现洪灾，水库崩塌，人员伤亡，有的村子都被洪水卷走了，死伤不计其数，各地损失惨重。”

丁翘问所长：“那年浪琴湾的损失很惨重？”

所长说：“当时各单位都要组织情况上报，我记得看过统报资料，浪琴湾也有人员伤亡，但伤亡多少，我不记得了。”

陈俊峰突然说：“不对，那次是洪灾，浪琴湾在海边，按理说不存在洪水排泄不去的情况。”

所长说：“你有所不知，浪琴湾因为交通不便，当地群众的生活水平普遍不高，村里以低矮的泥砖瓦房居多，连天大暴雨后，村里倒塌了好几间房子，造成人员伤亡。不过因为这些不是治安事件，我们派出所没有记录。”

原来是这样。

陈俊峰突然把手中的饭盒一放：“不吃了，走。”

丁翘心领神会，马上也把手中的饭盒放在桌子上，拿起手袋站起来。

所长惊讶地看着他们：“你们去哪儿？”

丁翘和陈俊峰几乎是异口同声地说：“去浪琴湾啊！”

所长苦笑：“这大黑的天，你们现在要去浪琴湾？码头的船都停了吧？”

陈俊峰笑了："码头的船是停了，你这个所长可不是吃干饭的，我知道你有办法。"

所长哭笑不得。

20分钟后，丁翘、陈俊峰和所长坐上了驶往浪琴湾的快艇，离浪琴湾越近，丁翘便越踌躇，她在考虑要不要发个信息告诉卓智，自己又来了。但想了一下，还是算了，他现在心情不好，她暂时不想跟他联系，他一直想解开孤岛上那些奇怪影像之谜，如果这事有进展，再跟他说也不迟。

快艇在浪琴湾靠岸的时候，已经将近晚上10点了，丁翘有点担心，这个时候来找人，恐怕人家都要上床睡觉了吧？

所长还是很有群众基础的，村主任开门一见是他，马上热情地张罗着泡茶，又吩咐老婆拿出了些虾干、鱼仔干之类的出来招待客人。这一年来，丁翘常在村里走动，村主任老婆是认得丁翘的，于是便又闲聊了几句三婆的事。

所长是个爽直的人，直接开门见山地说明来意，村主任略寻思了一下，说："那年洪灾村里死了两个，伤了三个。"

丁翘迫切地问："都是些什么人？能详细说说吗？"

村主任说："其中一个是五保户，女的，80多岁了，本来村里已安排了她转移，她悄悄溜回家，被倒下来的屋梁砸中，当场就没了。还有一个人，冒着大暴雨出海捞虾，风浪把船掀翻了，那个人虽然会游泳，但在海上体力不支，溺水死了。"

有戏！丁翘兴奋地与陈俊峰对视了一眼。陈俊峰问："这个人年纪有多大？"

村主任说："30岁左右，也是女的。"

所长说："那几个受伤的人情况怎样？"

村主任说："有一个被家里倒塌的墙压伤了脚，还有两个是一对小姐妹，在家里睡觉的时候，屋顶上突然掉下碎瓦，把她们的头砸伤了，不过都没有大碍。”

全部情况都不符合，丁翘有点沮丧，看来这次是一无所获了。

陈俊峰不甘心地盯着村主任，问：“此前或此后的那些年，村里发生过什么伤人事件吗？”

所长也说：“对对，没有报告派出所那种。”他对基层的情况很了解，有时候民间纷争导致身体伤害的，如果双方不想闹大，在村干部的协调下双方达成赔偿协议，事情解决了就不会报案，派出所自然无从掌握这些信息。

不料，村主任惊讶地看着所长，说：“怎么又问这个？到底发生了什么事？”

去年丁翘在孤岛上遇险获救后，派出所也曾找村主任了解当天是否有命案或伤害事件发生，村主任在村里了解了半天一无所获，现在所长重提往事，村主任自然会联想到一年之前的事。

陈俊峰不愿意细说，便含糊地说：“我们接到报案，10多年前，也有可能是20多年前，有人看见两个男人在浪琴湾的一个孤岛上打架，怀疑其中一个打死了另一个。群众利益无小事，我们接到报案就要查清楚。”

村主任点点头：“原来是这样……那你们为什么不问清楚那个报案的人，那两个人长什么样？这样才好认人啊！”

所长说：“时间太久了，对方不记得了。”

陈俊峰启发村主任：“在1993年至2003年间，村里有没有发生过青壮年男人死亡或受伤的事件？你再好好想想。”

村主任摇头：“没有了……”他的目光落在丁翘脸上，突然大声说，“有，我想起来了，卓智的父亲卓杰在海上溺水死了！”

丁翘的心怦怦直跳：“是哪一年？”

村主任说：“1996年，我记得很清楚。卓杰去世两年后，就遭遇了水灾，那一年村里崩塌了好多房子，三婆也就是那一年搬去跟卓智母子俩同住的。”

时间跟丁翘记忆中卓智说的完全吻合，她点点头："是的，我也听卓智说过这些事。"

所有的目光都落在丁翘脸上，村主任笑着说："你们不知道吧，丁记者跟卓智正在谈朋友呢。"

陈俊峰和所长对视了一眼，大有深意地冲丁翘笑："原来是这样！"

丁翘哭笑不得："你们笑我干啥呀，说正经事啊。"

陈俊峰说："那卓智是怎样跟你描述他爸去世的事的？"

丁翘说："卓智说，他爸爸长期在海底摸海胆，出海作业时因为精力不支而溺水，一天后尸体才被海浪冲上岸。"

村主任点头："情况就是这样，我还要补充一点，因为海浪冲击，尸体与岩石撞击，卓杰身上多处破损，有些地方的皮肉已让海鱼啃掉了，遗容惨不忍睹。"

丁翘听着心里很难过，不敢想象当年年幼的卓智和他的母亲，是怎么艰难地熬过这悲惨的一幕的。

所长皱眉："没有报案？"

村主任说："渔家人在浪里掏食，这个结果早就预料到了，遇到这样的事都是早早入土为安。"

陈俊峰说："难道就没人怀疑他的死因？他的老婆也不怀疑？"

村主任说："如果是别人倒也罢了，卓杰是一个特别憨厚老实的人，跟村里的人处得特别好，他不可能得罪人，大家都认为这只是意外。"

丁翘心念一动，从包里掏出那张经处理后打印出来的照片，对村主任说："你看看，这个人像不像卓智的爸爸？"

村主任接过照片，眯着眼睛看了好一会儿，说："这个人躺在地上，看不清楚。照片哪儿来的？"

丁翘含糊地说："当时有人无意中拍下来的。"

村主任表示理解地点点头："以前的相机质量不行。"

陈俊峰站了起来，“走，丁记者，带我们去你男朋友家坐坐。”

丁翘有点犹豫：“卓智最近的心情不太好，不知道他睡着了没有。”

陈俊峰爽朗一笑：“来都来了，哪有不见男朋友的道理，走吧，别害羞了。”

丁翘有点忐忑，其实她不是害羞，只是昨天卓智向她提出分手，她不想这么快就面对他，不过这些缘由也无法向他们说，只好讪笑着答应了。

他们刚起身，村主任突然说：“我想起了一件事，卓杰去世那天，找过我。”

三人停下来，看着村主任。

村主任说：“那天我坐船去镇上了，回来的时候已是晌午，老婆说卓杰找过我，让我回来立即呼他。”

BB机！丁翘和陈俊峰兴奋地交换了一下眼神，丁翘激动地问：“你还记得他的BB机号码是多少吗？”

村主任摇头：“不记得了，不过，我有个电话本，记着呢。”

说罢，村主任走进里间，拿了一本软皮抄走出来，翻了几页便高兴地说：“找到了，卓杰的BB机号码在这里！”

号码是6位数：385835。丁翘拿出手机，把BB机号码拍了下来。

陈俊峰问村主任：“他找你有什么事？”

村主任摇头：“我不知道呀。我从镇上回来，马上就呼他，但是他没回我。晚些时候，我去他家找他，他老婆说他出海还没回来，不知道为什么，我当时就感觉有点不妙。等我再见到他的时候，人……已经那样了。”

村主任提供的这个新消息，又把大家的心吊了起来。陈俊峰说：“走，去卓杰家看看。”

卓智打开门，一看门外站着的是丁翘，短暂的惊讶之后，脸上马上浮上冷淡的神色，丁翘心里隐隐作痛，恨不得掉头就走，身后的村主任不明就里，打趣地说："阿智，傻愣着干什么，还不快请人家进屋坐！"

卓智这才发现丁翘身后还站着村主任和陈俊峰等三人，有点意外地说："这么晚了，有事吗？"

陈俊峰爽朗地笑了："小兄弟，没事就不能找你吗？我们可算是丁记者的娘家人，过来认门来了。"

卓智的脸色依然是淡淡的，看不出高兴或不高兴，他侧着身子做了一个请的动作："进来吧。"

等大家相继进了屋，他便关上院子的门，说："屋里有点闷，就在院子里坐坐吧。"

安置大家在院子里坐下后，卓智走进屋泡茶，丁翘跟了进去。卓智默默地开火烧水，洗刷茶具，神色依然是淡淡的，连眼神都不与丁翘交流，就好像他眼前没有她这个人一样。

丁翘忍不住开口问："你为什么这样对我？为什么要分手？"

卓智抬起头，默默地看了她一眼，目光却又迅速看向别处，无可无不可地说："你不觉得我们之间的问题太多了吗？"

丁翘说："我不觉得，我们不是一直相处得很开心吗？"

卓智摇摇头："我们的条件太悬殊了，我配不上你，所以，你跟江盛约会，我也能理解，不怪你。"

丁翘不敢置信地看着卓智："你这话是什么意思？我们在一起这么久，我从来不知道你还有这种狭隘的想法，我再说一次，我跟江盛只是一般的朋友！我心里只有你，只有你一个人！"

卓智似乎不为所动，自顾自地说："你能不能答应我一件事？"

丁翘深深地吸了一口气："说！"

卓智叹了一口气，说："我们分手后，你千万不要跟江盛在一起，他……配不上你。"

丁翘哭笑不得："卓智你是不是疯了？你知道你在说什么吗？如果你非要跟我分手，你管我跟谁在一起？跟谁在一起关你什么事？"

卓智也不搭她的话，只是固执地说："我希望你答应我。"

丁翘觉得跟他已经无法再交流下去了，掉头便走了出去，她本来还想跟他聊一下他父亲当年的事的，现在看来也无法进行了。

过了一会儿，卓智端着茶水走出来。

喝了几口茶后，陈俊峰便单刀直入，问起了卓杰当年的事。卓智说："我当时还小，什么都不懂，只记得我爸……的尸体被村里人抬回来的时候，大家都不让我和我妈看，说怕吓着我们……为什么突然问起这个？"他看向村主任，"难道……我爸不是溺水死的？"

村主任说："这个我也不清楚，具体的情况你得问他们。"他指指陈俊峰和所长。

所长说："这只是一个猜测……这事有点复杂，还是让市公安局的陈队说吧。"

陈俊峰说："丁记者在孤岛上看见有人拿石头砸人的事，你应该知道吧？"

卓智看了丁翘一眼："嗯，我知道。"

陈俊峰说："我们怀疑，那个被砸的人，有可能是你的父亲卓杰。"

卓智先是一愣，继而摇头："这不可能。"

陈俊峰说："我们有照片，你要不要看看？"

卓智惊讶地问："照片？哪儿来的照片？"

丁翘说："昨天我开着你家的小船去了孤岛，刚好下雨，那奇怪的一幕又重现了，我拍了照片。"

卓智激动地说："快，快拿出来给我看看。"

丁翘拿出照片，卓智接过来，默默地注视了良久，把照片还给丁翘："我觉得不像。"

陈俊峰审视地看着他："你肯定？"

卓智点头："肯定。"

陈俊峰顿了一下，说："你父亲当年有没有留下什么遗物？你能不能查找一下，看能不能发现什么线索？”

卓智摇头：“没有了，父亲去世后，我妈就把他的东西都烧掉了。”

所长问：“连照片都没有？”

卓智摇头：“没有。”

陈俊峰默默地与丁翘对视了一眼。丁翘说：“不是还留下一个古旧的瓷碗吗？”

卓智看了丁翘一眼，淡淡地说：“那个碗，是我用花碗坪的碎片粘贴起来的，当时就是哄你高兴的，你还当真啊？”

陈俊峰说：“什么碗？拿来看看？”

卓智轻描淡写地说：“早不在了，扔了。”

丁翘默默地看着卓智，他在说谎，但是她不知道他为什么说谎，只觉得现在的卓智，陌生得让她不敢直视。

村主任把丁翘等人送往码头的时候，已是夜深人静。奔波了半天一无所获，大家都有点提不起劲。

村主任突然说：“那张照片拍得不好，连我都看不清楚倒在地上的人是不是卓杰，阿智怎么就那么肯定？”

陈俊峰问：“卓杰去世的时候，卓智多大了？”

村主任说：“也就四五岁吧？”

丁翘说：“5岁。他跟我说过。”

陈俊峰问村主任：“你还记得卓杰长什么样子吗？”

村主任说：“记得，高高瘦瘦，手脚都很长，阿智的身材跟他差不多……”村主任突然说，“我想起来了，卓杰上过报纸！也不知道现在还能不能找到。”

“什么报纸？”丁翘激动地问，“他是因为什么事上的报纸？”

村主任说：“《江台日报》，我记得内容是说城里人来农村玩的。”

“还记得是哪一年的事吗？”

村主任说：“不是1995年就是1996年。”

在回市区的路上，丁翘一直默默地想着心事，今晚卓智的表现，太让人纳闷了，不，其实他这段时间都有点跟平时不大一样，他现在好像完全变成了另外一个人，陌生得令她害怕。他……是不是有什么秘密？

她拿出手机，打开了微信上与卓智的对话框，编辑了一条信息：“你是不是有什么心事？能跟我说说吗？哪怕是把我当成普通朋友。”

她思考了一会儿，又默默地把最后那句删除了，修改了几个字：“我觉得你有心事，需要我帮忙吗？”

她按了发送键，很快，手机有反应了，她定睛一看，呆住了：你还不是对方的好友……

她的心情瞬间跌至谷底，他是以这样的方式，来斩断二人之间最后的联系吗？她怔怔地看着那一行小小的字，不敢相信自己的眼睛。

原来，他说分手，是真的分手。

她的心刺痛了一下，又一下，她以为他昨天提出分手只是一时之气，原来不是，他是真的不想跟她在一起了。

她默默地回过头往后看，车子在高速路上飞奔，把黑暗抛在后头了，她暗暗希望陈俊峰能把车开得更快些，似乎这样便能把那些伤心的感觉远远地抛在后面。

“丁记者，丁记者……”

丁翘过了好一会儿才反应过来，陈俊峰在叫她：“怎么了？”

陈俊峰顿了一下才说：“你有没有觉得，你的男朋友在说谎？”

丁翘点头：“嗯。”

陈俊峰来兴致了：“你觉得他哪里说谎了？”

丁翘喃喃地说：“他在微信里把我拉黑了。”

陈俊峰惊讶地问：“为什么？”

丁翘苦笑：“他昨天向我提出分手，刚才我发信息给他，才发现他已经把我拉黑了。”

陈俊峰："理由呢？"

"一个根本不可能构成理由的理由，按我平时对他的了解，他是一个大气的人，根本不是那种小心眼的人。"

陈俊峰点点头："是的，我感觉他在刻意隐瞒着什么，刚才你把照片给他看的时候，他一口咬定倒在地上的人不是卓杰，连村主任都不敢确定，他一个当时才5岁的小孩子能有这么深的印象？而他之前又说对卓杰没什么特别的印象了，这不是前后矛盾吗？"

丁翘想了一下，心悦诚服地点头："是。"

"最让人奇怪的是，如果卓杰是意外死亡，最想弄明白真相的应该是卓智啊，为什么他好像很排斥我们，完全不想配合？"

丁翘一时间说不出话来。

陈俊峰缓缓地说："除非，他想隐瞒什么，他有秘密。"

可是卓智，他能有什么秘密呢？丁翘想，曾经他对自己也是无话不说的，最大的秘密，也许就是花碗坪那些奇怪的影像了吧？

第二天是星期一，照例会比较忙碌，丁翘上午马不停蹄地采访完，中午在办公室随便啃了几口面包便开始写稿，下午编辑上班的时候，她的稿子便也飞进了编辑部的稿库。

她不能让自己闲下来，一闲下来，她的心便会空落落的，像是有一个洞，急切地需要她不断地忙碌，好像一忙碌起来，便能把这个洞充实起来。

丁翘关上电脑，背上采访包走出去。她有整个下午的时间可以泡在图书馆里，不怕找不到村主任所说的那张报纸，那篇刊登了卓杰照片的新闻。

图书馆离报社很近，仅需走十分钟。丁翘没有打伞，就那样慢慢地走着，太阳有点猛烈，街道两边都种了高大的绿化树，阳光透过密密匝匝的树叶打下来，在地上映出了斑驳的影子。

走到图书馆的时候，丁翘出了一身的汗，幸亏馆里有空调，一进了屋，顿时神清气爽起来。

跟熟悉的图书管理员说明来意，管理员便把她带到一个僻静处，给她冲泡了一杯茶，然后便去找报纸了。

丁翘要找的是1995年至1996年的报纸，原以为两年的报纸也没多少，过了一会儿，图书管理员抱着几本巨大的“书”走过来，丁翘大吃一惊：“怎么这么多？”

管理员笑了：“这是报纸的合订本，每月一本，这只是1995年上半年的，还有1995年下半年的，还有1996年全年的，同事正在帮我搬过来……”

丁翘张口结舌：“怎么这么多？就算一天12个版面……”

管理员笑了：“以前的报纸何止一天12版？最高峰的时候，一天有48个版，那时候报纸的广告可厉害了，车市、楼市、旅游、休闲都有特定的版面，那是纸媒的黄金时代。”

丁翘叹为观止，她对那个“一纸风行”的年代虽然略有所闻，但没有想到当年的报纸这么牛，俱往矣，纸媒式微，现在是电子时代，是全民记者时代，没多少人会看报纸了。

只一会儿，桌上便摆了两大堆高高的报纸合订本，丁翘一头埋进报纸中看起来。因为不知道卓杰的照片发在哪个版面，而且她也没有见过卓杰的照片，必须细致认真地从头版看起，一直看到最后一版旅游版。

看完一本合订本，丁翘用了差不多一个小时。她暗自计算，两年的合订本一共24本，照这样的速度看一天都看不完。她迅速调整方案，不细看稿件内容，只看标题，再看照片，条件不符就迅速忽略了，这样一来效率便大大提升了，15分钟左右就能看完一本。

两个小时后，丁翘看完了1995年全年的合订本，一无所获。她拿起杯子把水一喝而光，继续看1996年的合订本。

一月的合订本，没有，二月的也没有，三月的……也没有，一直看到四月，就在那本合订本快翻完时，她终于在最后一页找到了她想找的内容，那是一个旅游版，标题是《有闲都市人流行海钓》。

配图是一名壮年汉子坐在船头，旁边一名穿着运动装的男子正拿着钓鱼竿在钓鱼，海水蔚蓝，风平浪静，两人的脸上都带着浅浅的笑意。

不用向谁求证，丁翘一眼便可判断，那个坐在船头的壮年汉子，便是卓智的父亲卓杰。

虽然他们的五官长得并不十分像，但是身材几乎一模一样，体格匀称、四肢修长。

丁翘细看全文，这是一篇典型的旅游版新闻稿，说随着人们生活水平的提高，越来越多的都市人爱上了海钓，相比起在河上、塘边垂钓，海钓的渔获品种更丰富，而且时有意外惊喜，最让人沉迷其中的，是海上垂钓对身体和耐力的挑战更大。

从文章和照片来看，丁翘看不出有什么问题。卓杰跟一个从城里来钓鱼的人在一起拍照，还上了报纸，可以猜测出这个城里人租了卓杰的船出海垂钓，而且，那船确实与卓家的小船有八分相像。

丁翘盯着报纸上的图片看，陈俊峰说过的话便浮上了脑海，他说：“这些信息看似零碎无用，但我相信，在某个时刻，它会成为突破问题的关键。”

丁翘盯着报纸上的照片看了好一会儿，目光落在那个海钓的都市人脸上。那个人的脸微侧着，还戴了一副墨镜，头上又扣着一顶太阳帽，五官基本都被隐藏起来了，虽然脸上微带笑意，但从他微侧的脸和身子来看，他似乎并不太乐意配合拍照。

他不愿意拍照。

为什么？这引起了丁翘的兴趣，一个游客为什么会抗拒拍照？除非……他有不想被人知道的秘密。

丁翘再看照片下面的说明，笑了，这张照片的拍摄者周游，现在是《江台都市报》视觉新闻中心的主任，跟她是同事。

一看丁翘手机上翻拍的照片，周游便说：“接到什么黑料了，你要翻抄富人的旧照看？”

丁翘惊讶："富人？是谁？"

周游诧异地看着她，指着上面戴墨镜的人说："你不知道这个人是谁？"

丁翘摇头："不知道，所以才来问你。"

周游更加诧异了："你不知道这个人是谁，为何会关注这张照片？"

丁翘解释说："坐在旁边的这位，是我朋友的父亲，20多年前意外去世了，他想拿来留念，但不认识跟他父亲合照的人，所以想了解一下。"

周游理解地点头："原来是这样。那个渔民待人还挺好的，想不到运气这么差。"

"是啊，所以我的朋友想知道更多关于他父亲的事。"

周游感叹地说："子欲养而亲不待，可以理解。"接着，他说出了一个名字，一个令丁翘非常吃惊的名字，"这个出海钓鱼的人，是江浩天。"

江浩天？江台市恐怕没人不认识他吧！丁翘震惊地看着周游，卓杰是怎么认识江浩天的？

周游笑了："那时候的江浩天，还未成立江氏集团，影响力也远没有现在这么大，算是个小老板吧。当时我专跑旅游线，跟一个集团的老板也算是老朋友了，有次聊天时，他提起有朋友喜欢海钓，我觉得这是一种新趋势，便想做个专访。"

"江浩天便接受了你的采访？"

周游摇头："刚开始时他拒绝了，说不想接受采访。"

"那你怎么又拍到了他的照片？"

周游笑了："你也知道，咱们记者嘛，总有记者的办法。我了解到江浩天正在巴结我那个老朋友，便委婉地让他说服江浩天，后来我又答应不写他的真实姓名，也不拍他的正面照，他才勉强地答应了。"

"原来是这样。"

周游说："是啊，如果采访很顺利，我可能对这张照片的印象就不会这么深刻，因为江浩天在我拍照的时候一直非常抗拒，想方设法躲避我的镜头。”

丁翘说：“按你说的，当时他生意做得还不大，还不算名人，有必要这样吗？”

周游点头：“所以我才觉得有点奇怪。”

傍晚，丁翘把陈俊峰约了出来，一听说当年跟卓杰合照的是江浩天，陈俊峰也愣住了。

这些年，江氏集团的发展如日中天，涉及房地产、超市、酒店等多个行业，当然，令人关注的并不仅只是江氏在商界的影响力，江氏集团一直在大力发展慈善事业，去年在浪琴湾投产的海藻生物食品公司，虽然产品的市场评价非常高，但从高昂的开发成本来说，公司仍处于亏损运营。

但这个项目中，最大的受益者是浪琴湾的渔民，因为江氏的扎根，他们得以在家门口就业，在漫长的休渔期里，可以过着像城里人一样朝九晚五的生活，而且工资也不比城里差，这让全村的男女老少都对江氏感恩戴德。

当然，当地政府对江氏的做法也是肯定的，既解决了乡民的就业问题，又兼顾了环保问题，正可谓既要金山银山，又保住了绿水青山，所以当地政府这两年正努力把江氏集团打造成支持新农村发展的典型。

不管是在业界还是在民间，江浩天都有着非常好的口碑，因此当丁翘把自己在周游处了解到的信息告诉陈俊峰后，陈俊峰半晌没有说话。

丁翘说：“会不会只是碰巧？”

陈俊峰摇头：“我不相信碰巧，凡事必然有它不为人所知的理由，尤其是当时还未成名的江浩天，为什么不愿意配合拍照？这当中是不是有什么秘密？”

丁翘苦笑：“卓伯父在20多年前就去世了，谁也不知道当时发生了什么事，唯一知道的，就只有江浩天了。”

陈俊峰笑了：“那就想办法让江浩天开口。”

丁翘苦笑：“怎么问啊，如果他真是想隐瞒什么内情，一问必然投鼠忌器，反引起他的警觉。”

陈俊峰意味深长地笑了：“你当然不能直接问江浩天，你跟江盛不是朋友吗，通过儿子了解老子，应该不难。”

丁翘眼前一亮：“你的意思是说……”

陈俊峰点头：“对，你可以侧面向江盛了解一下，江浩天现在还有没有坚持海钓，如果他当年那么热衷于海钓，按理说现在也不会放弃。”

丁翘兴奋地：“对……还有，他们家还有一艘游艇，听说是从英国订制的，我以前好奇，上网查过价格，那个品牌的游艇，基本配置都要1000多万，环游深海完全没有压力。”

陈俊峰眼里闪着光：“这里不比三亚，游艇休闲并不流行，江浩天是个生意人，如果斥巨资买个游艇只是为了出海钓鱼，似乎不合情理，应该还有别的原因。”

丁翘笑了：“也许，还能晒晒海上的日光？有钱人，都任性。”

陈俊峰郑重地说：“这就要靠你出手才知道了。”

跟陈俊峰分别后，丁翘正考虑着怎样问江盛关于江浩天的事，江盛却主动打电话来了，说了一件让她惊讶的事情。

“卓智向我们公司递交了资料，他跟你说了吧？你也真是，他要进江氏，还不是一句话的事情，你早该跟我打声招呼的，在分公司我有绝对的决策权，哪用得着这么大费周折。”

江盛并不知道卓智跟丁翘分手的事，丁翘也没必要刻意说出来，于是只能装作早就知情的样子，顺水推舟地聊了一会儿，基本上了解了事情的大概。

原来，江氏在浪琴湾发展海藻的养殖和加工，一直是跟阮教授合作，阮教授是个治学严谨又吃苦耐劳的人，双方对合作都很满意。这些年，阮教授一直在研究深海珍珠养殖的课题，双方一拍即合，决定再开发一个新项目——深海珍珠养殖基地，专做高端的黑珍珠的研发。

因为这个新项目，江氏这段时间都在公开招聘，卓智应聘了。江盛说：“我问他，以前我爸爸邀请他来帮我，他拒绝了，为什么现在愿意了，你猜他怎么说？”

丁翘老老实实地说：“我猜不出来，还是你告诉我吧。”

江盛说：“他说，他觉得江氏的待遇还不错，想多赚一点钱，以前的想法还是太幼稚了。”

这个倒是丁翘始料未及的。她跟卓智在一起以来，一直觉得他对钱看得很轻，从来没有听他说过为了钱如何如何，哪怕是在两个人刚谈恋爱的时候，他也从来没有为两人在现实中的差距而有过丝毫的怯场。

因为他根本不在意这个，两个人平等地爱慕、互动，才是他最在意的，而且这么多年来他一直能自给自足，区区金钱，根本无法左右他。

丁翘问江盛：“那你怎么说？”

电话那边，江盛轻快地说：“我当然是欢迎他加入了。”

丁翘有点恶作剧地说：“我记得你以前说过，你并不希望他跟你工作。”

江盛被人翻旧账却不着急，依然心平气和地说：“我以前不愿意他在我眼皮底下工作，是因为你，现在愿意，也还是因为你。”

丁翘问：“这怎么说？”

江盛慢条斯理地说：“反正我乐不乐意，你都跟他在一起了，我让他来江氏，起码还能帮你看着他点。”

他说话的语气太认真，而且似乎还带着一点失落和无奈的感觉，丁翘一时倒不知道说什么了：“我……”

江盛在电话那头笑了：“我只是开玩笑，你不要有什么心理压力。阿翘，我视你为最好的朋友。”

丁翘心里一松，忙说：“我也是。”停了一会儿，她忍不住又问，“卓智应聘的是什么岗位？”

江盛说："保安经理。"

丁翘忍不住笑了，堂堂一个物理学高才生，再次就业还是当保安，尽管这次略有提升，当上了一个保安经理。丁翘并不是看不起保安这份工作，只是觉得，卓智的处事方式太让人摸不着头脑了！

江盛在电话里认真地说："你还别笑，我们招聘的保安经理，因为要掌握现代化的防盗技术，要求就是大学本科以上的。"

丁翘好不容易忍住笑，想起自己找江盛的目的，于是说："对了，江盛，想向你打听一件事，你周围有没有人喜欢海钓？"

江盛说："有啊，我和我爸，都非常喜欢。"

丁翘不动声色地说："真想不到呢，你爸的工作那么忙，还喜欢海钓。他有很多年的海钓经验了吧？"

江盛说："很多年了，我记得我小时候他就喜欢出海钓鱼，经常带各种海鲜回家。你问这个做什么？"

丁翘说："现在是夏天嘛，我们想做些关于大海的专题视频。"

江盛说："好啊，以后我们出海，就邀请你一起去。"

丁翘把从江盛处了解的信息告诉陈俊峰，陈俊峰也向丁翘说了他掌握的信息："据我们经济犯罪侦查队的同事反馈，江浩天的企业一直循规蹈矩，热心公益，堪称商界良心。"

丁翘困惑地说："难道真是我们误解了他？一切都只是巧合？"

陈俊峰摇头："现在这样说为时过早，有时候看起来太完美的事，往往是因为对方隐藏得太深。"

丁翘说："可是你有什么证据怀疑江浩天？那个受害者是不是卓杰，我们都不能确认，更加无法确认就是他杀了卓杰。"

陈俊峰认真地说："没有证据，只是直觉，一个老刑侦的直觉。"

丁翘说："直觉有时候也代表了偏见。"

陈俊峰便笑了："风物长宜放眼量。"

可是这一放，便是几个月。这几个月中，江盛并没有约丁翘出海，因为他实在太忙了，据说他连市区都极少回来。偶尔，他会把正在建设中的江氏深海珍珠研究养殖基地的照片发给丁翘看，一幢时尚、高端大气的现代化办公楼矗立在浪琴湾的码头附近，比原先由酒店改建的海藻生物基地更有现代化气息。

这几个月，卓智也彻底地在丁翘的生活中消失了，自从他在微信中把她拉黑后，她再也没有找过他。

不是不难过的，只是难过又能怎样，丁翘了解他，他跟她在一起时宠爱甚至溺爱她，是真的，但要跟她分手，也是真的，他就是这么一个理智的人。

虽然她不理解他为什么这样做，她绝对不相信他是因为江盛而跟自己分手，因为她知道他不是那样小家子气的人，但那又怎么样，他向她提出分手，并且主动拉黑了她，斩断了跟她的一切联系，无非就是不要她。

她觉得既委屈又难过，却无从倾诉，跟卓智分手的事，她只跟赵莞淡淡地提了一下，赵莞问为什么，她轻描淡写地说是因为性格不合。

这是最不成理由的理由，两个人相爱的时候，什么样的性格都能互补，不爱的时候，什么样的性格都合不来，所以，唯一的理由，只能是不爱了。

可是只有真正静下来的时候，丁翘才知道，自己还是爱的，总是想起初见他的那个台风之夜，他在夜色中踏着沙滩向她走来，身材挺直，四肢颀长……她依然怦然心动，可是，人家已经不爱了。

她只能默默地收起那些记忆，习惯了没有他的日子，像以前一样策划、采访、处理新闻稿件，闲时跟赵莞逛逛街，吃潮记。潮记老板托她问江盛的事，她问了，江盛以一个比较优惠的价格跟潮记成交，算是给了她面子，潮记老板因此把她当成贵宾般对待。

转眼间，大半年又过去了，2019年的春节眼看着就要来了。广东的春节，节日气氛特别浓厚，大街上摆满了各种各样的年花和年橘，“恭喜发财，利是逗来”的贺年歌词在街头此起彼伏，每个人脸上都洋溢着喜气洋洋的笑意，似乎春天一来，所有的问题都能迎刃而解，所有的事情都会逢凶化吉。

丁翘不知道，她人生中的一场重大变故，正在悄然拉开帷幕。

（未完待续）

图书在版编目（CIP）数据

他从海上来：全 2 册 / 六井冰著 . — 南京：江苏凤凰文艺出版社，2020.7
ISBN 978-7-5594-4519-3

Ⅰ . ①他… Ⅱ . ①六… Ⅲ . ①长篇小说 – 中国 – 当代
Ⅳ . ① I247.5

中国版本图书馆 CIP 数据核字 (2020) 第 012783 号

他从海上来：全2册

六井冰 著

选题策划	北京记忆坊文化
责任编辑	刘洲原　白　涵
特约策划	绪　花
特约编辑	绪　花
封面绘图	三　乖
封面设计	80 零 · 小贾
版式设计	天　缈
出版发行	江苏凤凰文艺出版社
	南京市中央路 165 号，邮编：210009
网　址	http://www.jswenyi.com
印　刷	环球东方（北京）印务有限公司
开　本	880 毫米 ×1230 毫米 1/32
字　数	530 千字
印　张	18
版　次	2020 年 7 月第 1 版　2020 年 7 月第 1 次印刷
书　号	ISBN 978-7-5594-4519-3
定　价	65.00 元（全二册）

MEMORY
HOUSE